拜德雅
Paideia
卡戎文丛

eons
艺文志

摆渡阅读的创痛

——保罗·策兰

最后的言者

为了保罗·策兰

尉光吉 编

雅克·德里达 等著　　张 博 等译

上海文艺出版社
Shanghai Literature & Art Publishing House

总　序

一个文丛的起源往往是一段无意识的文本聚集的历史。

在写作的漫长漂泊中，过去和未来的文本，已被时间的洪流所席卷，散布于浩瀚书海的各个角落。总有人徜徉于这书海的两岸，拾捡思想的残片，或扬帆远航，追赶写作之余波。这些阅读者、评论者、阐释者，或有某种收藏的癖好，在心中秘密地绘制宝物的地图，以便进行一场无止无尽的文本打捞工作。就这样，他们的冒险再次成了一部作品，一本回忆录，一座博物馆。那里的每一张纸页，都是被遗忘之物的神秘面容。断片、图谱、蒙太奇、档案……如此之多名字命名的只是同一门古老的艺术。然而，比这记忆的艺术更为古老，且在书物的终结之后继续存在的东西，乃是构成星座的无形之线，造就地貌的深层力量，世代相传的隐秘谱系。或许，正是这些东西在被挖掘的文本发出召唤之前，让它们以一种若即若离的方式，发生了聚集。而今天所谓的“文丛”的使命，不过是探索那一次次聚集的未知的边界罢了。

在这个意义上，文丛代表了边界的生产和开拓：不仅是划界的行为，更是极限的运动。它要求从界限的一边越向另一边，从此岸到达彼岸。

卡戎就诞生于两个世界之间的这场越渡。

但卡戎是谁？摆渡者。摆渡什么？来自别处的理论，陌异的思想。为什么摆渡？因为总有一个声音持续而急切地要求着它：“带我过这急流”（Fahr mich durch die Schnellen）。可这声音属于谁？属于语言本身。它是什么样的？或许是最诡异的；无疑是最为切心的私语，一个难以言说的秘密，同时又被他者所持有，飘于杳不可知的外部；总在夜里悄悄地袭来，如同一个亡魂。亡魂？是的，摆渡发生在一个被诅咒了的边界，它所携带的正是灵薄的语言，第三类语言。这里难免会有危险？是的，会有迷津和船难，但请相信卡戎，相信其眼中之火会照亮前头。可没有赫拉克勒斯的神力，又如何摆渡呢？一桨一棹，一笔一划，唯有漫漫的劳作，这是书的命运。

诚然，一个时代总有它的读物。卡戎之书所怀有的欲望，绝不只是被这个健忘的时代阅读。这不是说书以某种超越时间的方式谋求永生（永生的幻觉由来已久，但火焰见证了它的破灭），相反，书总必须准备好面对它的缺席，把自身化为踪迹的速朽。然而，踪迹的消失里仍有一丝不可抹除的剩余，速朽的记忆里或有一个飘荡的回音，那恰恰是书留下的问题。在根本上，每一本书都是名副其实的问题之书。卡戎之书必将携着问题到来，通过一次次的摆渡，发起对边界的追问，而如此的追问，乃是思的虔诚。

白　轻

2015年9月

编选说明

יזכור

铭记。

在逝世五十年之后，在这个仍饱受灾异困扰，因此需要诗歌的时代，保罗·策兰值得我们铭记。

本书由一系列铭记的文本组成，它们共同承担了对这位诗人的缺席之在场的见证。首先是见证他在奥斯维辛之后书写的“毁灭的诗学”：他于无人见证之处完成见证的不可能之使命。这项使命不仅标记着语言的极限，也标记着一个诗学传统的尽头——荷尔德林的贫困时代彻底进入了黑夜。而在这尽头处，随着托特瑙堡上与海德格尔展开的对话，哲学也不得不经受严酷的挑战和拷问——诗与思的同时完成与终结。于是，存在之思转向了他者，转向了无人的外部。但这冰川般的外部仍有待听的歌声，待读的灰烬。由此就有倾听和阅读的努力，它们同样艰难地回应着见证的要求，哪怕它们的回应无法让我们彻底听清破碎的言语，读解瓶中的密信，而只是无限地切近那条不断地召唤相遇的子午线。从而，见证也是对相遇的见证，对诗人所是的个体生命的真实经历的见证：通过那些旧友和知己的述说，我们得以追随他日常的步伐，走入他的忧郁和孤独，他的创伤和病痛，以及，最终，他无可挽回的秘密的死亡。如同诗歌从灭绝的灰烬中升起，他的生命沉入了孕育的水波——带着他的母语，在异邦。

这个象征着其永恒流亡的异邦（法国）标记了本书所选的绝大部分献给他的（甚至深受其风格影响的）诗篇，以及众多回忆、纪念、致敬和研究的文本。在此异邦的语境下，本书并不直接切近诗人的德语写作，而是借助于越界的转渡。鉴于法语各家译本之间存在的不同，本书的转渡工作将尽可能地保留策兰诗作的译法差异，而不寻求引文的统一。

Die Welt ist fort, ich muß dich tragen：愿这晚来的铭记背负那已逝的世界。（在今日的例外时刻，也愿它背负策兰失落的故土，布科维纳。）

悼念。

קדיש

2022年4月

摆渡者

张　博　1987年生，旅法九年，求学于巴黎索邦大学，主要研究法国诗学。已出版译著《愤怒与神秘：勒内·夏尔诗选》。

潘　博　浙江大学世界文学与比较文学研究所博士，专注于现当代法文诗的研究和翻译，已出版《大天使昂热丽克及其他诗》等译著。

丁　苗　1991年生，图书编辑，工作之余偶有诗歌和翻译练笔。

梁静怡　1995年生，重庆人，浙江大学历史学学士，华东师范大学历史学硕士，现为图书编辑。主要研究兴趣为德国史、史学理论、公众史学，译有《亲爱的斯嘉丽：我的产后抑郁经历》。

尉光吉　1990年生，中国人民大学哲学博士，南京大学艺术学院助理研究员。译有《内在体验》《无尽的谈话》《不可能》《爱情发明家》等书，编有《对诗歌的反叛：阿尔托文集》和《永远的见证人：布朗肖批评读本》。

马豆豆　1995年生，中国人民大学哲学硕士，现为图书编辑。

李海鹏　1990年生，沈阳人，中国人民大学文学博士，南京大学文学院助理研究员。从事中西诗歌相关研究，兼事诗歌写作。译有但丁《新生》（合译），出版诗集两种。

胡耀辉　1992年生，中国人民大学哲学博士，主要研究兴趣为法国哲学和西方政治思想史。

王立秋　1986年生，云南弥勒人，北京大学国际关系学院比较政治学博士，哈尔滨工程大学人文社会科学学院讲师。已出版《渎神》《散文的理念》《为什么是阿甘本？》《导读萨义德》等译著。

冯　冬　诗人、学者，青岛大学英语系特聘教授，当前专注于存在之本质陌异性的诗学开启。著有专论《默温诗之欲望与无限性》《深海之镜：保罗·策兰的陌异诗学》，评论集《缪斯之眼》，诗集《思辨患者》《平行舌头》《沙漠泳者》，译有《未来记忆》《骷髅自传》《塔朗窃贼》《未来是一只灰色海鸥》《蛛网与磐石》等书。

何啸风　1994年生，毕业于安徽大学，研究兴趣为精神分析、女性主义。

陈　庆　1988年生，河南人，中国人民大学哲学博士，现为同济大学人文学院博士后，研究方向为解构主义美学、媒介与图像哲学。

杜　卿　1988年生，上海外国语大学法语系学士，巴黎第四大学法语文学系硕士，暂居法国。已出版《兰波评传：履风的通灵人与盗火者》等译著。

许敏霏　1992年生，中国人民大学文学院博士研究生，主要从事新诗研究与批评。

王　振　1982年生，上海人，目前专注于训诂学、词义学、文体学和翻译学的研究。

目　录

保罗·策兰　3

雅克·杜潘 诗　张　博 译

白日，那些白日，那些白日的终结　7

亨利·米肖 诗　潘　博 译

保罗·策兰　9

耶胡达·阿米亥 诗　丁　苗 译

保罗·策兰　10

大卫·罗克亚 诗　梁静怡 译

保罗·策兰　12

伊拉娜·舒梅丽 诗　张　博 译

最后的沟壑（保罗·策兰）　16

捷纳狄·艾基 诗　尉光吉 译

保罗·策兰与毁灭的诗学　21

恩佐·特拉维索 文　尉光吉 译

保罗·策兰 50
阿尔贝·霍桑德尔·弗里德兰德 文
马豆豆 译

在黑暗的天空下 60
何塞·安赫尔·巴伦特 文 尉光吉 译

为了保罗·策兰 65
安德烈·赞佐托 文 尉光吉 译

歌声，来自一条断裂之舌 71
乔治·斯坦纳 文 李海鹏 译

保罗·策兰：浩劫诗人 82
阿兰·苏耶 文 胡耀辉 译

阅读保罗·策兰 89
罗歇·拉波尔特 文 尉光吉 译

保罗·策兰：从存在到他者 98
伊曼努尔·列维纳斯 文 王立秋 译

论策兰的信 107
伊曼努尔·列维纳斯 文 尉光吉 译

最后的言者 109
莫里斯·布朗肖 文 尉光吉 译

语言，永不为人所有 127
雅克·德里达
艾芙琳娜·格罗斯芒 文
王立秋 译

论保罗·策兰的两首诗 141
菲利普·拉库-拉巴特 文　冯　冬 译

从沉默中抽身而出 179
乔治·斯坦纳 文　何啸风 译

切尔诺维茨的子午线 193
让·戴夫 文　丁　苗 译

王权：阅读《子午线》 205
雅克·德里达 文　陈　庆 译

圣　歌 227
米歇尔·德吉 文　尉光吉 译

在边界上（保罗·策兰） 234
菲利普·雅各泰 文　尉光吉 译

错　帆 239
安妮·卡森 文　丁　苗 译

阅读笔记 246
让·波拉克 文　尉光吉 译

流亡的话语 251
皮埃尔-阿兰·塔谢 文　尉光吉 译

“所有诗人都是犹太人”：茨维塔耶娃，策兰 256
埃莱娜·西苏 文　马豆豆 译

关于重读保罗·策兰的一首诗 267
埃里希·弗里德 诗　梁静怡 译

保罗·策兰之所惧 271
伊夫·博纳富瓦 文　杜　卿 译

三角形的问题 287
让·戴夫 文　丁　苗 译

关于保罗·策兰的访谈 309
伊拉娜·舒梅丽
洛朗·科昂 文
张　博 译

回忆保罗·策兰 318
妮娜·卡西安 文　尉光吉 译

关于保罗·策兰的访谈 324
汉斯·迈尔
尤尔根·沃特海默 文
梁静怡 译

两个满口的沉默 329
马克·珀蒂 文　尉光吉 译

寻访保罗·策兰 335
雨果·胡佩特 文　许敏霏 译

邂逅保罗·策兰 345
埃米尔·齐奥朗 文　王　振 译

关于策兰的笔记 349
埃米尔·齐奥朗 文 尉光吉 译

公开朗诵 355
让·斯塔罗宾斯基 文 张 博 译

一次呼唤 358
雅克·杜潘 文 张 博 译

保罗·策兰 360
伊夫·博纳富瓦 文 杜 卿 译

词语的记忆 368
埃德蒙·雅贝斯 文 尉光吉 译

回忆保罗·策兰 375
埃德蒙·雅贝斯 文 尉光吉 译

漫步，对话 376
让·戴夫 文 杜 卿 译

在生命之路上，保罗·策兰…… 391
亨利·米肖 文 潘 博 译

保罗·策兰之死 392
耶胡达·阿米亥 诗 丁 苗 译

纪念保罗·策兰 393
捷纳狄·艾基 文 尉光吉 译

祈祷文：献给保罗·策兰 397
阿兰·苏耶 文 尉光吉 译

保罗·策兰不见了 411
让·戴夫 文 尉光吉 译

保罗·策兰的手表 425
马塞尔·科昂 文 尉光吉 译

关于策兰的谈话 435
让-克洛德·施奈德 文 尉光吉 译

雪在词周围聚集 445
安德烈·杜·布歇 诗 尉光吉 译

筑 造 453
让·戴夫 诗 尉光吉 译

……在横跨的诗行上……马萨达 456
约翰·雅克松 诗 尉光吉 译

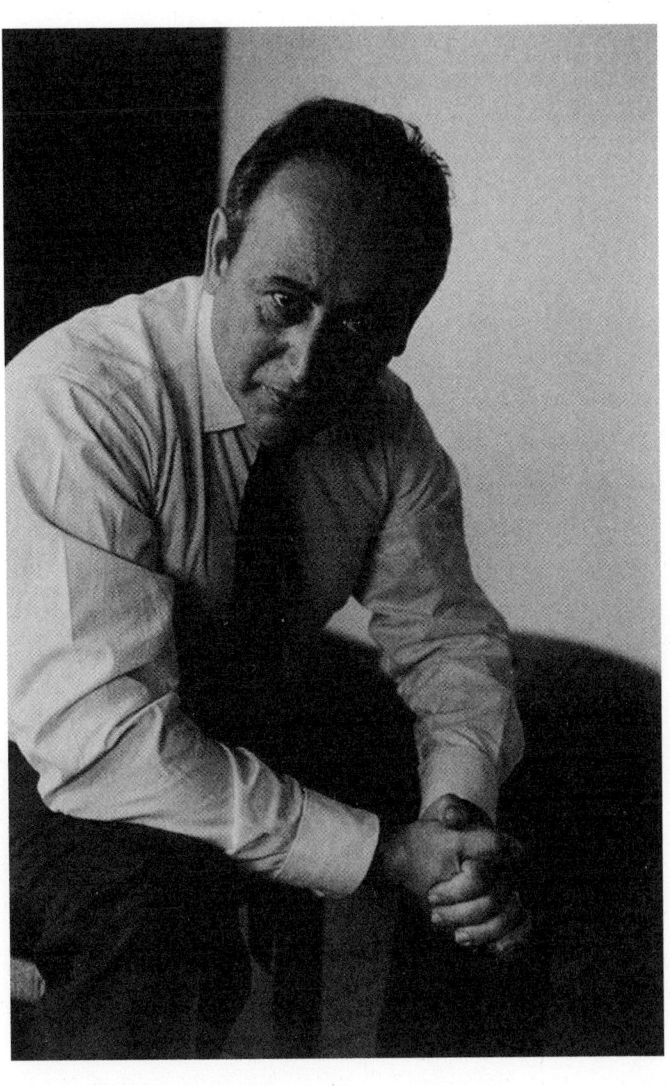

保罗·策兰，1970 年，巴黎

保罗·策兰

［法］雅克·杜潘 诗
张 博 译

跨过喧嚣，
栅栏，
在不知何处的石板上
闭上眼睛——

话语，被沉默填满，
愈发低沉地回响。他来了

穿过蜂拥的灾难
与夜晚融为一体。

在陡峭的
逼仄的
日光之谷中升起……

被雪花拯救的呼吸
他在那里解脱

仿佛呼吸依旧
在攻击新的岩壁。

他的话语迂回，
而他，最为暴露，

在这片斜坡上，恰恰在这片斜坡上，
他刚刚用指甲触碰
一朵收紧又重开的花朵……

他的激情被抽离，在道路的岔口，
直至粉碎意义，而非花朵，
为了收集露水。

心中的一颗心就像碎石堆中的一块石
在阳光下冷却，
另一种声音，来自远方，
朝着其他被允诺的面孔——

石块与声音摆脱
彻底摆脱

凶杀之词的计数。

伤口与诸多苦涩的植物
协调一致
在此结成并滑过
一串空间，
他的呼吸绷紧，荆棘的呼吸——

一盏被恐惧侵袭的灯
向我们升起
带着那已然打破结巴咒语的，光芒——

从反话语中拖出一具躯体，
一张飓风过后光滑的面庞。

每一个词语的风险，盘旋
每一个与自身背道而驰的词语，
如此接近晦暗
他触及了其中的线路与断层
以及近乎沉默的声音
在奇美拉[1]的喘息下。

跨过喧嚣，
栅栏，
他无法保持沉默，否则
沉默会戛然而止
而空洞可怕的喧哗
将覆盖一切，
他始终在写作。诗篇
没有终止，
书籍也没有结束。

《美文杂志》（*La Revue de Belles-Lettres*）
1972年，第2-3期

---

[1] 奇美拉（chimère）：古希腊神话中狮头羊身鱼尾拼合而成的怪物，代指“空想、幻想”。——译注

白日，那些白日，那些白日的终结

[法] 亨利·米肖 诗
潘 博 译

……………………………………

除非他们说话，被他们的思想攻击

又一个更低水平的白日。没有影子的各种姿势
在哪个世纪必须为了被注意而俯身?

风尾草，风尾草，他谈论叹息，到处，谈论叹息
风吹散掉落的树叶

车辕的力，已经有一百八十万年他出生
为了腐朽，为了死亡，为了受苦

这一天，他已经有同类
同类的数量
风涌入的白日
不能成立的思想的白日

我看见一些静静不动的男人
躺在驳船里

动身。

无论如何动身。

水流的长刀将阻挡话语。

《美文杂志》，1972年，第2-3期

保罗·策兰

［以］耶胡达·阿米亥 诗
丁 苗 译

保罗·策兰。接近尾声时，你内心
词越来越少，每个词在你体内
都变得如此沉重，
以至于上帝把你像个沉重的负担
一样暂时放下，也许他是为了
喘口气、擦擦额头。
然后他离开你，拾起一个更轻的负担，
另一位诗人。但从你
溺水之嘴里冒出的最后的气泡
是最终的浓缩，是你生命之沉重的
泡沫浓缩物。

《三便士评论》（*The Threepenny Review*）
第75期，1998年

保罗·策兰

[以] 大卫·罗克亚 诗
梁静怡 译

保罗·策兰到耶路撒冷时
他诗歌的关键词散落
在仁慈门
与狮子门之间
且再没有回到他那里
直至他死去那天

有时，在耶路撒冷，
我看见他抚摸
一个也门女孩的黑发
而她那双大眼睛
诉说着一段错过的爱情的悲伤

他拼合的词语
就像在诺塔利孔[1]中那样
风暴酝酿
在词语
与墙上的警示符之间
继而与沉默之间

继而与诗之间

《非日非夜》（*Nicht Tag nicht Nacht*），1986年

---

[1] 诺塔利孔（Notarikon）是一种卡巴拉构词法，通常有两种方式：其一，取一个单词起首或结尾的字母来代表另一个单词；其二，取一个单词起首和结尾的字母，或者居中的两个字母，来构成另一个单词。——译注

保罗·策兰

［以］伊拉娜·舒梅丽 诗
张　博 译

她寄宿在时光-灰尘之中
疲惫

近乎石化，她跨越遥远的距离，
预卜隐匿的道路
在她身前，
喜悦的
轻盈的
逝者鱼贯而过

在她背后，她扭着腰

一个狂热-词缀发出轰响：

　　“国王万岁”

2001年

我也一样我把你的歌散入虚无

从我说话结巴的舌头底下的砾石
到你朝我伸出的杏木拐杖

凝固我步伐的节奏。

2000年

坟墓上的

被一双双匆忙的手驱逐
在蒂艾 巴黎 奥利[1]
犹太人
诗人

——未能幸存——

嗓音–钟摆
从东方，从西方
在天空中
在深渊里

相互杂交

悬垂于花岗岩之上
令德语波动起伏

既非灯芯草
也非石块
亦非乳状汁液

而是未被过度恸哭的事物

1998年

---

[1] 蒂艾与奥利是巴黎南部相互毗邻的两个市镇。1970年策兰自杀后，遗体被葬入蒂艾公墓。在奥利附近则有一座1930年代建成的机场，是当时重要的航空口岸，策兰常常在此乘机出入法国。——译注

最后的沟壑
（保罗·策兰）

［俄］捷纳狄·艾基 诗
尉光吉 译

致马尔蒂内·布罗达

我上升；
就这样，行进着，
一座庙宇
建成。
友爱的风——而我们，在这云中：
我（带着一个未知的词，
像在我心灵之外）与艾蒿（那不安的苦涩，
它在我身旁让我陷入
这个词）
艾蒿。
黏土，
姐妹。
而，所有意义里，唯一本质的，无用的那个，
在此（在这些遇害的土块中）
就像一个无用的名字。这个

词玷污了我，而我升入
十分单纯的（火焰般的）光照，
以标记自己——顶峰处
最后的标记；它——
空无的（一切已被献出的）
面容：如一耸立的
无痛之地——在艾蒿之上
（……
而
形式
仍
不被察觉
……）
但云：
比钢更盲（一枚无面容的徽章）
深处——不动；光
像从裂石中射出。
一直更
高。

《文学半月刊》（*La Quinzaine littéraire*）
第413期，1984年

Unter ein Bild von Vincent van Gogh

Rabenüberschwärmte Weizenwoge.
Welchen Himmels Licht? Des untern? Obern?
Später Pfeil, der von der Seele schnellte.
Stärkres Schwirren. Nähres Glühen. Beide Welten.

保罗·策兰，《在一幅图画下》（Unter ein Bild）手稿

保罗·策兰与毁灭的诗学

［意］恩佐·特拉维索　文
尉光吉　译

“从死亡的语言内部”

策兰的诗歌作品，似乎铭写于文字之前，反对着灭绝的所谓“不可传达性”或“不可言说性”的各类命题。自战争结束以来，他短暂的生命只是一次漫长的受难，一次苦旅，寻找着述说奥斯维辛碎片的词。他在苦役营里的关押和失去双亲（他们被纳粹集中营吞噬）的经历引发了其生存无以度量的断裂，而二十五年间，那样的断裂只能由写作的狂热工作，由一种超乎语言极限和理性绝境的近乎生物的表达需求[1]来支撑。理解其诗歌的极度困难首先源于一种词汇探究的独创性，那样的探究汲取了数门民族习语，勘测着词语的语义可能性的全部范围，必要之时，还毫不犹豫地锻造新词，发明出一种既普遍又不可化约地个人的全新语言，用克劳迪欧·马格里斯（Claudio Magris）的话说，就是“推到极端的奥菲斯之诗，落入夜晚、落入死者之城的一首歌，融化为生命的含糊呢喃，将每种形式都粉碎，不论是语言的或社会的，以便找到那开启历史监牢的神奇密语”[2]。

策兰作品最专注也最深刻的一位读者，乔治·斯坦纳（George Steiner），曾写到：能用来真正穿透奥斯维辛之谜的唯一语言，或许是德语，也就是，要“从死亡的语言内部”[3]来写作。虽然从绝对的角度看尚存争议——毕竟还有罗贝尔·安泰尔姆（Robert Antelme）、普里莫·莱维（Primo Levi）和意第绪语诗人——但这一评论仍足够精确地定义了策兰的步伐。策兰的目的从不是哲学或历史意义上的“理解”——德语动词“理解”（verstehen）事实上也不属于他的词汇——而不如说是用词语抓住并恢复历史从那场给其受害者打上烙印的受难开始就形成的撕裂的意义。所以，尽管有布科维纳的犹太文化的丰富知识，以及多种交织的语言和文化供他汲取，但他还是选择把德语当作其诗歌表达的语言，清楚地意识到这样一种姿态在其作品的制作和接受层面所引发的全部后果。

这一选择得到了多次明确的表述，尤其是在其写作生涯的初期，那时采用罗马尼亚语的可能性还未被完全排除（1946年，他用罗马尼亚语创作了一些诗并翻译了卡夫卡）。1948年，离开布加勒斯特前往维也纳后不久，他用“说条顿语的悲伤诗人”[4]这一表述来定义自己。几个月后，当他最终定居巴黎时，他对德语的忠诚在一封致罗马尼亚友人的信里再次得到了确认：“在这个世界上，没有任何东西能使诗人放弃写作，即便他是一个犹太人，即便他写诗所用的语言是德语。”[5]这一忠诚感在同一时期一封致移居以色列的亲人的信里说得更明白：“有些人必须要在欧洲把犹太精神的命运活到终点，也许我就是这样做的最后一批人之一。”[6]

策兰不是德国人，也从不把自己视为德国人，他的德国性是由一些严格的语言界限划定的。1920年出生于切尔诺维茨，“一战”结束时毗邻罗马尼亚的布科维纳首府，保罗·安切尔（直到1945年，他才采用“策兰”［Celan］这个改换真名“安切尔”［Ancel］字母顺序后得来的笔名）是中欧德国犹太人的结晶。他有时喜欢称自己为哈布斯堡人，“哈布斯堡王朝的遗腹子”[7]。所以，他属于欧洲地区中心的一座德语孤岛，那里犹太教首先使用意第绪语来表达，并且大多数人都说拉丁语和罗马尼亚语，斯拉夫——俄国和乌克兰——文化的影响也格外强大。

青年时期，他就常去犹太学校学习希伯来语，然后在切尔诺维茨的一所德语公立高中继续学业。1938—1939年，他在法国图尔待了一年，开始学习医学并完善了其对法语的认识。回到切尔诺维茨后，“二战”爆发，布科维纳被苏军占领，他又投身于英语学习。其语言知识的超乎寻常的广度促使他开展多样的翻译活动——他把莎士比亚和佩索阿、波德莱尔和兰波、夏尔和翁加雷蒂、曼德尔施塔姆和茨维塔耶娃、叶赛宁和阿尔盖济翻译成德语——并把德语变成一块背景画布，一份隐迹稿本，用乔治·斯坦纳的话说，他从不停止用词语的供给来充实其他文化语境所产生的细腻与氛围[8]。如同卡夫卡，策兰的德语是一种少数派语言，既精英又边缘，这样的语言并不独立存活，只能在多样性里得以保存。所以其地位完全不同于柏林或慕尼黑说德语的人。直到1950年代初，德国在他眼里还是一个未知、陌生的国度，或不如说敌人的国度，1942年杀害他父母并把他当作犹太人关入苦役营的士兵就从那里来。1938年11月9日，水晶之夜的翌日，他在前往巴黎的途中，在德国停留了一个早晨，就像他在一首诗里说的："经由克拉科夫 / 你到达，在安哈尔特—— / 火车站， / 你遇见了一缕烟， / 它已来自明天。"[9]

战后，布科维纳再次被苏军占领，成为一位德语诗人的选择和流亡的选择（先是去维也纳，然后是到巴黎）同时发生。在法国首都，他当起了高等师范学院的德语翻译和外籍教师，直到1970年他投塞纳河自杀。所以，做一位德语诗人，对策兰来说，意味着做一位流亡诗人，意味着"从死亡的语言内部"寻找他的词，在这语言内部探索一切表达的道路，同时也探索转变其法则的一切可能性，以把它变成另一种语言，一种"反语言"（contre-langue）[10]，一种缺席的证言。

1962年2月致作家莱因哈德·费德曼（Reinhard Federmann）的一封信使用了反讽的签名——"列夫之子保罗 / 一位俄国诗人，在德国属于异教徒 / 只不过一个犹太人"（Pavel Lvovitsch Tselan / Russki poët in partibus nemetskich infidelium / 's ist nur ein Jud）[11]——既揭示了策兰同语言的复杂关系，也表明了他在德语内部的局外人（Aussenseiter）身份。俄语、拉丁语和德语（借用了卡夫卡的《乡村医生》的一段话）统统融入对一种犹太性的承认，这种犹太性作为边缘且低贱的生存处境因此被他所承受和声明。这样的感召也解释了他留在巴黎的选择，在那里，他的书直到他死后才被翻译，而他始终不知道其有广泛的大众读者，虽然他已取得一定的声望，并获得了德国的文学奖。

我们无疑可以根据雷吉纳·罗班（Régine Robin）在

讨论意第绪语作家时提出的“语言跨越”（traversée des langues）[12]概念来研究策兰的文学路线，不过仍要指出，在这位切尔诺维茨诗人的情况里，其多样的语言土壤并不构成一块隐藏或潜在的背景画布，而是构成了其语言的基础本身。从这一点看，策兰的德语和卡夫卡的德语截然相反。尽管两者都属于相同的少数派德语文化，但他们同语言的关系有着天壤之别。布拉格作家的优美德语坚持其语言的精确、严格、简练，近乎单纯。切尔诺维茨诗人对语言的迷恋并不驻留于它的纯粹性，而不如说驻留于种种感染的无限丰富性，这些感染跨越了语言，而语言又探索并激发那样的感染，如同“一座特洛伊木马，装满了身份的符号，遗失的字词，一个被炸裂的种族和语言之过往所留下的痕迹”[13]。

在一封致马克斯·勃罗德（Max Brod）的信里，卡夫卡把自己定义为一个属于“西方犹太时间”（westjüdische Zeit）的人，对他来说，德语是一种流亡的语言。西方犹太语言遭到了同化，被切断了与其过往、与其根源的联系（这些根源在他眼中的化身就是他在布拉格的一家剧院里发现并结识的一群说意第绪语的演员），其每一个词只能表达一种丧失；其中性又纯粹的特点来自一种空虚，那是西方世俗化世界的空虚，是一个与意第绪性（yiddishkeit）紧密相连并滋养它的本真的社会宇宙的缺席。[14]策兰在奥斯维辛之后写作，对他来说，德语在一种更根本也更深刻的意义上，是流亡的语言。流亡从此离不开哀悼，因为它不再指示一个因同化而遭离弃或遗忘的世界，而是指示一个遭到灭绝、摧毁的世界，一个消失、化作灰烬的世界。正是以流亡为代价，他才能用德语写作，才能试着修复并转变这种已被敌人玷污的语言。穿过纳粹的阴影后，语言仍是唯一没有在废墟中遗失的价值。

死亡赋格

《死亡赋格》（Todesfuge）无疑是策兰最知名的一首诗，也最清楚地把其作者和20世纪的犹太悲剧等同起来。它属于早期的抒情文本，写于1945年，很可能是在切尔诺维茨动笔，然后在布加勒斯特完成，当时战争刚刚结束。被送入苦役营的记忆（在罗马尼亚的弗尔蒂切尼和布泽乌），双亲的痛失（他们丧命于乌克兰的米哈依洛夫卡集中营），布科维纳犹太民族的灭绝，其残余之众在一个惨遭战火蹂躏的国度里的分崩离析：这些让人印象犹新、心有余悸的事件，在这首散发着阴森之美、令人深感不安的哀歌中得到了表达。不同于策兰的绝大多数作品，这首诗在可读性上近乎头等，像是陈述了一个在众目睽睽之下一直暴露着的可怕现实。浸透全诗的情绪从第一节起就流露出来，诗句在顿挫有力的节奏中衔接，如强制的重复一般用螺旋迷住了读者，更确切地说，捕获了读者，劫持了读者，仿佛他们在听一首赋格：

> 清晨的黑色牛奶我们傍晚喝
> 我们正午喝早上喝我们在夜里喝
> 我们喝呀我们喝
> 我们在空中掘一个坟墓躺在那里不拥挤
> 住在那屋里的男人他玩着蛇他写
> 他写当黄昏降临到德国你的金色头发呀玛格丽特

他写着步出门外而群星照耀着他
他打着呼哨唤出他的狼狗
他打着呼哨唤出他的犹太人让他们在地上掘个坟墓
他命令我们给舞蹈伴奏[15]

初读之下，这些话像是一系列极端的隐喻，却不时地用几个浓缩的词，毫不夸张地描述了具体的现实。这首诗起初题为“死亡探戈”，1947年5月，其罗马尼亚语译本在布加勒斯特的杂志《当代》（*Contemporanul*）上发表，译者彼特·萨洛蒙（Petre Solomon）还在诗序里指出，它重现了“事实”[16]。其最早的德语版——因出现改变原意的印刷错误而发生变样，甚至遭到作者的否认——以“死亡赋格”为题，发表于1948年维也纳出版的诗集《骨灰瓮之沙》（*Der Sand aus den Urnen*），后又被收入1952年的《罂粟与记忆》（*Mohn und Gedächtnis*）。

批评家们已不厌其烦地指出，该诗的两个可能的来源，标题所采取的两个主题——赋格和死亡——在德国的文学和音乐传统中屡见不鲜。对歌德的《浮士德》（*Faust*）的指涉（“你的金色头发玛格丽特”）确凿无疑，当然也不排除策兰心里想着舒伯特的《死神与少女》（*Der Tod und das Mädchen*）、勃拉姆斯的《德意志安魂曲》（*Ein deutsches Requiem*）、马勒的《亡儿悼歌》（*Kindertotenlieder*），甚至瓦格纳的《爱之死》（*Liebestod*）这样的乐曲。但策兰最重要的传记作者约翰·费尔斯坦纳（John Felstiner）发现的首要且关键的来源，是基于一个有迹可循的真实事件。1944年，苏军用多种语言（包括俄语和罗马尼亚语）印制了一本小册子，据其所述，在卢布林–马伊达内克的灭绝营，有一支犹太管弦乐队被迫在囚徒们走向强制劳动地和被挑选送入毒气室期间演奏探戈。还有一支犹太管弦乐队在切尔诺维茨附近的雅诺沃斯卡集中营演奏探戈曲目，其中就包括名为“死亡探戈”的片段。该歌曲借鉴了阿根廷作曲家爱德华多·比昂科（Eduardo Bianco）战前在法国巡演的一首知名曲目。雅诺沃斯卡集中营的乐队照片已被保留下来。

自始至终，对灭绝营的指涉都在为诗歌设立路标。《死亡赋格》开篇强化节奏的矛盾表述“清晨的黑色牛奶”（Schwarze Milch der Frühe）象征着集中营里母性营养的毁灭[17]，也就是纳粹实施的价值颠覆。策兰很有可能从罗莎·奥斯兰德（Rose Ausländer）写于1925年的一首诗里借用了“黑色牛奶”这个表达，而那首诗发表于1939年阿尔弗雷德·马尔古–施佩贝尔（Alfred Margul-Sperber）在切尔诺维茨主编的一部文集[18]。集中营关押的体验促使策兰挪用了这个表述，它和集中营的亲身经历形成了一种文学的对应关系。这被污染的黑色牛奶在诗中作为集中营的标志出现，而生命的食粮被死亡的饮料取代：“我们傍晚喝／我们正午喝早上喝我们在夜里喝。”

随后的诗句，“我们在空中掘一个坟墓”（wir schaufeln ein Grab in den Lüften），让人想到焚尸炉的浓烟，它遮暗了集中营上方的天空并毒化人呼吸的空气。焚尸炉的烟囱所直指的天空超越了一切诗歌意象，是接纳受害者的真实场所（“躺在那里不拥挤”）。

在集中营里，连同犹太种族灭绝一起完成的是以“启蒙”（Aufklärung）传统为代表、由歌德所象征的（在此是由玛格丽特的“金色头发”唤起的）德国文化的毁灭。敌人在“黄昏”降临到德国时（wenn es dunkelt nach Deutschland）行动，因为其毁灭性的作品意味着对德意志人本主义的根本否定。

给犹太人下达的“在地上掘个坟墓”的命令，以及随后“用铅弹射你他射得很准”，无疑让人想到党卫军的特别行动队（1941年在切尔诺维茨展开行动的特别行动队10B分队）实施的大屠杀，而演奏和跳舞的命令则指涉集中营行刑期间被迫演出的犹太管弦乐队。该意象在两个诗节后返回，连同焚尸炉的浓烟：“他叫道更低沉一些拉你们的琴然后你们就会化为烟雾升向空中／然后在云彩里你们就有座坟墓”（dann habt ihr ein Grab in den Wolken）。

诗中，德国呈现出双重面相，一方面是死亡——“死亡是一位从德国来的大师”（der Tod ist ein Meister aus Deutschland）[19]——另一方面是玛格丽特的金发，仿佛美和恐怖紧密地结合在一起，共同分担了德国的历史。诗以两个并列的意象收尾，一个是玛格丽特的“金色头发”，那是对歌德或许还有海涅的借用和指涉，另一个是苏拉米斯（《雅歌》中的犹太公主）的“灰烬头发”。这两个意象指明了一种对立——金色和灰烬，德意志和犹太教，生命和死亡——以及一种同源、邻近、亲和，它在两行诗句里概括了“德国和犹太共生关系”的全部暧昧和迷恋，策兰正是那一共生关系的最后果实之一，而集中营构成了其悲剧的结局。

几乎可以确定，《死亡赋格》的另一来源是另一位布科维纳的德语犹太诗人伊曼纽尔·魏斯格拉斯（Immanuel Weissglas）的一首抒情诗。魏斯格拉斯曾是策兰的同班同学，战争期间也被关入集中营。这首题为“他”（Er）的诗直到策兰去世的1970年才发表出来，但它的创作极有可能先于《死亡赋格》，构成了后者的重要基础。两首诗之间具有极为惊人的对应关系，足以推翻它们是被分别创作、其作者没有任何联系的假设。魏斯格拉斯的诗述说了“空中的坟墓”（Gräben in die Luft），挖掘的铲子，小提琴和舞蹈。它尤其述说了德国的黄昏（in Deutschland dämmert）和“死亡，一位德国的大师”（der Tod ein deutsche Meister war）。根据让·波拉克（Jean Bollack）的说法，《死亡赋格》已被视为策兰的美学范畴内，对魏斯格拉斯文本的一次改写。《死亡赋格》，波拉克写道，“表现为对他所知的魏斯格拉斯诗歌的回应。他对元素进行重组而未引入其他元素；还是同样的元素，他却使之说出不一样的东西”[20]。策兰欠一位未知诗人的这份恩情并未削弱他的艺术——他的全部作品都充满参考和借用——而是凸显了一种在其不可还原地个人的抒情风格中找到表达的集体经验。

普里莫·莱维对策兰诗歌令人费解的隐晦表示谨慎，并将其比作“纸间壮大的阴影”[21]，他意识到《死亡赋格》可怕的美和“残酷的清醒”，以至于在《寻根》（*La recherche des racines*）中，把这首诗作为“嫁接”纳入他的“个人选集”[22]。

《死亡赋格》的某些形象贯穿着策兰的作品。空气和天空，作为遇害的犹太人的坟墓，在1955年的《从门槛到门槛》（*De seuil en seuil*）中，由一棵白杨树（犹太民族）的意象唤起，白杨树朝天空伸展它的根，以“乞求黑夜”[23]。更明显的是在1963年的《无人的玫瑰》（*La rose de personne*）里：

> 死和所有
> 从死中诞生的一切。那些
> 世世代代的链，
> 安葬在此
> 还高悬在此，在苍天之上，
> 环绕着深渊。[24]

种族灭绝消灭了东欧犹太教，连同它的历史和它的文明，它“世世代代的链”，而它们的代表就像夏加尔的幽灵一样对策兰显现，飘浮在空中：

> 那曾经的一个世界，仍在的世界：流浪的
> 东方，那些
> 漂浮者，那些
> 人和犹太人
> 云雾中的民族（das Volk-vom-Gewölk），磁铁般
> （《无人的玫瑰》）[25]

天空仍是这已逝世界的墓地：“围绕所有／破碎的／太阳，灵魂，／你曾在，苍天之上（im Äther）”[26]；“空中，

那里留有你的根，那里，/ 在空中（in der Luft）”[27]。在1959年的《密接和应》（Strette）里，策兰创造了同样的词“Rauchseele”来指代“冒烟的灵魂”。这首诗通常被视为《死亡赋格》的后续，其中，语言被进一步纯化，而隐喻也变得更加隐晦：

他们躺下的地方，曾有
一个名字——没有
名字。他们不曾躺在那里。是一些什么
躺在他们中间。他们
不曾看透。

不曾看见，不，
说这些
词。没有人
醒来，
睡眠
笼罩他们。
［……］
灰。
灰烬，灰烬。
夜。
夜—和—夜。
（《话语栅栏》[*Sprachgitter*]）[28]

在苍天、黑夜和灰烬旁边，其他被赋予特殊地位的意象表明了一种决定性的、不可逆的丧失的记忆：就这样，石头（Stein）被呈现为名副其实的墓石，它不能被掀起，为的是不发现，也就是不“暴露”受害者，那些“需要石头保护的人”（《从门槛到门槛》）[29]。所以，石头也被视为历史的隐喻，一个遭受石化和毁灭的过去的象征。

1950年代初的一首惊人诗作《时间的眼睛》（Œil du temps）似乎与本雅明那里已经出现的历史作为地狱的图景形成了呼应。如此的类同当然是无意为之，因为策兰直到1959年才读到柏林批评家的作品，但它仍十分惊人。正如其译者和诠释者马尔蒂内·布罗达（Martine Broda）强调的，浸透全诗的历史悲剧感的深层来源，应到曼德尔施塔姆那里探寻。[30] 历史不过是地狱火焰对时间（Zeit）的吞噬，而地狱中，只有死亡“开花”：

这是时间的眼睛：
它斜睨着
从一道七彩眉毛下。
它的眼帘被火焰洗涤，
它的泪是热蒸汽。

向着它盲眼的星飞来
熔化在更炽热的睫毛前：
世界变暖起来，
而死者

抽芽并且开花。

（《从门槛到门槛》）[31]

在火焰的吞噬下，历史只在身后留下一道巨大的创伤："时间的伤疤／裂开了／把大地浸入血泊。"（《从门槛到门槛》）[32]

瓶中信

对真理、哀悼和记忆的探求构成了策兰用来搭建其诗学的背景画布。他用一种非诗歌语言的形式来解释这些主题的情形并不多见。总的来说，不外乎三次，都在1958—1960年：两次是在德国接受文学奖，还有一次是错过了与阿多诺在瑞士阿尔卑斯的碰面，后者关于奥斯维辛之后禁止写诗的断定，他已了然于心。策兰抓住这三次机会进行了三次小规模的"越界"，写出了三篇形式完美又迷人的小散文，它们一起揭开了一种极度浓缩的写作的奥秘，用一道新的光芒照亮了他的作品。

1958年接受不来梅文学奖时发表的致辞开篇暗示了马丁·海德格尔。海德格尔曾在1954年的《什么叫思想？》（*Was heisst Denken?*）中探索了语言的起源。[33]策兰指出了"思考"（denken）和"感谢"（danken）在德语中的共同词根，并将其语义领域扩大至别的词，如"想念"（gedenken）、"纪念"（Andenken）、"虔诚"（Andacht）[34]，以最终说明他自己的语言探求，他研究语言是为了说出一种撕裂的记忆，那样的撕裂已把他和其祖先的世界永远地分开。于是，他追忆起他的出生地，一个不为大多数听众所知的消失的风景，那里住着由马丁·布伯（Martin Buber）用德语讲述的新哈西德教派的人物，它是“被历史遗忘的可以回溯到哈布斯堡王朝的一个省份”[35]，一片承载着自身文化的天地，“人与书”就生活在其间。

那个世界从此消失了，就像被历史吞没的一片大陆。在这充满废墟、丧失，以及，显而易见，死亡的风景里，只有语言存留下来。语言，就像其诗歌证明的，得到了保留，但它的幸存是以一段可怕的经历为代价的。被刽子手分享的语言应在遭受玷污和腐化之后得到修复。语言连同其说话者在集中营里受到摧毁，它只能在哀悼的助产下，从空无中重生。它不得不“穿过可怕的沉默”（durch furchtbares Verstummen），“穿过致命话语的千层阴影”（durch die tausend Finsternisse todbringender Rede）。经由苦难的过滤，他的语言无论如何变得丰满，因为正是这痛苦的经历把一种意义还给了词语并为他的诗歌提供养料。所以他能够试着在废墟中抵达历史的真理，抓住其中的碎片，复原出一个图像。诗歌从时间的缝隙和历史的撕裂中涌现；它如一个“尖锐的音符”被铭刻于当前；它不是“无时间的”（zeitlos），而是“穿越时间”（durch die Zeit hindurchzugreifen）的尝试。它承受时间的疤痕，作为其粗糙、其暴力、其深渊的见证，对此，它无权回避或躲闪：它“穿过时间非越过时间”（durch sie [die Zeit] indurch, nicht über sie hinweg）。真理的碎片就这样抵达了寓居之地，但那是脆弱不堪的临时之所，既宝贵又随意，如同一封“瓶中信”——再一次，一个从曼德尔施塔姆那里借用的意象——被抛入海中，以期有朝一日遇到一片陆地，或许，他补充说，是“心灵的陆地”[36]。

这封信并不一定能找到一位收件人，正如其见证的历史，涂满了鲜血，已然失去对昔日的信心。用他在其翻译的曼德尔施塔姆诗集后记里的话说，诗歌“向他自己的和世界的时日发出挑战”[37]，它所记录的碎片最终赶走了径直奔向进步的实证主义历史的快乐结局。信虽脆弱不堪，却普遍。为了获取这封瓶中信，需要付出极大的专注，需要守候撞向礁石并缓缓涌上海滩的浪涛，后来策兰引用本雅明论卡夫卡的文章，称那样的专注是“灵魂天性的祈祷”[38]。

这个由诗歌所表达的真理的普遍性位于策兰另一番讲话的中心，那就是两年后在达姆施塔特发表的毕希纳奖获奖致辞：《子午线》（Der Meridian）。他的诗歌和语言虽锚定于当下，却发起了对起源的探求，一种“拓扑的勘探”（Toposforschung），它在经历灾难之后，只能通往一个消失的宇宙，一个乌有之地，一个词源意义上的“乌托邦”，他用一个分隔符将其写成：乌–托邦（U-topie）。只有从这个乌有之地——石化的过去（“美杜莎的面容”）——出发，诗歌才能抵达真正的乌托邦，一个“自由且开放”的空间，而那不过是一条……子午线，“某个——如同语言——并非物质，却又属于大地、星球的东西”。子午线就是诗歌，如同最初的、亚当的语言，它普遍而无边界，也就是说，一个能够向全人类传达的透明的乌托邦。

奥斯维辛之后的诗学

1959年7月，策兰连同妻儿在瑞士阿尔卑斯的锡尔斯玛利亚短暂地待了一阵。他与西奥多·阿多诺离得很近。阿多诺视他为战后最伟大的诗人之一，承认他是为数不多的打破了奥斯维辛之后诗歌禁令的人，并想对他进行专门的研究（他从未写出那样的研究，但他精心地整理过相关的预备笔记）。错失的相遇——有可能不是出于偶然——促成了策兰最艰涩也最神秘的一篇文本《山中对话》（Gespräch im Gebirg），它于次年发表在德语杂志《新评论》（*Neue Rundschau*）上。这篇散文并不长，却隐晦难解——堪称犹太神话和犹太传统的各种文学引用、隐喻和暗示构成的迷宫——对此，作者含蓄地承认过，并将其风格比作一种犹太德语（Mauscheln），一种依照摩西语（Moische）进行加密、只有犹太人才懂的黑话。[39]

如同格奥尔格·毕希纳（Georg Büchner）的小说《棱茨》（*Lenz*），主人公在山间小道上开始他的旅程，但策兰的文本讲的是一个小犹太人，克莱因，他是游荡的犹太血统的真正子嗣，既没有财产，也没有故乡，他的人生就是一场永恒的流亡。他遇到了他的表兄，“比他年长，大出犹太人正常寿命的四分之一”，也就是另一个犹太人，格罗斯。克莱因指的就是策兰自己，而格罗斯则是阿多诺，两人的年龄相差近二十岁。格罗斯拄着一根大拐杖，并嘱咐克莱因不要让他那根小拐杖发出声。如同隐喻看似表明的那样，哲学——格罗斯的拐杖——宣示了它对诗歌，也就是克莱因的拐杖的优越感，并强行要求后者缄默。突然，整座山陷入了沉寂：“因此，那块石头也不出声，他们行走的那一片山地沉寂得出奇，他自己，还有另外那一个。很安静，非常安静，就在那一片山地里。”[40]

从策兰作品的角度来看，这篇文本的字词承担着极为确切的意思。诗歌的沉默转移到石头上。既然我们知道，石头代表着被埋葬的过去、被毁灭和封闭的历史，那么保持沉默的正是败者和死者的世界，如果诗歌缄默不语的话。如此的沉默紧随着一阵强烈的震动：“在这里，大地翻转过来了，翻转一次，两次，三次，并在中间裂开。”[41]石头沉寂，悄无声息，如同它所覆盖并“保护”的那些受害者。它“不交谈”（er redet nicht），然而“它说话”（er spricht），为那些无法倾听它也无法向它传声的人说话。它不同任何人交谈，但它的语言能被诗歌，被克莱因的拐杖识别并复原（“因为它跟谁说呢，拐杖吗？它跟石头说话”[42]）。克莱因能听懂石头的沉默，因为石头和其他受害者一样几乎围住了他：“我就躺在石头上，远在那个时候，你知道的，就在那些石头上；在我的旁边，他们也躺着，另外一些人，跟我一样的人，另外一些人，跟我不一样，又一模一样的人，就是那些表兄弟们……”[43]他与这死者的世界并行，从中归来；他认得石头，懂得如何倾听其沉默之声。

正如彼得·斯丛狄（Peter Szondi）写的，奥斯维辛“不仅是策兰诗歌的终结，而且也是它的条件”[44]。如果他与阿多诺在恩加丁相遇的话，他想让阿多诺明白的，就是其诗歌的这内在使命，以及它的真理和它的力量：“我，能对你说，本可以对你说这些的；却不说，也没有跟你说起这些。”[45]对于阿多诺禁止在奥斯维辛之后进行可能的诗歌创作，这则寓言确实构成了策兰的一个回应。如此的回应源于一次错失的相遇，不仅由这篇文本传递，也由其一生的诗歌作品传达。[46]

与阿多诺会面意味着接受他的阐释，从而接受对其自身作品的质疑，这是策兰做不到的事。像《山中对话》这样充满暗示和隐喻的文本允许他不离开其自身的领地作出回应，肯定诗歌同一切外部指令的不可通约性。这样的方式既迎接了挑战，又拒绝将其根源性的质问合法化。如果这篇文本证实策兰对阿多诺的禁令并非无动于衷，那么错失的相遇则表明他无论如何否认阿多诺有权发布那一禁令。

这篇文本由词语游戏、新词和破碎的言语构成，将读者置于迷宫当中，其神秘的风格不由得让人想起海德格尔的散文。有意思的是，1967年7月，趁着弗莱堡一次公开朗诵的机会，策兰同意和《存在与时间》（*Sein und Zeit*）的作者见面。我们知道，海德格尔对其诗歌、其德语的使用，产生了极大的影响，不只是通过那本重要的书，还有，更一般地，通过其全部作品（尤其是他写荷尔德林的论文）。策兰曾明确提及这样的影响，将他同语言的关系比作一种“海德格尔通道”（Heideggängerisch），该词结合了动词“gehen”（去往）和名词“Heide”（意为“平原”、“异教徒”或“非犹太人”[47]）。而梅斯基希的哲学家也知道并欣赏策兰的诗歌。不过，策兰清楚海德格尔的过去，清楚他同纳粹的牵连，还有战后，他闭口不谈其1933年的政治介入和希特勒的罪行。所以，俩人的会面在托特瑙堡的著名“木屋”内进行就不得不让人惊讶，甚至错愕了。至于他们的谈话内容——不再是两个能在山上用他们的犹太德语攀谈的犹太人，而是这样两个人，一个是德国哲学家，另一个是犹太诗人，他们的相遇无法以历史的遗忘为前提——我们所能作出的唯一推测出自策兰在访客簿上写的这句话："在木屋的簿上，眼看水井的星星，心中，存有一个将要到来的词的希望。"[48]数日后，也就是1967年8月1日，在法兰克福，策兰写下《托特瑙堡》（Todtnauberg）一诗，诗中他提到他的希望，那如果不是一个解释，至少也是一个词："希望，今天，/一位思者的/一个词，/来到/心里。"

绝望中的希望

这段插曲因策兰的诗歌旅程包含的犹太性而愈发令人惊奇，对于那样的犹太性，他有着极度敏锐的意识。正如1970年，他在死前不久写的，"我的诗暗示我的犹太教"[49]。不过，把策兰归入"犹太诗歌"这个有些固定的范畴还是显得武断，甚至不妥，就像把普里莫·莱维和让·埃默里（Jean Améry）仅仅视为犹太作家显得简单了一样。他们的犹太性更多地源于其所经历的历史的断裂，而不是因为他们扎根于一个传统、一种文化，甚或一个宗教。对此，不必提及策兰同他父亲，一个坚定的锡安主义者的复杂关系，或他对一切宗教遵奉态度的远离。即便他的诗"暗示"了犹太教，他也并不自视为一个犹太诗人。在一次同出版人马克斯·赖克（Max Rychner）的谈话后，他当着批评家汉斯·迈尔（Hans Mayer）的面，作出如下评论："我觉得我令他失望了。他期待我写犹太诗［……］但我写的完全是另一套东西。"[50]除了其文化和家庭的继承，策兰的犹太性是由种族灭绝引发的，它被建构为一种对丧失的痛苦且创伤性的感知。策兰的犹太教并不是基于其对一整套“肯定性”价值的依附，也不是基于一种信仰或一种对仪式的尊重，它不如说是源于对一种流亡的语言的选择。对此，让·波拉克写道：“策兰的犹太教不能从任何教义的立场上得到声明，不管是犹太教的还是基督教的教义，它们都会通过他重新找到一种犹太神学传统。［……］他自觉且自愿成为德国人中的犹太人；他接受了他们的语言，那并非犹太人的语言；如果他掌握了那种语言，就像他能够做到的那样，这也是为了从根本上融入被排斥的群体。”[51]

当然，策兰还是要比埃默里和莱维，甚至卡夫卡，更牢固地立足于犹太传统。埃默里在蒂罗尔的村庄受洗并长大，而莱维出自被欧化得最厉害的意大利犹太教，卡夫卡既迷恋意第绪语，又身处东方的犹太世界之外，以至于他在布拉格附近的哈西德社区度过一个夏天后，竟有一种拜访了非洲部落的感觉。切尔诺维茨犹太人的德语可以说与意第绪语共生。在德语文学的熏陶下，策兰了解意第绪语并喜欢用乡愁唤起他的出生地，比如在不来梅演讲中，新哈西德教派对他就绝无异域感。他也没有忽视由实践和仪式组成的某一传统的魅力，在《山中对话》里，他用安息日晚上角落里燃烧的一根蜡烛的意象来回忆那一传统。不过，策兰对这个传统世界的熟悉并没有把他变成东欧犹太人；他不如说成了一个边境的犹太人，掌握着德国的语言和文化，却对德国陌生，出生在罗马尼亚和东方犹太教的氛围里，却被西方同化并定居于西方，对他来说，战后的巴黎构成了一个天然的避风港。

策兰同犹太教的复杂又纠结的关系有可能源于迈克

尔·洛威（Michael Löwy）继卢卡奇之后描述的一种宗教无神论的形式，也就是“一个矛盾的精神形象，它带着绝望的毅力，寻找神圣与世俗之间弥赛亚式的汇合点”[52]。策兰的许多诗歌似乎证实了这一假设。

其中一些诗似乎在亲身经历的刺激下，采取了一种坚定的无神论立场，那样的经历根本地反驳了任何由历史的神性结局担保的正义和拯救的观念。奥斯维辛之后，“死的是天使而盲的是上帝”[53]。奥斯维辛之后，人再也不能相信上帝，除非上帝以人类之敌的形式出现，对之发起灭顶之灾。1959年的《话语栅栏》收录的《熄灯祷告》（Tenebrae）一诗采取了赞美诗的礼拜仪式的结构，像一次祈祷一样展开，毒气室里受害者相互纠缠的肉体暗示出从人到神的质变意象——“交错，抓紧，仿佛 / 我们每人的肉体曾是 / 你的肉体，主”[54]——神能够成为他们牺牲的终极负责人：“我们去向那水槽了，主。/ 它曾是血，它曾是 / 你流出的啊，主。”[55]在《无人的玫瑰》里，该主题变成了一些完全无法平息的词：“他们挖他们挖，如此他们的日子 / 离去，他们的夜。而他们不赞美上帝。/ 那个他们听到的，想要所有这些，/ 那个他们听到的，看到所有这些。”[56]在同一部诗集的另一首诗里——它是受苏黎世一次与内莉·萨克斯（Nelly Sachs）的谈话启发——策兰的无神论表达得更明白：“我们谈论你的上帝，我曾 / 冒犯他。”[57]另一方面，策兰最具争议的一首诗《圣歌》（Psaume）涉及的上帝是一个缺席的形象：“无人”（Niemand），而这样一个不在场的神（deus absconditus），根据格肖姆·肖勒姆（Gershom Scholem）分析的犹太神秘主义传统的说法，“隐匿于自身，只能在一种隐喻的意义上，借助一些词才能得到命名，而那些词，神秘地讲，并非真实的名字”[58]。

但矛盾的是，策兰的无神论也能具备一个强烈的灵性维度。他的某些文字表明，上帝也许没有离弃祂的子民，而是随子民一起在特雷布林卡、奥斯维辛和马伊达内克被消灭了。正是一个卑微、落败的上帝与受害者团结在一起，并分担了他们的苦难，看起来几乎在祈求他们：“祷告，主，/为我们祷告，/我们在靠近”[59]（Bete, Herr, /bete zu uns, /wir sind nah）。在《密接和应》这首完全沉浸于灭绝营回忆的诗里，一根希望之线出现并穿透了那死亡世界的阴暗之网。这根由受害者的记忆遗留下来的希望之线像未来救赎的许诺一样突然照亮了那片残垣断壁的风景。在黑夜与灰烬的广域内，我们徘徊于墓石和荒墙之间，被“冒烟的灵魂”包围，而这里迸出了一个弥赛亚的视像，很可能对应着《子午线》所命名的乌托邦：“如是/仍有庙宇挺立。一颗/星/也许仍在发光。/无物/无物失去。”[60]

这灵性的维度同样渗透了《无人的玫瑰》的纸页，在那里，诗人自己在“崇拜众神”[61]的误导下遗失了一个寻找他的词：Kaddish，犹太人的悼亡祈祷。然后，在另一首纪念他与内莉·萨克斯相遇的诗里，他提起了先知，他们的弥赛亚承诺已在奥斯维辛遭到了可怕的动摇——但或许还不是无可挽回。他们的讯息从此被简化为含糊不清的只言片语，却还未被彻底抹除：

会来，如果

会来一个人，

会有一个人步入世界，在今天，带着

族长的那种

稀疏胡须，他可以

如果他谈论这个

时代，他

可以

只是咿咿呀呀地

总是，总是，

更多更多。

（《无人的玫瑰》）[62]

这只是一根希望之线，一阵微弱的乌托邦冲动，20世纪的恐怖已令它踉跄，却未将其消磨殆尽。它就像一道意外的光线，撕破了笼罩在策兰诗歌上的厚重阴霾。它源于一种政治态度，除却罗马尼亚的青年岁月，那从不是好战分子的态度，而是毫无疑问地属于通常所谓的一种"介入"。这政治态度渗入了某些诗歌，比如《示播列》（Schibboleth），其中就出现了西班牙内战期间保卫共和国的动员令："禁止通行"（No Pasaràn）[63]。而1967年写于柏林的一首抒情诗则提到了兰德韦尔运河，罗莎·卢森堡（Rosa Luxemburg）的尸体曾被人扔进那里。[64]

我们知道，1938年在图尔时，策兰曾怀着极大的兴趣和热情追随托洛茨基派的运动——当时有好些超现实主义者加入其中——他在那里找到了政治介入和诗歌激情之间的一种综合。[65]有可能正是青年时期的这段经历使得二十五年后他在一封致好友彼特·萨洛蒙的信中，说自己仍在“开始的地方（那时候我的内心里还是一名老共产主义者）”[66]。对年轻时信奉的革命理想的这般审慎的忠诚也在策兰最重要的一篇文本《子午线》里再次得到确认：他称自己是“一个伴随着克鲁泡特金和兰道尔的著作成长的人”[67]，这无异于把一种自由主义的音调赋予了其“共产主义的内心”。

我们还能在不少琐碎但同样重要的文本中找到类似的感情，比如在给画家埃德尔·热内（Edgar Jené）的作品写的评论里，他用一个激动人心的表述，提到自己“忠实于一种态度，即在认识到这个世界和它的制度是人类及精神的监狱后，下定决心倾尽全力将这监狱的大墙推倒”[68]。

他被曼德尔施塔姆作品中流露的革命观念深深地吸引，并在一篇论这位俄国诗人的文章中称其为“他者的黎明，卑者的起义，造物的激昂：一场宇宙维度的动荡”[69]。在一种“根植于伦理和宗教”的社会主义里，他不得不认清自己：他是克鲁泡特金和兰道尔的仰慕者，同时，我们可以补充一句，也是本雅明与其友人肖勒姆的热忱读者。就像1967年接受《明镜》（*Der Spiegel*）杂志的简短采访时说的，他从未抛弃一场转型、一次变向的希望，而那只能表现为“一场革命［……］既是社会主义的，也是反专制的”。并且，在他看来，这样的转型应“从个体”出发。其传记作者约翰·费尔斯坦纳曾提到，五月风暴时，他怀着一定的热情，和他的孩子一起参与了拉丁区的街头游行，用法语、俄语和意第绪语高唱国际歌。[70]

在其一生中，他曾多次采取这样的立场，这表明，他用其诗歌探测的世界或许不像人们通常认为的那样对未来完全封闭。另一方面，驻扎于其中的希望之线也有可能难以维系，这主要是由于奥斯维辛所耗尽的历史发生的撕裂。如果他用新天使（Angelus Novus）的目光看待他的时代，他不会忘记那扇，根据本雅明的说法，允许废墟中的世界找到一个出口的“窄门”。但这只是一根脆弱的希望之线：对策兰来说，这根线已于1970年4月的某一天，断在了塞纳河的水流里。

《被撕裂的历史》（*L'Histoire déchirée*），1997年

---

[1] 我在此援引了拉切尔·厄特尔（Rachel Ertel）在谈论从灭绝中幸存的意第绪语诗人时使用的表述，对那些诗人来说，“写作是一个命令，是存活的一个近乎生物的宣示”。参见厄特尔，《在无人的语言中：灭绝的意第绪语诗学》（*Dans la langue de personne. Poésie yiddish de l'anéantissement*），Paris: Seuil, 1993, 16。——原注

[2] 参见马格里斯，《多瑙河之旅》，蔡佩君译，重庆：重庆出版社，2007，281。——译注

[3] 参见乔治·斯坦纳，《隐喻的漫长生命》（La longue vie de la métaphore），载于《时代写作》（*Écrits du temps*），第14-15期，1987，16。——原注

[4-7, 11, 16, 39-43, 45, 49, 66, 70] 参见费尔斯坦纳，《保罗·策兰传：一个背负奥斯维辛寻找耶路撒冷的诗人》，李尼译，南京：江苏人民出版社，2009，56；62；63；4；223；31；173；168，有改动；169；170，有改动；170，有改动；171；341；224；312。——译注

[8, 47] 参见乔治·斯坦纳，《被撕裂的命运：保罗·策兰黑暗又闪耀的天赋》（A Lacerated Destiny: The Dark and Glittering Genius of Paul Celan），载于《泰晤士文学

增刊》（*Times Literary Supplement*），1995年6月，3；4。——原注

[9, 15, 28, 31, 37, 54, 56, 60-62] 参见策兰，《灰烬的光辉：保罗·策兰诗选》，王家新译，桂林：广西师范大学出版社，2021，203；31；122，124；58；499；113；143；130；183；166-167。——译注

[10] 参见雷吉纳·罗班，《起源的哀悼：一种太多的语言，太少的语言》（*Le deuil de l'origine. Une langue en trop, la langue en moins*），Paris: Presses universitaires de Vincennes, 1993, 20。——原注

[12] 参见雷吉纳·罗班，《意第绪语之爱：犹太写作与语言情感（1830—1930）》（*L'amour du yiddish. Écriture juive et sentiment de lalangue [1830-1930]*），Paris: Sorbier, 1984。——原注

[13] 参见阿兰·苏耶（Alain Suied），《献给策兰的祈祷文：论文、笔记、翻译》（*Kaddish pour Paul Celan. Essais, notes, traductions*），Paris: Obsidiane, 1989, 10。——原注

[14] 关于策兰与犹太性的关系，参见朱利亚诺·拜欧尼（Giuliano Baioni），《卡夫卡，文学与犹太教》（*Kafka, letteratura ed ebraismo*），Turin: Einaudi, 1984。——原注

[17] 对贝特兰（Bettelheim）来说，"清晨的黑色牛奶"唤起了"一个扼杀其孩子的母亲形象"。参见贝特兰，《幸存》（*Survivre*），Paris: Laffont, 1979, 142。——原注

[18] 参见让·波拉克，《保罗·策兰的〈死亡赋格〉》（*Fugue de la mort* de Paul Celan），收于吉利贝尔（Gillibert）和韦尔戈维奇（Wilgowicz）主编的《灭绝天使》（*L'ange exterminateur*），Bruxelles: Université de Bruxelles, 1995, 131。——原注

[19] 根据乔治·斯坦纳的说法，策兰的这个意象借用自恩斯特·云格尔（Ernst Jünger）1939年于汉堡发表的小说《在大理石悬崖上》（*Auf den Marmorklippen*）中出现的人物"大护林员"。参见斯坦纳，《被撕裂的命运》，同前，3。——原注

[20] 参见让·波拉克，《保罗·策兰的〈死亡赋格〉》，同前，149。波拉克完整地引用了魏斯格拉斯的诗，包括其德语原文和法语翻译。——原注

[21] 参见普里莫·莱维，《论隐晦的写作》（Dello scrivere oscuro），《作品集III》（*Opere III*），Turin: Einaudi, 1990, 637。——原注

[22] 参见普里莫·莱维，《寻根：个人选集》（*La ricerca delle radici. Un'antologia personale*），Turin: Einaudi, 1981, 211。——原注

[23] 出自《我听说》（Ich hörte sagen）一诗，收于《从门槛到门槛》。——译注

[24-25, 29, 32] 参见策兰，《保罗·策兰诗选》，孟明译，上海：华东师范大学出版社，2010，229；237；114；106。——译注

[26-27] 参见策兰，《无人的玫瑰》，马尔蒂内·布罗达译，Paris: Nouveau Commerce, 1979, 57；153。——原注

30 参见马尔蒂内·布罗达，《在无人的手中：论保罗·策兰》（*Dans la main de personne. Essai sur Paul Celan*），Paris: Cerf, 1986, 87。——原注

33 参见马丁·海德格尔，《什么叫思想？》（*Qu'appelle-t-on penser?*），Paris: Presses Universitaires de France, 1959。——原注

34-36，38，67-68 参见策兰，《保罗·策兰诗文选》，王家新、芮虎译，石家庄：河北教育出版社，2002，175；176；177；194；182；156，有改动。——译注

44 参见彼得·斯丛狄，《论保罗·策兰的诗学》（Essai sur la poésie de Paul Celan），载于《批评》（*Critique*），第288期，1971，416。——原注

46 在有关《山中对话》的不同解读中，我想在此指出我认为最具洞察力的一个，出自策兰的意大利语译者朱塞佩·贝维拉夸（Giuseppe Bevilacqua）所写的策兰导读，参见贝维拉夸，《诗歌的真理》（*La verità della poesia*），Turin: Einaudi, 1993, XXIX-XXXIII。关于阿多诺的论文，参见摩西（Moses），《当语言成为声音：保罗·策兰的〈山中对话〉》（Quand le langage se fait voix. Paul Celan: Entretien dans la Montagne），收于布罗达主编的《逆光：保罗·策兰研究》（*Contre-Jour. Études sur Paul Celan*），Paris: Cerf, 1986, 124。——原注

48 参见奥托·波格勒（Otto Pöggeler），《词痕：论保罗·策兰的诗歌》（*Spur des Worts. Zur Lyrik Paul Celans*），Munich: K. Alber, 1986, 259。另见雨果·欧特（Hugo Ott），《马丁·海德格尔：传记要素》（*Martin Heidegger. Éléments pour une biographie*），Paris: Payot, 1990, 371。关于这次相遇，还可参见萨弗朗斯基（Safranski），《海德格尔及其时代：传记》（*Heidegger et son temps. Biographie*），Paris: Grasset, 1996, 440-443。（译按：参见费尔斯坦纳，《保罗·策兰传》，同前，296。）——原注

50 参见迈尔，《回忆保罗·策兰》（Erinnerung an Paul Celan），载于《墨丘利》（*Merkur*），第272期，1970，1160。相似的段落也出现在1959年10月31日策兰致内莉·萨克斯的信中。参见策兰与萨克斯，《通信》（*Briefwechsel*），Frankfort-sur-le-Main: Suhrkamp, 1994, 26。——原注

51 参见波拉克，《一场斗争史》（Histoire d'une lutte），载于《线》（*Lignes*），第21期，1994, 215, 217。另见阿尔弗雷德·赫尔泽尔（Alfred Hoelzel），《保罗·策兰：一个本真的犹太之声？》（Paul Celan: An Authentic Jewish Voice?），收于埃米·科林（Amy Colin）主编，《默证》（*Argumentum e Silentio*），Berlin: Walterde Gruyter, 1987, 352-358。——原注

52 参见洛威，《拯救与乌托邦：中欧的自由犹太教》（*Rédemption et utopie. Le judaïsme libertaire en Europe centrale*），Paris: Presses Universitaires de France, 1988, 162。——原注

[53] 出自《一首荒漠中的歌》（Ein Lied in der Wüste）一诗，收于《罂粟与记忆》。——译注

[55] “交错，抓紧”（ineinander verkrallt）一字不差地重复了最早的一部论犹太种族大屠杀的作品的德语译本所用的表达，即历史学家瑞特林格（Reitlinger）1956年在柏林发表的《最终解决》（*Endlösung*）。参见波拉克、温克勒（Winkler）和沃尔格鲍尔（Wörgebauer）主编的《关于保罗·策兰的四首诗：一种多元的解读》（Sur quatre poèmes de Paul Celan. Une lecture à plusieurs）对这首诗的不同阐释的讨论，载于《人文科学杂志》（*Revue des Sciences Humaines*），第223期，1991-1993, 146。关于该诗在奥斯维辛揭示的一个与人类为敌的上帝意义上的解释，参见迈克尔·欧萨尔（Michael Ossar），《恶意的上帝与保罗·策兰的〈密接和应〉》（The Malevolent God and Paul Celan's Tenebrae），载于《德语季刊》（*Deutsche Vierteljahrsschrift*），第65期，1991, 178。——原注

[57] 参见策兰与萨克斯，《通信》，同前，41。（译按：参见策兰，《灰烬的光辉：保罗·策兰诗选》，同前，172-173。）——原注

[58] 参见肖勒姆，《犹太神秘主义主流》（*Les grands courants de la mystique juive*），Paris: Payot, 1994, 24。——原注

[59] （译按：参见策兰，《灰烬的光辉：保罗·策兰诗选》，同前，113。）关于上帝并非全能之主，而是因公正而软弱的类似观念，已在哲学层面上由汉斯·约纳斯（Hans Jonas）所阐释，参见约纳斯，《奥斯维辛之后的上帝观念》（*Le concept de Dieu après Auschwitz*），Paris: Rivages, 1994。不过该观念已在艾蒂·海勒申（Etty Hillesum）的日记里出现，参见海勒申，《动荡生活／韦斯特博克书信》（*Une vie bouleversée / Lettres de Westerbork*），Paris: Seuil, 1995。——原注

[63] 德里达正是从这个“暗号”出发创建了他对策兰作品的阐释，参见德里达，《示播列：为了保罗·策兰》（*Schibboleth. Pour Paul Celan*），Paris: Galilée, 1986。——原注

[64] 参见《雪部》中的《你卧》（Du liegst）一诗：“那女的／必须漂在水里，母猪。”（引自《保罗·策兰诗选》，同前，418。）——译注

[65] 参见伊斯萨尔·查尔方（Israel Chalfen），《保罗·策兰：青年传记》（*Paul Celan. Biographie de jeunesse*），Paris: Plon, 1989, 88。——原注

[69] 出自策兰，《奥西普·曼德尔施塔姆的诗歌》（La poesia di Osip Mandelstam），参见贝维拉夸，《诗歌的真理》，同前，52。（这篇文本是策兰为德国广播节目准备的，它于1988年被发现，未被收入五年前法兰克福出版的策兰《作品选集》［*Gesammelte Werke*］。）——原注

保罗·策兰

［英］阿尔贝·霍桑德尔·弗里德兰德 文
马豆豆 译

当海因里希·海涅离开德国前往巴黎时，他找到了一个家园；他同时找到了理解、爱、敌人、厌倦、一张墓床、犹太人的旋律和记忆、乡愁以及蒙马特公墓里的一座墓穴。法国人明白这场流亡的伟大。他们欣赏他的作品，并且开始领会与诗人一同流亡的德国传统的积极方面。同时，海涅开始理解自身；墓床上的写作照亮了作者和他的遗产。纵有重重失望，巴黎仍给了海涅生机。如果海涅提前死去，那也是不朽之路途上的事故。

保罗·策兰来到巴黎是为了求死。但他在巴黎生活了二十二年！且那里有同伴；那里有赏识！在他从事的工作里，难道没有某种身为一名教师的满足吗？身为一名翻译家？身为一位步入伟大的诗人？步入……死亡。

> 黑色牛奶［……］我们喝呀我们喝
> ［……］在空中掘一个坟墓

巴黎没有一处是策兰的家。没有任何地方可以作为家。早在他跃入塞纳河前，他就谈到了离开，谈到前往瑞士，前往某些地方，除德国以外的任何地方。但只有德国人阅读他的诗，隐约意识到他的独一无二，为他颁奖：1958年的不来梅文学奖，1960年的格奥尔格·毕希纳文学奖。但当他竭力追求极致的清晰，追求一种新的语言时，他们又称他密闭，因他的缺席而不安。一些学者认定他是战后最伟大的德语诗人。但公众不曾听闻他。他对犹太主题的体察和运用使他跻身现代伟大的犹太诗人之列。但就连犹太学者都不知道他。在其有生之年，他的坟墓已在空中掘好了……

1

保罗·策兰是谁？这个名字本身就神秘如谜，它是家族姓氏安切尔（Ancel）或安彻尔（Antschel）的一个变位词。他于1920年11月23日出生在切尔诺维茨（布科维纳地区）。切尔诺维茨的犹太群体因其聪敏智慧，因其触及家庭生活各方面的丰富传统，而被犹太编年史家所记录。策兰曾为他的一首诗题名：——

一首骗子和小偷的小曲
由来自萨达格拉附近的切尔诺维茨的
保罗·策兰所唱
于巴黎蓬图瓦兹[1]

从而，我们能够沿祖先的传统画出一条线，直指萨达格拉的加利西亚村的哈西德派生活。

关于安息日的记忆，关于家中舒适的意第绪语的记忆，而非门外潜伏的死亡和毁灭的记忆，才是策兰意识的一部分。对死亡集中营的认识矗立在一个欧洲犹太人和他的童年之间：

受福

能否上天去问问上帝，
世界该是现在这个样子？

——意第绪语歌谣

喝了
你喝下了，
祖先传下来给我的东西
由祖先的彼岸而来的：
——，普纽玛。

［……］

你，听到了，我合上眼睛时，
那声音不再跟着唱：
’s mus asoj sajn。[2]

然而如果命运判决了黑暗，记忆那紧闭的双眼就会指出重返安息日的路；隐匿的哈西德派教徒会与新娘重聚。

策兰内心怀有的哈西德派虔诚也可以从他与马丁·布伯那非同寻常的相遇中窥得（别处已有描述）。他们互不认识对方。布伯看到一个探索书籍而非生活的男人；策兰觉得自己不被理解。但如果布伯研究过保罗·策兰的写作——那里，每一个词汇都是一片隐含着火花的贝壳，那里，玫瑰和杏仁纷纷破绽，启示灵魂朝拜上帝——那么他会意识到，来自布科维纳的一位智者曾站在他面前，并且被无视了。

清晨的黑色牛奶我们傍晚喝
我们喝［……］

1942年，保罗·策兰在罗马尼亚的某地，尝到了德国集中营的黑暗。那是一所强制劳动营，并不是一所灭绝营；但他窥见了死亡的面孔，死亡是从德国来的大师。他从集中营出来，他重获新生。《死亡赋格》写于前往东部集中营的火车。当诗歌和作者一同幸存下来时，诗歌就传播出去并打动了世界。在那些日子里，世界仍能以某种方式听到幸存者们的记录。但攻讦几乎紧随而至。策兰遭到了公开处刑，他被视为一位邪恶牛奶的供应者，一个用痛苦牟利的奸商。他的语言被叫作“恶之花”。这些小规模攻击如今已被遗忘；但其在策兰身上留下的伤痕，形塑了他的未来。他曾在图尔学习医学，在切尔诺维茨大学学习浪漫主义文学，之后在索邦大学学习语文学和德语文学。但他没有成为一名学者或大学教师。有一段时间，他在布加勒斯特从事编辑和翻译工作；之后在维也纳进行。1948年，他移居到巴黎；并成为一名法国公民。再一次，他开展了翻译工作。他翻译俄国文学：亚历山大·勃洛克，奥西普·曼德尔施塔姆和谢尔盖·叶赛宁。他对兰波和瓦莱里的翻译显示出他对法国环境的深刻理解；然而，没人会说他在巴黎过得幸福。他不得不为生计奔波。到1959年，他已成为巴黎高师的一名讲师。而他的诗歌已经击破他个人的悲痛之石，为其在德国建立了声名。但他无法在德国生活。最终，他无法存活。

2

在许多方面，保罗·策兰都是一位犹太诗人。他的命运是犹太式的；在集中营，他的父母被屠杀，他的六百万亲人死去。为什么？这对一个犹太人意味着什么，在那时和在今天？策兰与此斗争，他否认、确认、对抗着一个事实，即他的童年被遮蔽了，他的大部分学识也被遮蔽了。彼得·梅耶（Peter Mayer）、彼得·诺曼（Peter Neumann）及其他学者已表明以色列的构形如何在策兰诗歌的关键词中自我显露。犹太人就是“玫瑰”；《圣经》中有此先例。他的诗集《无人的玫瑰》被献给了奥西普·曼德尔施塔姆。而那首向我们揭示了“无人”之本质的诗歌，被直白地命名为

赞美诗

无人再次从大地和黏土里捏出我们，
无人给我们的尘埃施法。
无人。

赞颂你的名字，无人。
因为你的缘故
我们将绽放。

向着
你。

一个虚无
我们曾是，现在是，将来
依然是，绽放成花朵：
这虚无——，这
无人玫瑰。[3]

无人是上帝的名字，当他的玫瑰，即他的子民，被碾成尘土之时。它乃“虚无玫瑰”，仍是上帝的所有。

另一个重复出现的词是：杏仁（mandel）。策兰最著名的一首诗，是诗集《罂粟与记忆》的最终篇：

数数杏仁，
数数这些苦涩的并使你一直醒着的杏仁，
把我也数进去：

我曾寻找你的眼睛［……］
［……］

让我变苦。
把我数进杏仁。[4]

这两首诗可以通过策兰关于“杏仁中的虚无”的用词联系起

来。最终，我们知道，有六百万颗杏仁，而策兰希望自己被数入其中。

任何对策兰作品的简单研究都有失公允，尤其当我们追随那些通往其诗歌的隐秘路径时。我们能够且必须破开语言的贝壳，辨识出身处其中的“小犹太人”（dos pintele yid）。这意味着有许多讲述犹太人生活、习俗和仪式，讲述犹太人命运的直白诗歌。点火仪式或经文护符匣，圣经中的事件，犹太教的地点和传说，都被事无巨细地记录下来。布拉格和魔像戈伦（Golem）的故事，以一种将拉比罗伊（Loew）及其作品与当今事件联系起来的方式得到复述。然而，甚至在那里，一个人也被引回到对造物主与造物之间关系的意识，而创造了虚无玫瑰的无人的赞美诗就是对那关系的探索。

《死亡赋格》被收入选集再版；它是一首不该被遗忘的卓越诗篇。对策兰作品的全面研究表明，他为这一作品写了一首相反的诗：《密接和应》（Engführung），在诗中，死亡集中营再次得到拜访，而另一件引人注目的合唱作品与早前的那首诗歌展开搏斗，并给予我们一种更深层的，对饱受折磨的诗人之幻见的理解。一丝希望闪烁在这首诗中；但它最终熄灭了，因为诗人回到了地狱之国。

西奥多·阿多诺曾写到，奥斯维辛之后，不再能有诗歌。策兰的作品是对此的一个回应。

策兰的一部遗作如今即将发行：《光之迫》（*Lichtzwang*）。在美国，对他一些作品的翻译正在展开。也许，这些翻译的出版会使犹太群体意识到其所遭受的损失。在表达感谢的寥寥数语中，《欧洲犹太教》（*European*

Judaism）的作者和编辑只能提醒人们关注什么已经失去，而在未来的日子里又有什么可被再次发现。保罗·策兰就像他的作品：一种深深的悲痛倚靠着他。但，贝壳之下，某种东西闪着光辉，如此光明和清澈，照亮了他所写下的最艰涩的词。他所有的才识都被倾注入他的作品；而当作品不被理解时，他感到无所适从。

策兰应当被哀悼。更重要的是，他应当被阅读。

死亡赋格

清晨的黑色牛奶我们傍晚喝
我们正午喝早上喝我们在夜里喝
我们喝呀我们喝
我们在空中掘一个坟墓躺在那里不拥挤
住在那屋里的男人他玩着蛇他写
他写当黄昏降临到德国你的金色头发呀玛格丽特
他写着步出门外而群星照耀着他
他打着呼哨唤出他的狼狗
他打着呼哨唤出他的犹太人让他们在地上掘个坟墓
他命令我们给舞蹈伴奏

清晨的黑色牛奶我们夜里喝
我们早上喝正午喝我们在傍晚喝
我们喝呀我们喝
住在那屋里的男人他玩着蛇他写

他写当黄昏降临到德国你的金色头发呀玛格丽特
你的灰烬头发苏拉米斯我们在风中掘个坟墓躺在那里不拥挤

他叫道朝地里更深地挖呀你们这些人你们另一些唱呀拉呀
他抓起腰带上的枪他挥舞着它他的眼睛是蓝色的
更深地挖呀你们这些人用铁锹你们另一些继续给我演奏

清晨的黑色牛奶我们夜里喝
我们正午喝早上喝我们在傍晚喝
我们喝呀我们喝你
住在那屋里的男人你的金色头发玛格丽特
你的灰烬头发苏拉米斯他玩着蛇

他叫道把死亡演奏得更甜蜜些死亡是从德国来的大师
他叫道更低沉一些拉你们的琴然后你们就会化为烟雾升向空中
然后在云彩里你们就有座坟墓躺在那里不拥挤

清晨的黑色牛奶我们在夜里喝
我们在正午喝死亡是一位从德国来的大师
我们在傍晚喝我们在早上喝我们喝你

死亡是一位从德国来的大师他的眼睛是蓝色的
他用铅弹射你他射得很准
住在那屋里的男人你的金色头发玛格丽特
他派出他的狼狗扑向我们他赠给我们一座空中的坟
　墓
他玩着蛇做着美梦死亡是一位从德国来的大师

你的金色头发玛格丽特
你的灰烬头发苏拉米斯[5]

《欧洲犹太教》，1970—1971年，第1期

[1, 3-5] 参见策兰，《灰烬的光辉：保罗·策兰诗选》，王家新译，桂林：广西师范大学出版社，2021，176；141-142；46-47；31-33。——译注

[2] 参见策兰，《保罗·策兰诗选》，孟明译，上海：华东师范大学出版社，2010，213-214。——译注

在黑暗的天空下

［西］何塞·安赫尔·巴伦特 文
尉光吉 译

“我们生活在黑暗的天空下”
保罗·策兰致汉斯·本德尔（Hans Bender），1960年[1]

诗歌言语是一种反抗死亡发出的言语。其本质的存在理由就在于此。奥登曾写道：“诗歌不会让任何事发生：它将幸存。”[2]

我觉得，这就是策兰（1958年）在不来梅说的话语“漂流瓶”的意思：寄托于幸存的希望，寄托于言语在另一片海岸被人收到的——确定的——可能性，好让非死亡也成为可能，在另一片海岸，“也许是心灵的陆地”[3]。

此时此刻，在策兰逝世二十五年后，在一场晦暗横渡的尽头，这可怕的言语流传到我们手中，鲜活又炽热。我们知道，多亏了语言，种族灭绝得到了思考，它将其全部致死的重量压到言语上；它只能由言语来净化，而言语不得不摆脱其对漫长阴森的暗影隧道的沉浸，回归其本质。

自我们对一个黑暗时代（荷尔德林的“贫困时代”［dürftiger Zeit］）有所记忆以来，自我们彻底坠入黑夜中心以来，一种新的“要有光”就能够在诗歌言语中被说出，而从阴影中流露的诗歌言语仍弥漫着阴影，浸透了它终要见证的晦暗。

保罗·策兰的声音已落入黑夜，它沿着阴影的无限阶梯行走，玄奥或隐匿，缄默或不显现，它从中生出一种新的言语，一种新的显现。可怕的诞生，艰难的分娩。一封自身就保有其全部光芒的密信。一只海上的漂流瓶。直到另一只手，另一道目光，另一份倾听，将之截获，将其收取，直到变形恰好通过此举发生。言语，圣言。为了重新在我们当中定居。

一种语言已被那些强制、固定、麻痹意义和言语流动的人所剥夺，所禁止，它已被囚禁，被关押了这么久——这语言来到诗中显现，不是为了再次成为意义的囚徒，而是为了说出意义，使之向不可预料也未曾预料的共鸣敞开，后者允许其连续的减轻，允许更自由的全新视域的发明或相遇。

正因如此，伟大又令人难忘的埃德蒙·雅贝斯（Edmond Jabès）已察觉，在保罗·策兰的语言背后，有着另一种语言的从未停息的回响。光与影的交界。富饶的语言和贫瘠的语言，放弃的语言和希冀的语言。

雅贝斯问道："一边是明澈；一边是晦暗。但若它们混合到如此的地步，又如何把它们区分？"[4]

而正是在这里，在这条区分的界线，这条可怕的界线上（1969年，策兰写道："诗歌不再强加自己，它暴露自己"[5]），诗歌的声音实施不可能之事：它从其必死性中救出那给我们致命一击的言语，而多亏了这唯一的声音——"拉撒路，来"[6]——幸存的道路，不灭的道路，才在深渊和阴影上敞开。

不可能逃避真相；必须直面它。“那言说阴影者，言说真实”（Wahr spricht, wer Schatten spricht）[7]，1954年策兰如是写道。

这种为把真相——痛苦地——带到世上而言说阴影的方式，标记了策兰的所有写作，并无疑构成了1947年以策兰的名字（在布加勒斯特，用罗马尼亚语而不是德语）发表的第一首诗《死亡赋格》的最显著的特征之一。

罗马尼亚语的诗题为“死亡探戈”（Tangoul Morții）。事实上，党卫军会在施刑期间使用爱德华多·比昂科的一首名为“祈祷”（Plegaria）的探戈曲段，后者曾在1939年的柏林，当希特勒的管弦乐队在他面前演奏时，被录制下来。

当然，集中营里的演奏者是犹太小提琴手，在轮到他们被消灭之前，他们会用不祥的旋律陪伴受害者。

该文本的平行结构从一开始就由头两个词——“黑色牛奶”（Schwarze Milch）——所标记，它引出了构成诗作的四个声调单元。正是那反复纠缠的结构——“我们喝［……］我们喝呀我们喝”（wir trinken [···] wir trinken und trinken）——从根本上把这首惊心动魄的诗变成了一份以其可怕的光辉和令人生畏的美来清楚地见证我们时代的文本：

清晨的黑色牛奶我们在夜里喝
我们在正午喝死亡是一位从德国来的大师
我们在傍晚喝我们在早上喝我们喝你
死亡是一位从德国来的大师他的眼睛是蓝色的
他用铅弹射你他射得很准

住在那屋里的男人你的金色头发玛格丽特
他派出他的狼狗扑向我们他赠给我们一座空中的坟墓
他玩着蛇做着美梦死亡是一位从德国来的大师

你的金色头发玛格丽特
你的灰烬头发苏拉米斯[8]

从阴影中诞生了——“语言，黑暗的壁柱”（Sprache, Finster-Lisene）[9]——永不熄灭的凯旋之光：“你的灰烬头发苏拉米斯”（Dein aschenes Haar Sulamith）。灰烬，烟，它们的坟墓在空中。它们绝不能被放弃。这是幸存，其幸存，其在记忆里不可磨灭的到场的诗歌之深根。

《欧洲》（*Europe*），第1049-1050期，2016年

---

1 出自1960年5月18日策兰致本德尔的信。参见策兰，《保罗·策兰诗文选》，王家新、芮虎译，石家庄：河北教育出版社，2002，174。——译注

2 出自1940年的《诗悼叶芝》。参见奥登，《奥登诗选：1927—1947》，马鸣谦、蔡海燕译，王家新校，上海：上海译文出版社，2014，395。——译注

3 出自1958年的不来梅文学奖获奖致辞。参见策兰，《保罗·策兰诗文选》，同前，177。——译注

4 参见雅贝斯的《词语的记忆》一文。——译注

5 这是策兰在巴黎《蜉蝣》杂志上写的一句话。——译注

6 参见巴伦特的《拉撒路》一诗：“最后只剩下／声音，声音，召唤的／强大声音：／——拉撒路，来到白日。／夜间动物，／蛇，来，为已抹去的一切／赋形。”——译注

[7] 出自《说，你也说》（Sprich auch du）一诗。参见策兰，《灰烬的光辉：保罗·策兰诗选》，王家新译，桂林：广西师范大学出版社，2021，53。——译注

[8] 参见策兰，《灰烬的光辉：保罗·策兰诗选》，同前，33。——译注

[9] 出自《愿你如你》（Du sei wie du）一诗。参见策兰，《保罗·策兰诗选》，孟明译，上海：华东师范大学出版社，2010，414。——译注

为了保罗·策兰

［意］安德烈·赞佐托 文
尉光吉 译

对任何人，尤其是写诗的人来说，接近保罗·策兰的诗歌，哪怕是以翻译和一种零散破碎的形式，都免不了震撼。策兰代表了看似不可能之举的实现：不只是在奥斯维辛之后写诗，还要在那些灰烬“之中”写，通过平息那绝对的灭绝，同时又以某种方式驻留于其中，成功地抵达另一种诗学。凭借被人毫不犹豫地形容为无与伦比的一种力量、一种柔和、一种刺耳，策兰穿越了那些埋葬的空间。但在穿越一个个不可能之障碍的进程中，他收获了令人眼花缭乱的发现，这些发现对20世纪下半叶的诗学来说举足轻重，并且不只是在欧洲，虽然它们唯其独有、令人费解、难以接近且不易模仿。一切解释学皆因此遭受质疑，尽管它们着急地期盼并要求着这样一场危机。

此外，策兰始终意识到，他的语言向前走得越远，就越是不可避免地失去意指；对他而言，人已停止存在。尽管他的文本里并不缺乏对另一段历史的持续迸发的怀念，但那段历史在他看来只是展露了一种凶猛又抑制不住的否定：语言清楚自己无法取代毁灭的漂移以把它改造成别的某种东西，变成符号。但同时，语言又不得不“推翻”历史和某种超过历史的东西，它不得不一边继续服从这个世界，一边“超越”它并至少指出其可怕的亏损。

如果诗歌无论如何仍总是一种构造、一种组成，甚至在它穿越一切而一切都否认它的最终时刻也不例外，那么历史，不管怎样，从此就不能在它面向意义的多维逃逸中得到直接或间接的支撑或表达。因此策兰在一个形式系统或一系列形式里表达自己，意识到自己正走向喑哑（正如他本人有机会确认的那样）。这样的喑哑是某种不同于沉默的东西，它也可以是一种实现的形式，后者隐藏并同时揭示了一种“魄力”，而一种内在的力量最终在里头缓慢而又无情地占据了上风。更确切地说，不得不占据上风：但这也意味着，坠入缄默并伴随这同样的话语发觉自己不得不为种种发现而陷入一种至高的迷醉，这就是策兰身上流露出的悖论。

他穿过一种言说的空间前行，那种言说会变得越来越稀薄，同时又变得几乎极度稠密，就像一种物理的“特异性”。他收集并肢解词语，创造了大量极端的新词，他扭转句法而不因此从中摧毁一种可能的奠基依据；他把其自身的语言系统，德语，发挥到了极致。但同时，他意识到，他自己的这些神奇的设计，这些分布于不同层阶（音阶或非音阶）的难以置信的“赋格”和“密接和应”，这些地质，这些被突然切断的双重根基，都趋向了某种东西：既不是语言深不可测的彼岸，也不是回归一个诞生地。在策兰话语的每一次运动里，都潜伏着某种决定性的、精雕细琢的东西，但那样的雕琢就像是在隐喻一种错失了的永恒，以及一种无论如何仍“不安宁”、未得复仇的死亡。不再有诞生，也不再有真正带来拯救的回归，同样不再有人所极度向往的“故乡”，哪怕是在强大的文化参照的框架下：不论是从荷尔德林到特拉克尔的德语传统留下的痕迹，还是其整个非凡又残酷的命运途中逐渐承担并经受的一个极其深刻的希伯来元素的在场。于是可以说，策兰的命运每时每刻都是一幕剧，一出戏，它必定神圣（尤其是在拉丁语sacer的意义上）：它让诅咒渗透了一切诗学和人性的发明所包含的祝福。

不管怎样，在毁灭的氛围里，他对神圣性的否定仍未言明，但这样的否定对他总有一种神圣和传讯、威胁和诱惑、催眠和盲目的价值。在一切意义似乎不得不停止为这个词存在的时刻，它成了彻底认命的形式。纸上留有的痕迹证实了一种巨大的努力，一种由执迷的自我挫败所支撑的创造和爱的异常天赋，不过那一天赋无比多产，甚至能在一系列转折中，在其超现实／非现实／次现实的虹彩光晕下被划分出不同的时期。在其可怕字谜的烙印里，一种暴力得以经受并沉积于纸上，几乎就像无法称呼的大屠杀的残余。

*

面对类似但未必如此极端的难题和处境，我们时代许多实验诗歌的能手，已极为主动地尝试了别的可能和姿态。其前提是认定策兰的体验这样的素材已以某种方式被内含于一个球体。那是有待从外部包围、拆解并加以“亵渎”的球体：只要撞上一系列精神姿态，尤其是撞上一系列从当前所有知识（或无知）领域中借取的，与之深度相异的编码，它便会破裂。所以，关键实质上是拆解，是从外部攻击这个

“世界模式”，以获得最不可能的可能性，即在历史和诗歌言语之间建立一种不同的关系。对策兰来说，这是一个不停地浮现的难题，虽然他对之察觉充分，但在难题面前，他不得不隐约地感到自己束手无策，纵然他有无限的学识，尤其是语言的学识，纵然他有能力与其他的诗歌和体验的世界达成火热的共生（只需回想一下他与曼德尔施塔姆幽灵的热忱的共谋关系）。尽管他全部工作的展开都离不开最多样的诗歌体验，包括最“渎神”的体验，而且他挑选巴黎当作其日常生存之地的意愿也促成了那一紧密的联系，但他在忠于一种言语的锁链中建立了其独有的居所，而那种言语还源于其母亲／刽子手的德语。

他善于领会的目光和感觉，他让诗歌“不强加自己，而是暴露自己”（这是他自己的话）的阶梯般摇摇晃晃的纸页，他用于墨西哥献祭的石刀，他在语言面前的离弃和攻击，他的手法，包括最极端也最令人不安的手法，几乎注定永远绕着一种“崇高”的身份旋转，那样的崇高既是作为虚空，也是因为虚空。不过，他总处在一种垂直状态的影锥里，像是“面对着”、区别于其他人的遭遇。但无论人们想给予他什么样的位置，诚然没有人能在我们时代诗歌的丰富性上与之匹敌。要跟随策兰步入绽出无限诱惑的苦路千站几乎不可能，更别说走过茫茫微光之林，挺过冰川凝结的寒冻，毁形物化的消蚀，模棱两可的木化，以及被破坏性的异语症同时炸成“平行”词藻的一段令人沉默的历史。但一种顽固的力量到来凝固了这垂直的负核周围一切的出路。因为根本上，策兰从来不缺一种爱的暴力，而爱是绝对的，恰恰因为它始终“没有对象”。策兰没法走出这极度单一的姿态以进入一个在他看来是双重游戏的领地，他没法怀着这种对崇高形式的冲动超过自己（假定那是值得的），而且崇高的形式也被否认了许多次，它会出现在前文提及的那些属于“他的”传统里：从“荷尔德林”和希伯来的血统，尤其是哈西德派的血统，一直延续到现实的“碾平”，即便对“那”现实的追寻是他从一开始就有意强加给自己的使命，而他也以此为己任，直至最终牺牲了自己。

*

剩下的只是倾听内莉·萨克斯在回忆策兰时说的话：“策兰受恩于巴赫和荷尔德林，受恩于哈西德派。”从中可以看到一种真挚又虔诚的感激的理由，而我们整个世纪都应为此向他表达敬意。应该致敬的还有另一个人。那个人虽然欣赏他，并拥有在知识共享的巅峰上与他相会的全部名义，却把他埋没在最令人困惑的态度和话语的断续之下，甚至犯了一个或许最严重的过错，伤害了他：那个人就是海德格尔。所以，一种最终的失望之情几乎压在策兰的诗歌《托特瑙堡》上（那是哲学家日常隐居的山庄，1967年策兰曾怀着“今日／让一位思想者的／言语／来到／心中的希望”造访）。尽管人们对那场谈话的细节所知甚少（诗歌的根本难题无疑占有一席之地），策兰肯定希望听到哲学家说出一句对大屠杀的由衷谴责，或对大屠杀面前保持的沉默表示几分悔意。但完全没有。在诗歌优美又神秘的用词里，隐约透露着一个自我封闭得近乎于孤独症的海德格尔，还有一个被苦恼的不安所笼罩的策兰。只剩下一种分裂，一种尖叫的感觉，犹如一整个文化对一位自信又天真的诗人所犯的最后一次背叛，这位诗人敢在其写作中尝试一切来超越纯粹的绝望，但他始终不能承认绝望，最终也丧生于绝望。只剩下一种碎裂的感觉，就在德国文化的中心，或不如说整个欧洲文化的中心，甚至今天，在走向人与人之间新的共同生活的时代，这一文化还不幸地投下了一道阴影的难以耗尽的痕迹。

《欧洲》，第861-862期，2001年

歌声，来自一条断裂之舌

［美］乔治·斯坦纳 文
李海鹏 译

对一位伟大诗人之构成的定义，将包括几个组成部分。纵使他或她的诗歌发轫于极端的隐私，发轫于本土化与私人化的特殊体验，但经由直接的呈现或强烈的暗示，诗歌会将自己驱策进如此的情态：人们身处其间，经验到一种原初性。无论背景和语境有多么世俗化（实际上，浸淫于严格的世俗化血脉的重要诗歌并不常见），一位伟大诗人的诗作都将指向最初和最终之物。它将占据那些极为老生常谈之事的领地，譬如人类的生与死、人类爱情与悲痛之间的交往，它会设定记忆来对抗时间。

其次，伟大的诗歌会创建其自身对表现形式的需要。优秀的散文作品会切近其特定词汇、语法和节奏的质地。但在伟大的诗歌中，这样的调和，这种寄寓于某一独特形式（有机隐喻）的交际生命的特性，要比在散文中更加切近。一篇得到充分实现的散文，会在阐释或翻译的过程中流失掉其一部分力量，但也仅仅是一部分。从观念上讲，重要的诗歌与其语言格律的整体达成了如此的联姻，以至于阐释或翻译，充其量只是一种注释，一种针对其来源的延展性的评论而已。若非如此，一首诗就不可能是一首伟大的诗。

通常来讲，一位伟大诗人的写作会改变常规感觉及话语的周遭组织构造。一位新大师的出现，不仅会调校文学的标准和文化参照的纲要，且对于情绪与感官的认知，对于自我的呈现，对于社会和公共的编码，也将绘出一幅弥漫且散布的图景。更直接的是，一位真正伟大的诗人创作的诗歌，会改变所属语言的固有特征。它们将净化，并同时丰富词汇、句法的可能性、语音学、言语的声调与节奏模式。虽然在当前俗语的实际进程中，上述的改变总是相当缓慢，但伟大的诗歌会在语言的演进之途中激起突变。

从这些情状的每一项来看，保罗·策兰的诗歌都跻身于西方文学的最伟大行列。

脱胎于一个多元语种的社会环境，脱胎于近乎种族灭绝和流亡的犹太经验的可怖特性，策兰的作品，从早年被撤销的《骨灰瓮之沙》直到死后才出版的《时间家园》（*Zeitgehöft*）[1]，有力地表现着一种被强烈守护的私密感——这些诗歌是最后避难所的守卫——始终言说着事物之心。策兰的即时性属于奥登谈论但丁和莎士比亚之于他们所属的世纪、卡夫卡之于我们所属的世纪时，他脑中所想的那一类型。我们过于深陷这个时代的罗网，以至于无法确定什么：不过看起来，政治的兽性，大众文化内部的孤独，自我疏离与避难的境况，交际媒介的野蛮化，都是其突出的方面。如果要从策兰的诗歌中征引一个意象的话，那么看起来，死亡诡异地成了我们这些事务中的一位大师。针对这样的领悟，针对这些主旨，策兰的诗歌径直言说着。然而，在西方文学中，或许在世界文学中，都没有比策兰死后出版的诗集收录的“耶路撒冷之诗”系列更伟大的爱情诗了[2]。而且在呈现需求的可怖，以及代际之间的分离方面，也没有更伟大、更具普遍性的诗作。

策兰的诗歌是如此地不妥协，以至于拒斥阐释（学院派的阐释工业已然包含了一个庞大的群体）。直到今天，就连翻译上最好的尝试，也只是一种遥远的对话。实际上，策兰的散文也是大师级的。1960年的《山中对话》，带着其对毕希纳和卡夫卡的亲近，在文体上堪称一个经典。但他的诗作别擅胜场。对于它们极具革命性的词汇、语法和节奏，趋之若鹜的学者们试图分析出一个临时的血统，他们将注意力聚集于那些更为普遍的现代性元素，聚集于兰波、马拉美和超现实主义者之后从语言危机和语言实验中诞生的诗学。但这样的谱系对我们告知甚微。我不确定是否还有什么诗歌比策兰的作品更切近音乐的存在，那是概念与形式的坚不可摧的化成——形式中的意义，意义中的形式：

> 螳螂，又一次
> 在词语的脖颈上，
> 在这上面你已滑倒——
>
> 勇气——向内
> 漫游于意义，
> 意义——向内，
> 勇气。[3]

一首策兰的诗只是它本身；它的无限广阔寄身于需求。

模仿者如今汗牛充栋。策兰的一些新造词与标志性的转折，已被植入文学化的德语，被植入那些法语诗人和思想家的实践：他们最早地辨认出了策兰的天才。在某些方面，这五卷本[4]所集结的诗作已然触碰到了德语的神经中枢。策兰的德语，可以说，包含着一条“未来北方”的德语之舌的轮廓：

> 在这未来北方的河流里
> 我撒下一张网，那是你
> 犹豫地为它加重
> 以被石头写下的
> 阴影。[5]

由之我意识到一种被更新的语言，而纳粹主义的灾难与东西德的被迫分裂，就在其中构成一个真相的源头。这一“被石头写下”的阴影的语言，是否会进入光明，尚不可确定。

然而，整体的视点十分清晰。如果把判断限定于德语诗歌的历史与成就，那么，策兰就是荷尔德林之后的诗人。在他们之间，站着里尔克，他的一些乐音在策兰那里得到了精妙的呈现，而他著名的墓志铭，也在策兰那同等著名的诗集《无人的玫瑰》[6]里获得了重生。然而，在里尔克才情的肆意挥洒中，或许有太多的诗作，不管怎样，面对其令人惊叹的技巧性，都缺乏一种超越的冲动。甚至在《杜伊诺哀歌》（*Duino Elegies*）里，里尔克的视野与论辩，也仍受制于一种富有魅力的、实则富有魔力的修辞流畅性的藩篱。而策兰的意义，与荷尔德林相类，征收着我们所能回应的极限。只要诗歌还被阅读并继续活着，那么阐释与辩论，无论是在智性层面还是在道德层面，都将回到策兰死亡集中营诗作的“反神学”[7]上来：

赞美你的名字，无人。
因你的缘故，即将
我们绽放。
朝向着，你。

一个虚无
我们曾是，我们正是，将来
我们依旧是，绽放成：
这虚无——，这
无人的玫瑰。

没有什么诗歌更执着地要求着语言，要求它记录人类邪恶与爱欲的广袤，有时还要记录二者的亲缘关系，更遑论让二者的广袤和亲缘进入理性与想象了。关于地狱中的爱欲之路，但丁与策兰都是伟大的谙熟者。策兰笔下时间性与记忆的诗学，影像与物象的诗学，常具有一种莎士比亚的强度（确切地说是莎翁十四行诗中所寓的精神动力，而策兰对此进行过最出色的翻译）。概而言之，保罗·策兰的诗歌，正如荷尔德林的诗歌，比里尔克的诗歌更有资格被称为形而上学诗歌，其哲学性、道德性、美学性暗示的品质，与其抒情的方法相呼应。

策兰位于最艰深的诗人之列：像品达一样艰深，并且，再一次，像荷尔德林一样艰深。如同其他伟大的诗人，他在语言偏远的边缘之地劳作。他删除、打碎、颠倒正常的词汇、语法、语义的使用方式和范畴，以在濒危的状态下，试验语言承载并传达新的必需之物、新的真理命戒的能力。在策兰的写作中，这些命戒现身于一个特殊的维度。经历1940年代的大灾变之后，语言还能言说出它本应言说之物吗？与此相对地，诗人在面对那不可言说之物时，是否应该保持沉默？难遣与抑制两相作用，促成了策兰艺术的发生。他典型的解决方案——在那首既为他赢得大名，也让他带着些许怀疑回顾的诗作《死亡赋格》直率的雄辩风格之后——是构想这“尚未到来”的语言。

从理论层面讲，这种语义上的未来性，几乎不可定义。但在这些诗歌本身中，它得到了明确的宣示。诗中占据优势的言语意象，尤其自1967年的《换气》（*Atemwende*）以来，就围绕着那些词语和短语：它们从初降的夜晚，从水中，从纠缠的植物、灰烬中，不完整地浮现。一次又一次，策兰将他的个人用语定性为神秘的符咒，定性为“诞生的石头”（字面意思即“石板印刷”）。不过这些神秘的符咒并非雕刻于石头的表面；它们从石头内部分叉出来，它们来自一种沉默又决不妥协的见证之诚实。那些见证是如此地可信，以至于它们的外化总是保持残损的、妥协的状态，或者，时至今日仍拒斥任何解读。

必须注意一个更深刻的方面。策兰通晓罗马尼亚语、俄语、法语、英语和德语，但他选择用最后一种语言来写诗。他本可以不必怀疑自己的地位（他和他的作品已获得崇高的荣誉）。然而他朝向未来，持续地修饰、恢复、深化这一“死亡大师”的语言，而这一语言召唤、宣布并组织了对他父母的谋杀，对他自己所由来的文化与共同体的毁灭。如此的内在矛盾几乎难以想象。它是燃烧的印记：作为持存的光辉，也作为死亡的灰烬，它存在于策兰所有的生存和书写之中。如果我的解读允当，那么某种程度的和解，仅仅在最后阶段，在《杏仁树》和“耶路撒冷之诗”系列中，才发生（曼德尔施塔姆，这个名字中带着杏树枝干的人，与心爱的人一起，成为策兰对之倾诉自我的读者[8]）。仅仅在这里，在祈祷者和性爱者的精妙绝伦的双关语中——

> 仿佛没有我们我们也可成为我们，
> 我翻开你的枝叶，永远，
>
> 你祈祷，你安顿
> 我们自由。[9]

德意志的语言与它最卓越的一位实践者达成了谅解。仅仅是在这一阶段：“sternt”——这是一个不可翻译的融合式动词，“大卫之星”[10]与“星群的演出”在其中实现了共振——“Schweigewütiges”，即“其狂怒是缄默”，抑或其体内“缄默在狂怒着”[11]。然而，诗人的自杀已经为期不远。

鉴于这些历史性的语言状况，一个策兰的读者需要一切可能的帮助。他需要源自策兰手稿的每一次澄清——那些诗都经历过几十个创作阶段。他需要一切能够提供的注释来澄清策兰诗中充斥的那些个人自传和间接不明的指涉。这样的帮助对一部作品选集来说必不可少，就像诸如但丁或蒲柏（Pope）的任何一位负责的编辑需要的那样。

策兰对法语、英语、意大利语、俄语、葡萄牙语、罗马尼亚语和希伯来语诗歌的翻译，具有无与伦比的价值与指导性。它由不同版本的瓦莱里、兰波、夏尔、米肖、阿波利奈尔、奈瓦尔、曼德尔施塔姆（有一大部分他的作品）、莎士比亚、艾米莉·狄金森、翁加雷蒂、佩索阿、罗克亚[12]组成，这些名字都跻身于整个诗学迁移史中最具穿透力、最虔诚的创作者之列。仅此便足以锚定策兰作为伟大的诗意应答者在文学世界中的地位。

在翻译的艺术中，每一个面向和难题都会表现出来。在翻译苏佩维埃尔（Supervielle）或安德烈·杜·布歇（André du Bouchet）时，策兰制造了变形：他个人的天才，为他们更受限制或循规蹈矩的诗作捐赠了辉光。根据我所能的判断，他与曼德尔施塔姆的交换实现了不可思议的等价：在彼此应和的亲密中，诗人对诗人的等价。而弗罗斯特（Frost）的《在树林中小驻》（Stopping by Woods）被出人意料地转变为策兰的魔术：

舒适的、黑暗的、幽深的这树林，我曾相遇。
但还没有兑现，我曾经的诺言。
几英里，还有几英里在睡眠之前。
还有几英里的路途才直到睡眠。

经由策兰对极具辨识性的最后两行的变换，以及他从“之前”（vor）到“直到”（bis）的调节调度，英、德两种语言与迁移的炼金术结晶成了某种微型大全[13]。而鉴于策兰对马维尔（Marvell）《致娇羞的情人》（To His Coy Mistress）的应和所隐含的阐释的动力学，这样的迁移又从17世纪的英语出发并返回：

让我们成为两只迅捷的鹰吧，
爱恋的以及亡命的。你的和我的
共同的受难：这些时间，
身在其中我们献祭于瘫痪。[14]

最后一行的尝试颇有大家风范，它试图在词源学和具象化的标准上穿透原诗，但并不完全成功。对于这几百首“诗中之诗”，弄清其愉悦与教训，还需要许多代人的时间。

勒内·夏尔曾写道：“泉水是岩石而语言被截断。”[15]策兰将其译为：“泉水是石头，舌头被割断。”摩西和俄耳甫斯的典故都出现了。水会从石头中泉涌而出，被割断的舌头也会再次歌唱。策兰的诗歌属于我们，因此这样的悖论或许会被塑成允诺与希望。

《泰晤士文学增刊》（*TLS*），1984年9月28日

[1] 策兰的《骨灰瓮之沙》出版于1948年，但因印刷错误太多等问题，被策兰本人要求撤销，未能正式发行，其中大部分作品后来被收入1952年出版的诗集《罂粟与记忆》。而《时间家园》则出版于1976年，彼时诗人已过世六年。——译注

[2] 1969年9月底到10月中旬，策兰第一次访问以色列，由此写下了“耶路撒冷之诗”十九首，其中重要的内容是，在耶路撒冷他与早年故乡的女友伊拉娜·舒梅丽（Ilana Schmueli）重逢，这激发了他的创作激情，完成了写给伊拉娜的《结成杏仁的你》《我们，就像喜沙草》等名诗。这些诗都收在策兰死后出版的诗集《时间家园》中。——译注

[3] 该诗收录于策兰1970年的诗集《光之迫》。参见策兰，《灰烬的光辉：保罗·策兰诗选》，王家新译，桂林：广西师范大学出版社，2021，397，略有改动。——译注

[4] 参见策兰，《作品选集》（*Gesammelte Werke*），Frankfurt am Main: Suhrkamp, 1983。——译注

[5] 该诗收录于策兰1967年的诗集《换气》。参见策兰，《灰烬的光辉：保罗·策兰诗选》，同前，213。——译注

[6] 诗集《无人的玫瑰》出版于1963年，它是策兰中后期具有重要转折意义的一部诗集，它与1960年前后的“戈尔事件”及“二战”后死灰复燃的反犹浪潮密切相关。里尔克的墓志铭为“玫瑰，啊，纯粹的矛盾，欲望着 / 在众多的眼睑下作无人的睡眠”。“玫瑰”与“无人”皆是其中关键词，策兰的“无人的玫瑰”显然与此形成“重生”关系。——译注

[7] “无人”（Niemand）一词在策兰诗中经常出现，可以说占据着“最高的位格”，按照约翰·费尔斯坦纳访谈中的说法，“无人”是策兰对上帝的“新定义”。这极富神学意味，而且显然是“反神学”（counter-theology）。不过，这种神学的内在精神路径，确实与荷尔德林、里尔克之间存在着谱系学的呼应。比如伽达默尔曾将荷尔德林诗歌中的神学模式概括为一种颂歌式的神学。而策兰诗中的这种“反神学”，与此之间无疑存在延续与差异的关系，它和比策兰稍早的俄罗斯白银时代诗人奥西普·曼德尔施塔姆的“哀歌”也极具亲密性。事实上，策兰也非常赞赏曼氏，他曾将曼氏的诗译成德语。——译注

[8] “曼德尔施塔姆”的拼写为“Mandelstam”，在德语里，“die Mandeln”是“杏仁、扁桃”之意，而“der Stamme”则有“树干、词干、家族”之意。在策兰诗中，“die Mandeln”是非常重要的意象，例如《数数杏仁》等诗。——译注

[9] 参见策兰，《灰烬的光辉：保罗·策兰诗选》，同前，492。在策兰该诗的原文中，“祈祷”为动词“beten”，“安顿”为动词“betten”，它是“安顿、放置”

之意，由名词“Bett”（床）衍生而来。在这首诗里，一方面，两个词的词形、发音极为相似，由此展示了“祈祷者与性爱者的绝妙双关”，另一方面，“betten”在这里极具男女床笫之间的性暗示意味。——译注

10 “大卫之星”即犹太人的身份标记，在希特勒迫害、屠杀犹太人期间，德国的犹太人手臂上都要佩戴“大卫之星”标记。——译注

11 “Sternt”与“Schweigewütiges”这两个词出现在诗集《时间家园》的《只有当我》（Erst Wenn ich）一诗中，均为策兰新造的词。前者是一个动词，它来自“星星”（strern），策兰将其动词化；后者则更为复杂，它是名词或动词“缄默”（Schweigen）与形容词“狂怒的”（wütig）两个词复合成的名词，其意义之含混正如斯坦纳文中所云。——译注

12 大卫·罗克亚（David Rokeah，1916—1985），波兰出生的以色列诗人，1934年移居巴勒斯坦，最早用意第绪语写诗，后改用希伯来语创作。策兰曾把他的诗翻译为德语。——译注

13 弗罗斯特这首诗最后两行原文为重复的“And miles to go before I sleep, / And miles to go before I sleep”，而策兰的译文则破坏了这种重复，将其调整为“Und Meilen, Meilen noch vom Schlaf. / Und Meilen Wegs noch bis zum Schlaf”。斯坦纳认为，“策兰的魔术”的重要手段即用“之前”（vor dem=vom）和“直到”（bis zu dem=bis zum）改变了原文的重复。——译注

14 安德鲁·马维尔这几行诗的原文为“Now let us sport us while we may, / And now, like amorous birds of prey, / Rather at once our time devour / Than languish in his slow-chapt power”，可以看到，策兰的翻译对其做了较大的改动。——译注

15 参见夏尔，《愤怒与神秘：勒内·夏尔诗选》，张博译，南京：译林出版社，2018，117。这句诗的法语原文和策兰的德语译文分别是“La source est roc et la langue est tranchée”和“Die Quelle ist Stein, die Zunge abgeschnitten”。法语“la source”和德语“die quelle”都兼有“泉水、源泉、源头”之意，法语“la langue”兼有“舌头、语言”之意，但德语“die Zunge”则只有“舌头”之意。另，这句诗出自勒内·夏尔的《修普诺斯散记》，它实际上是夏尔在“二战”期间的抵抗运动中做游击队长官时写的笔记，因此这里存在着一个“无法发声”的历史背景。在夏尔当时活动的法国南部家乡，泉水是重要的风物，因此在他的诗歌中，泉水一贯是活力与灵感的象征。——译注

保罗·策兰：浩劫诗人

［法］阿兰·苏耶 文
胡耀辉 译

保罗·策兰死后不久，有些作者和思想家就试着，错误地，将其珍贵且有力的作品解读为一种“海德格尔式”的诗歌，这一做法有时受到了伽达默尔观念论方法的影响，有时则是为了有意识地否认策兰作品与其明显的希伯来指涉之间的联系。但如果犹太身份恰恰是诗人关注的中心呢？如果希伯来指涉和犹太身份恰恰像阿里阿德涅之线一样，能引导我们走向策兰探问的核心呢？这现代的、普遍的探问，注定要永久地“唤醒并扰乱”我们。

诗歌是记忆。一首诗邀请我们寻找我们——从出生到成年的——生命经历的遗忘之路，邀请我们时刻留意个人与集体无意识的作品（它常常被埋没，偶尔才得到表达和阐释）。在其自我探寻中，策兰，流亡到巴黎，担任了一个微不足道的德语讲师的职位（德语既是他的母语，也是其刽子手的语言），他自然不得不面对自己的犹太差异，面对其罗马尼亚的过去，面对其已逝家人的记忆。他的诗歌，部分地，由这些传记因素构成，不过要注意（但愿这不是一种无用的谨慎），他的作品并不能被还原为一种对过去的单纯召唤（那只是海德尔格式错误的翻转）。像海涅一样，策兰将自己铭刻于德语诗人的流亡传统。这样的铭刻，以一种明显的方式，把他和一位关键的现代性人物，革命和疯狂的诗人，荷尔德林，紧紧联系了起来，后者也遭到了海德格尔式重读的错误断言。

但策兰从一种截然不同的角度使用这一过去和这一传统。他用德语写成的诗歌，当然时不时地激起了一些德国哲学的固有主题。读者会正确地找到策兰与其先辈和诗学模范的对话元素。然而，多亏了策兰，圣经的记忆才被允许进入这个曾一直否认它，或至少忽略它的宇宙。这被遗忘的指涉，这被禁止的身份，最终在此文学中找到了自己的位置。西方思想和记忆的希伯来源头不再被拒绝，不再得不到表达。于是乎，它的存在，它的丰饶，都无法被否定。浩劫民族的记忆得以重新发现和创立，就在试图抹杀这一记忆的文化（Kultur）之中心。

不过，奇怪的是，抵制这一论断的并非战后的德国，而是法国。策兰早已在日本、英国、罗马尼亚和以色列等地为人阅读和赞扬，但在法国，他的作品一直不为人知。唯一的例外是《蜉蝣》（*Éphémère*）杂志，它刊登了策兰在不来梅[1]获毕希纳奖时发表的演讲《子午线》。但更糟糕的是法国人解读策兰诗歌的愚钝方法，甚至在策兰自杀后不久，它还试图把这位书写“黑暗”和“无人玫瑰”的诗人当作纳粹哲学家海德格尔的追随者。

如同卡夫卡《城堡》的主角，策兰是一位身份“错乱”的测量员。策兰不仅重申这个身份，而且在文字、文本和文学传统中给了它一席之地。如同特洛伊木马，它从内部入侵了主流的话语；实际上，它将自己置于问题的核心。它重建了西方文化在浩劫发生之时所否认的他者的（形而上学的？）位置。如果说在现实中，犹太人只能以饱受折磨的自恋灵魂的形象现身于城市，那么，诗人就通过歌颂流亡，通过质疑现代性对他者的象征的和真实的抹除，而挑战了这一否定。

局外人，犹太人，他者，成为打开西方精神衰落的诗歌之钥。犹太教的俄狄浦斯将打开基督教的那喀索斯之眼，让他看看自身传统中包含的残忍且含糊的矛盾。

保罗·策兰的早期诗歌说："我的母亲为每个人哭泣。"策兰的诗歌试图具化一份遭到毁灭的遗产。策兰试图拥抱他者，因为在不同的世代，根据种种寻找替罪羊的荒谬而迫切的需求，西方话语想要殖民他者，或使其改信，或加以毒害。策兰强调"言词"在人类关系中的必要，在这个选择精神分裂并对相似者进行妖魔化的世界里，他强调分享的真理。

策兰的另一首重要的诗，《他们体内有大地》（Il y avait de la terre en eux），描述了集中营里的难民被迫挖掘自己坟墓的场景。但这首诗宣称，受害者会建立一种"至关重要的联结"，他们——面对那些想要灭绝他们的人——会一直忠实于结盟的确定性，忠实于一种生死攸关的必要性，那堪称希伯来维度上产生的至为深刻的意义之核心：超越"自我"的面具和幻觉，向他者发出呼唤。

"策兰美化了大屠杀。"一位小有名气的思想家这样写道。当然没有。毋宁说，我们必须肯定：保罗·策兰已将一种紧迫性带回到了当代诗歌，恢复了其深刻的使命，那就是把握现实，以见证者的身份坚守被遮蔽的记忆。策兰写道："我失去了那个找寻我的词：珈底什。"[2]因此，他的作品就是珈底什（Kaddish：犹太人的悼亡祈祷），在我们这个困惑且残酷的时代，它找寻那永恒地尖锐的呼喊。策兰及其诗歌为我们的时代树立了一种本真的道德。策兰是无可争议的见证者，尽管在死亡中他仍被误解，但他向我们透露了我们古老的义务：铭记（Yizkor）。

《新文学史》（*New Literary History*），1999年，第1期

---

[1] 事实上，策兰是在达姆施塔特接受毕希纳奖并发表演说。——译注

[2] 出自《水闸》（Die Schleuse）一诗，收于《无人的玫瑰》。——译注

Das Stundenglas, tief
im Päonienschatten vergraben:
wenn das Denken ~~den Pfingstweg herabkommt endlich~~
den Pfingstweg herabkommt, endlich,
füllt ihm das Reich zu,
wo du verwandelnd verhoffst.

Moisville, 8. 6. 1964

Das Stundenglas, tief
im Päonienschatten vergraben:

wenn das Denken die Pfingst-
schneise herabkommt, endlich,
füllt ihm das Reich zu,
wo du verwandelnd verhoffst.

保罗·策兰，《计时沙漏》（Das Stundenglas）手稿，1964 年 6 月 4 日

阅读保罗·策兰

［法］罗歇·拉波尔特 文
尉光吉 译

对策兰来说……诗是绝妙的精神行动。

——列维纳斯

“不懂几何者不得入内”：柏拉图已将此命令的告示挂于其学园的门楣。从毕达哥拉斯一直到莱布尼茨，哲学赋予了数学，且只赋予数学，一种如此出众的地位，以至于哲学家本人就应是伟大的数学家：毕达哥拉斯发明了乘法表，笛卡尔发明了解析几何，莱布尼茨发明了微积分。数学就这样，或首先，拥有了一种教育的价值；作为一种苦行和净化的实践，它教人好好思考：至少柏拉图、笛卡尔和瓦莱里对此深信不疑。我们知道，保罗·瓦莱里在写完《泰斯特先生》（*Monsieur Teste*）和《达·芬奇方法导论》（*Introduction à la méthode de Léonard de Vinci*）后，就把其图书馆里的书分送给朋友们，只留黑板和粉笔在书房。从《泰斯特先生》的撰写，到1917年《年轻的命运女神》（La Jeune Parque）的发表，过了整整二十年。在这沉默的二十年期间，瓦莱里，通过数学推演，将自己无限地引向了深思熟虑。瓦莱里不允许任何东西高于智识的纯粹操练，就连诗歌也不行，而柏拉图、笛卡尔或莱布尼茨把数学置于一切学科之上，却又使它低于哲学本身。没有什么智识活动高于哲学：这是一切哲学家的信念，就连尼采，也不如人们认为的那样反哲学了。哲学，至少依哲学家之见，占据了一个俯瞰的位置，能够高高在上地谈论异己。——人们心知却不够肚明的是，如果数学家在柏拉图的理想国里占有一席之地，那么诗人的命运也会被改写。如果一位诗人恰好来到城邦门前，会有人对他表示敬意，献以花环，但他也会被——理所当然地——判定为对社会秩序的威胁，他得不到接纳，哪怕他名为荷马；他被迫继续赶路，注定要无止境地流亡。

从古典哲学迈向现代哲学，怎样的差异！海德格尔的哲学离不开他对艺术作品的沉思，特别是对诗歌的沉思，例如特拉克尔的诗歌，尤其是荷尔德林的诗歌。对艺术的反思只是接替了对数学的反思，而丝毫没有改变哲学本身，改变哲学的帝国主义吗？对柏拉图、笛卡尔、黑格尔来说，通向知识的阶梯顶端，只能由哲学攀登，而对海德格尔来说，思（Denken）与诗（Dichten）“居于不同的顶峰”。思与诗之间存在不可化简的差异，但海德格尔从未明言，也从未暗示过，哲学家的巅峰比诗人的更高。海德格尔，虽身为哲学主教，面对诗人，却心怀谦卑：他根本不是教导的发放者，不是思想的大师，而是在聆听荷尔德林。对于海德格尔的哲学，早就有一种格外强烈的抵制，在法国尤甚，至今未衰；但传统哲学，带着或多或少柏拉图主义的底色，难道不会愤慨于海德格尔的这一判断吗（我从记忆中引述）：“在索福克勒斯的一出悲剧，甚至《安提戈涅》的开场歌队里蕴含的哲学，都要比亚里士多德的全部作品加起来还要多”？——

思与诗如今继续说着同一样东西，并继续守着其永远分离的位置吗？或者，它们的关系难道没有变得不同，难道没有正变得截然不同吗？我会回到这个问题上来，它是本次交流的真正目的，但我不得不做一番足够冗长的迂回。

*

先来一些预备的评论。第一个评论：莫里斯·布朗肖（Maurice Blanchot）、雅克·德里达（Jacques Derrida）、菲利普·拉库–拉巴特（Philippe Lacoue-Labarthe），海德格尔的三位重要读者，分别写了一本关于保罗·策兰的书，这并非巧合。而这三部作品同时面世或许也不是巧合。1986年1月：布朗肖的《最后的言者》（*Dernier à parler*）由蜃景（Fata Morgana）出版（至少是其经过修改、重编的最终版本），德里达的《示播列》（*Schibboleth*）由伽利略（Galilée）出版，拉库–拉巴特的《诗歌作为体验》（*Poésie comme expérience*）由克里斯蒂安·布儒瓦（Christian Bourgois）出版。——第二个预备的评论：康德、费希特、黑格尔、胡塞尔、海德格尔都在大学里，无疑还是伟大的教授，但大学是思想的必然场所吗，如果不是唯一的场所？布朗肖、德里达、拉库–拉巴特三人当然都在大学里学习哲学；德里达和拉库–拉巴特还以专业的方式从事哲学，但他们无疑就是纯粹的哲学家了吗？他们当然会写哲学家，尤其是写海德格尔，但他们同样，并且越来越多地，写作家、画家和摄影家。在德里达的《丧钟》（*Glas*）尤其是《明信片》（*La Carte postale*）里，我们没法清晰勾勒哲学与文学之间的界线。《语句》（*Phrase*）是拉库-拉巴特的一部精彩诗作的标题。德里达和拉库-拉巴特同哲学本身的关系，如果这样的“本身”还有意义的话，几无正统可言。我们会用“解构”来描述德里达的工作——这甚至成了一个陈词滥调——但解构也会让结构的不同碎片完好无损，而这些碎片总准备着重建一个整体。但德里达在哲学领域实施的精妙颠覆让一切重构、一切保守的回归原状都变得不可能了。一位哲学家，笛卡尔的信徒，把哲学等同于确定性，绝不会承认德里达给出的这个关于“哲学体验”的定义：“对界限的某种质疑性的跨越，对哲学领域边界的不安全感（强调是我所加）。”——拉库-拉巴特（我知道这个是因为他告诉了我，但读过他的人也定会明白）从不认为自己是哲学家，而是文论家。笛卡尔的信徒，和笛卡尔一样关心“牢靠的建基”，显然不会追随拉库-拉巴特，后者写道：“我建议将诗所翻译的东西称为体验，但要从严格意义上理解这个词——源自拉丁语ex-periri，意为‘穿越危险’［……］这就是为什么，在严格的意义上，我们可以谈论一种诗意的生存，如果生存意味着对生命的刺穿和撕裂，有时，它还把我们置于我们自身之外。”

古典哲学——在场的哲学，自身在场的哲学，意识的哲学，自身精神在场的哲学——理解不了诗歌体验，例如策兰那句独特又奇妙的话：“称颂你，无人”（Gelobt seist du, Niemand）。——1984年10月，德里达参加的华盛顿大学的策兰研讨会以“保罗·策兰诗学的哲学意蕴”为题，但德里达，以一种冷酷得几乎难以觉察的反讽，不断偏离着会议的主题：一个让他不感兴趣的主题，或不如说，一个被他判定为危险的主题。谁回答了所提的问题，谁就实则一下子把自己放在哲学的领域内，但策兰对德里达的重要性在于，他的诗歌越出了哲学的围栏。德里达指出，“哲学处于，再度处于，诗学的边缘，甚至文学的边缘”，而策兰的诗歌“或许最能激发哲学的思索”。这全新的思索不再是关于在场的思索，而不如说是在沉思一切在场向着诗歌体验核心的回撤，那是谜一般的回撤，因为德里达写道：“诗揭露了一个秘密，只是为了确认那里有一个秘密，它回撤着，永远不被解释学所穷尽。”德里达的作品《示播列》反思了日期，反思了“诗自身的日期在诗中的居住”，我不会细述这部复杂的作品，但我会记住，例如，这个公式：“我们关注日期就像关注诗在其身体上承受的一道割痕或切口［……］诗开始于它在其日期里的受伤。”我还会记住一个更具特色的公式：“诗的祈祷将自身宣告为日期火化中的灰烬体验，因为它把日期体验为火化。”——现代思想，非在场的思想，或者，用布朗肖的话说，非体验的体验，能够说出诗歌“体验”而不把它升华为一种**意义**，也就是，能够在其引人无限深思的谜题中说出它：“我所谓的火化，”德里达写道，“在一切活动之前就发生了，它从内部燃烧。日期在其生产、其诞生、其铭写的期限处被焚烧殆尽。”

现代思想，无论它是否把自己定义为哲学，都不得不远远地偏离它的根基和海岸，以迎接诗歌的体验，或者，更确切地说，*作为体验的诗歌*——这是拉库-拉巴特的书名——

按其理解，体验的观念，就像拉库–拉巴特紧随罗歇·穆尼耶（Roger Munier）提示的那样，与风险的观念密不可分——把策兰的自杀简化为艰难人生的一个平淡无奇的最终高潮，无异于低估了诗歌的危险，因此也无视了诗歌本身。为何会有策兰的自杀？为何会有荷尔德林的长期疯狂？为何作为体验的诗歌——这难以察觉的停顿——会触动并震撼最深处的人心？为何会有，借用安娜–玛丽·阿尔比亚赫（Anne-Marie Albiach）一首惊人诗作的题目，这样的甜蜜？因为——我引述了拉库–拉巴特的话："必须思考艺术的最切心之物，并把一种间隔和中断思为这一切心性本身。秘密的裂口。[……]诗歌的位置，诗歌每一次发生的位置，就是切心之裂口的无位置的位置。""哦，这游移的空无 / 好客的中间"（O diese wandernde Leere / gastliche Mitte）：让策兰命名的这深渊的裂口，无论如何成为诗歌的中心；让这片空无变得好客，成为最深处的人心：这就是根本的谜题，诗歌的秘密，我们的秘密。——诗歌作为体验，作为坑坑洼洼的间断的道路，通向了深渊，但这场坠落是多么迟缓又艰难！这接连的晕厥从未给过我们虚无的直接入口。没有人比布朗肖更懂得如何命名这把死（mourir）与死亡（mort）分开的无尽空间。"不是一道罅隙或裂纹，"布朗肖写道，"而是裂缝的一个无限延续，是一系列裂缝，某个似裂非裂，或裂开了又总已再次闭合的东西，不是深渊的裂口，只能滑向深不可测的无边的虚空，而是这样的罅隙或裂纹，其狭小的限制，晕厥的紧缩，用一场不可能的陷落，抓住了我们，而不允许我们在一场哪怕永恒的自由落体运动中下坠：这或许就是死，是死之心中的艰难生长。”

*

想象一片雪花落到钟上，微微地震动了它，让它发出十分轻柔的回响：继海德格尔之后，布朗肖使用的这个为人所知但又不够出名的隐喻，以其方式道出了批评的功能。让诗歌体验核心处的存在一瞬间重新启动，让作品无止无尽的沉默低语变得可以听闻：这便是文论家的角色。我已表明，布朗肖、德里达、拉库-拉巴特实现了其文论家的职能，因为他们的工作完全是在呼应策兰的作品。至此我觉得自己可以心满意足地结束这场交流。但如果我这么做，如果我闭口不谈我内心最为挂念却只字未提之物，那么我便徒劳无获。其实《子午线》的作者也让我受益匪浅：我不知如何偿还这笔债，相反，我打算坦然地予以承认（十年前，1976年，拉库-拉巴特为我找来了《子午线》的德语文本。在我开始写《续篇》［*Suite*］的时刻，阅读策兰的文本给了我巨大的帮助，尤其是在“传记”的问题上）。古典哲学，我们已经看到，高高在上地对待诗学；现代哲学则在聆听诗学。但思（Denken）与诗（Dichten），由于起源上的谜样分裂，被永远地分开。策兰的文本《子午线》远未屈从于这二分法，而是开创了思与诗之间一种完全不同的关系。德里达的评论艺术总具有一种洞见，一种难得的中肯，还有一种出了名的审慎，他甚至把《子午线》形容为一个“典范行为”。“你们大可以料想，”德里达写道，“把策兰关于日期主题的书写，即那些命名了日期话题的书写，同标注日期的诗歌轨迹分开，没有任何意义。相信日期现象的一种理论的、哲学的、解释学的甚至诗学的话语，和一种标注日期的诗歌运作之间存在分隔，就是不再阅读策兰。《子午线》的例子让我们对这样的误解保持警惕。”

不管策兰是否有意为之，不管策兰的评论者对此是一清二楚，还是仅仅有所预感，《子午线》都标志着一个伟大的日期，因为在这部作品里，通过这部作品，散文与诗歌相互区分的界线——间隙——被永远打破了。请别误解：《子午线》里不存在任何对散文和诗歌的不纯混淆。策兰不是一位“哲人艺术家”，但《子午线》打开了一个完全不同的领域，全新的领域，以至于我们无法用我们至今所理解的散文、诗歌、思想、哲学来定义它。评论家和文论家的职责，或自定的使命，是阐明一首诗的内容，为其自身做一番如是的思考，但这样的操作隐含着一种缺陷，一种哲学家愿意为之弥补的无意识。《子午线》里没有任何思想的匮缺。策兰自己就在沉思，而他对诗歌、对艺术的沉思，离不开语言，离不开一个无法被贴上散文或诗歌标签的文本。在思想行为和诗歌行为合而为一的意义上，《子午线》确是一个“典范行为”。这行为建构了一种书写，它将自身建构为一种全新的书写形态，建构为一种体验，也就是同时建构为考验和穿行，建构为翻越，建构为越过一片惊人领地的尝试，建构为一场必须走到底的道路开辟。《子午线》在如是的命名中进行这一穿行。“诗，”策兰写道，“是孤独的。它是孤独的且在路上。写诗的人护送它走到底。”这样的穿行，根据策兰的表述，将自身建构为“一次拓扑的勘探”，建构为一场旅程，它通向一场相遇，通向一场被永远推迟的相遇的秘密。在此意义上，这场同他者的相遇是不可能的，但“在这条不可能的道路上，在这条不可能者的道路上”，《子午线》已迈出了一步：这便是策兰同我们分享的惊人奇迹。

重走策兰在《子午线》里的路线，踏上这条随策兰的追问和自我追问而逐渐开辟、缓慢写成的道路：这并非无足轻重的任务。策兰打开了一条通向几乎无人涉足之地的路径，而这路径，快乐地，打破了诗歌、哲学和艺术的完好，不管它们是古典的、现代的，还是后现代的。明确此根本的追问不失为可取之计，但要给这么一个文本做注解又是否合宜？它让一切元语言都过时了，因为它自身就与其固有的元话语难解难分，因为它就在自我表达、自我阐释中构成。最要紧的不是解述《子午线》，而不如说是——此乃我的立场——把它当成它之所是：一部邀请我们亲自踏上那不可能者之道路的典范之作。

第3届科戈兰国际诗歌节，1986年

保罗·策兰：从存在到他者

［法］伊曼努尔·列维纳斯 文
王立秋 译

为保罗·利科而作

一切更少于其是，
一切更多。
——保罗·策兰

朝向他者

"在握手与诗之间，"保罗·策兰给汉斯·本德尔写信时提到，"我看不出任何基本的差别。"这里，诗，语言的顶点，被还原为叹词的层次，一种表达的形式，跟对邻居使眼色、示意没什么区别！示什么意？生命，还是善意？合谋？还是什么意都不示，或者说，示的是没有任何理由的、合谋的意：言之无物的言。抑或，它示的就是它自己的意：主体示这个示意的意，以致它成为完全的意。没有启示的基础交流，话语重言的初始阶段，对著名的"说话的语言"（die Sprache spricht）的笨拙闯入：乞丐进入"存在之家"的入口。

事实是，保罗·策兰——尽管如此，在其逗留于德国期间，海德格尔还是能够以某种方式对他进行赞美[1]——告诉我们，他对某种在存在中创立世界的语言，对诸如前苏格拉底时代的自然（physis）之光芒的能指，缺乏理解；因为策兰把语言比作在群山间“如此美丽”的“路”：“左手边，头巾百合绽开，开得狂野，别处未曾见过。右手边，匍匐风铃草，高山瞿麦，不远处，少女石竹［……］这种语言不为你也不为我——那么，我就会问，这种语言为谁而舍，为大地，并非为你，我说，它被设亦不是为我——一种永恒的语言，没有我也没有你，只有他，只有它，你看到了吗，只有她，这就是全部。”[2]中性的语言。

那么，事实上，对策兰来说，诗，正处在那个前句法和前逻辑的层次上（当然，正如今天所必需的那样！），但这也是一个前披露的层次：在这纯粹碰触、纯粹接触、掌握、握手的时刻，它，也许，就是一种直至伸出那只给予之手的方式。一种为接近而接近的语言，比“存在之真理”的语言更古老——它很可能就承载并维持着这种语言——众语言中的第一个，它是先于提问的答复，是对邻人的责任，因其为他（pour l'autre），它也是给予的整个奇迹。

诗“一下子跨到了它认为可以赶上、可以释放，也许还未被占用的那个他者前面”[3]。在《子午线》的这个命题周围，一个文本被建构起来，而策兰就在这个文本中传达了他从其诗学行动中感知的一切。这是一个省略的、暗示的文本，它频频地自我打断，好在打断中为另一个声音放行，就像两个或多个话语相互叠加，并带有一种奇特的连贯性：不是因为对话，而是因为它们——不顾其直接的旋律统一性——被织进了一种构成其诗歌肌理的对位。但《子午线》的振动公式要求打断。

诗走向他者。它希望赶上被释放的、未被占用的他者。诗人雕琢词语珍贵材质[4]的孤独工作，是“赶出”一种“面对面”关系的行动。诗“变成了对话，它往往是一场狂热的对话”[5]……“相遇，通往警觉的你的话音道路”[6]——布伯的范畴！对这些范畴的偏好会不会超过那些精彩的评注：它们从神秘的黑森林庄严地降临到荷尔德林、特拉克尔和里尔克身上，把诗艺描述为世界的敞开，以及大地和天空之间的位置？对这些范畴的偏好会不会超过客观现实（Objectivité）的星际空间中结构的贮藏？巴黎的诗人，勉强感受到这方面的迟疑，感受到贮藏的或好或坏的可能，但他们，从整个存在上，都属于这些结构的客观现实。在先锋派诗论中，诗人并无个人的命运。无疑，布伯比这些人更受青睐。个人（personnel）会是诗的诗意：“诗言说！它言说它自己的时代［……］言说与之本己地关涉的独特环境。”[7]个人：从自我到他者。但保罗·策兰令人窒息的沉思——敢于依据瓦尔特·本雅明论卡夫卡和帕斯卡尔的文本，依据列夫·舍斯托夫，对马勒布朗士进行征引——并不服从于任何规范。必须更切近地聆听他：言说自我的诗，也在言说“涉及一个他者的东西；一个完全的他者；它已经与一个他者说话，一个与之亲近，完全亲近的他者，它一下子跨到了那个他者前面”[8]，“我们已经远远在外”，已经“处在乌托邦的光芒中”[9]……“诗歌在我们之前，燃烧着我们落脚的地方。”[10]

超越性

由此描述的运动从位置走向了非位置，从此地走向了乌托邦。显然，在策兰谈及诗歌的论文中，有一种思考超越性的努力。[11]“诗——转化为纯粹必死性与一纸空文的无限。”[12]矛盾不仅在于一纸空文的无尽历险；它还体现为超越性的概念本身在其中展开的二律背反：超越性意味着跃过存在身上开启的深渊，但跃者的身份又让此举遭受背弃。为了达到反自然甚至反存在的超越，死难道不是必需的么？或在跃的同时不跃？除非，诗允许自我与其自身分开。用策兰的话说，即发现“人通过抓住自己就像抓住其自身的陌生人而从中现身的位置”[13]，除非，诗走向他者，“转身，面对他”——推迟它的狂喜，在此期间“变得更加强烈”——用策兰如此暧昧的话说，即“持留于其自身的界限”。除非，诗，为了持续，延迟其敏锐——用策兰的话说，即“自我取消［……］不停地自我推迟，以便从其已经不再（Déjà plus）持续到其永远尚未（Toujours encore）”。但对这个“永远尚未”来说，诗人并没有在通往他者的途中，保留其引以为傲的创造者的主权。用策兰的话说：诗人“从其生存的倾斜角度言说，从造物得以陈述的倾斜角度言说［……］写它（诗）的人，献身于它”。[14]自我的独特的去实体化！把自我完完全全地变成一个示意，也许就是这样。[15]够了，对创造者的壮丽模仿！“让我们停止与普爱特（poiein）及其他废话的纠葛”，策兰在给汉斯·本德尔的信中如此写道。向他者做出的示意，握手，言之无物的言——其倾斜，其询唤，比其携带的信息重要得多；其重要性源于专注！“专注，如若灵魂纯净的祷告”，马勒布朗士在瓦尔特·本雅明笔下用这么多意料之外的回音说道：极度的感受性，极度的赠予；专注——不分神的意识模式，也就是，无力从黑暗的地下通道逃逸的意识模式；完全的光照，其投射不是为了看见观念，而是为了阻止潜逃；良知所是的失眠的第一感——在形式、影像或事物的任何表象面前，责任的公正。

事物，这诗性言说的所言，确会显现，但只在把它们带向他者的运动中，显现为这运动的形象。“每一个事物，每一个存在，当其走向他者时，对诗，对那个他者来说，都是形象［……］它会集聚在大声发出召唤并给它名字的自我周围。”这为他者的离心运动会是存在的活动中轴么？抑或是存在的断裂？抑或是其意义？对他者言说的事实——诗——先于所有主题化；而正是在这行动中，质（qualités）才集聚为物（choses）。但诗就这样把纯粹想象从其身上撕去的他异性留给了真实，它“把其一小块真理让给了他者：他者的时间”[16]。

朝向他人的出走，是出走么？“走到人类之外的一步——但又步入一个朝向人的地带，离心的一步。”[17]仿佛人类是一个在其逻辑空间——其外延——中允许一种绝对断裂的类属；仿佛走向他人的时候，我们超越了人，走向了乌托邦。仿佛乌托邦不是梦想和被诅咒的迷误的命运，而是人在其中得以展示的“林间空地”：“乌托邦之光［……］人？造物？——在这光芒中。”[18]

在乌托邦的光芒中……

这不寻常的外部并非另一方土地。在艺术的纯粹陌异和存在者之存在的敞开之外[19]——诗又迈出了一步：陌异者，即陌生人或邻人。没有什么比他人更陌异或陌生的了，正是在乌托邦的光芒中，人才得以展示。在一切扎根与一切寓居之外；作为本真性的无国籍状态！

但这场历险——其中，自我献身于非位置上的他者——它的惊奇在于回归。不是从被询唤者的回应出发，而是经由这场并不回转的运动的圆环，这完美的轨道的循环，这在其无目的的目的性中，被诗所描绘的子午线。就好像，在走向他者的时候，我遇见自我并把自我植入一片土地，从此成为土著，失去了自我同一性的一切重量。故土，并非源于扎根，源于第一次占领；故土也非源于出生。故土，或者说，应许的土地？当它的居民忘记那使其熟悉这土地的循环旅途，忘记他们不是为了变换风景，而是为了去异教化而进行的游荡时，它会不会把他们驱逐？但通往他者的运动所证明的居住，本质上，是犹太教的。

策兰提及的犹太教并不是一种如画的地方主义，或一种家庭的民俗传统。显然，在这位诗人的眼中，希特勒治下以色列的激情——诗集《密接和应》中，由让·戴夫（Jean Daive）出色地翻译的二十页《密接和应》的主题，哀歌的哀歌——对短命的人类来说特别重要，而犹太教构成了短命之人的极端的可能性——或不可能性——它是与存在之预示者、信使或先知的纯真的决裂。这世界不提供一个休息场所，而是，为了度过黑夜，给游荡者的手杖提供一些敲击的石块，它开裂了：在矿藏的语言中回荡的开裂。存在之床上的失眠，为遗忘自我而缩成一团的不可能性。脱离“世界的世界性”的驱逐，借贷自身一切财物者的赤裸；对自然的无知无觉……“因为犹太人，你很清楚，他拥有的，真正属于他的，哪样不是借来的，贷来的，从未偿还的［……］”这里，我们再次走在百合与风铃草夹道的山间。那里站着两个犹太人，或者说，只有一个将自身悲剧地分成两半的犹太人。“但他们，第一代表亲，并没有［……］眼睛”，或者，确切地说，他们眼中有一道帷幕掩盖了一切图像的显形，“因为犹太人与自然是相互陌生的，一直都是，甚至在今天，在这里［……］可怜的头巾百合，可怜的匍匐风铃草！［……］可怜啊，你们不挺立，你们不盛开，而七月也不是七月”。而这威严厚重的群山？黑格尔说过的这群山，就这样与屈服和自由同在？策兰写道：“［……］大地向高处隆起，隆起一次，两次，三次，然后在中间打开，中间有水，水是绿色，绿色是白色，白色来自更高处，来自冰川［……］”[20]

在这种被称作山脉的大地之隆起的沉默与无意义之上和之外，为了打断手杖敲击岩石的声音，为了打断这噪声在峭壁上的回响，得有——与“这里使用的语言”相对——真正的言语。

对策兰来说——然而，是在马拉美无法想象的一个世界里——诗是绝妙的精神行动。这样的行动，既不可避免，又不可能——因为“绝对的诗并不存在”。绝对的诗并不言说存在的意义，它不是荷尔德林的“人诗意地栖居于大地”（dichterisch wohnet der Mensch auf der Erde）的变种。绝对的诗言说一切维度的缺陷，它“沿着不可能者的不可能的道路”[21]，走向乌托邦。多于存在，少于存在。“绝对的诗——不，确实，它不存在，它不能存在。”[22]策兰唤起了不可实现的理想吗？这番无故又轻易的言论很难被归于他。他难道没有暗示另一种形态，有别于（autre que）存在与非存在的界限之间坐落的那些形态？他难道没有暗示，诗本身就是别样于存在（autrement qu'être）的前所未闻的形态？《子午线》：“如同言语，非物质，却又属于大地。”[23]“这不可规避的质问，这前所未闻的推测［……］出自最不自以为是的诗。”[24]不可规避者：美的游戏秩序、概念游戏和世界游戏的中断；他者的质问，他者的寻觅。在诗中献身于他者的寻觅：一曲在给予，在此一者而为另一者（l'un-pour-l'autre），在表示（signification）的有所表示（signifiance）中升起的颂歌。一种比存在论，比存在的思想还要古老的表示，一种为知识与欲望、哲学与力比多所预设的表示。

《美文杂志》，1972年，第2-3期

1　根据我在这些话语中获取的确实的证词，这几次拜访，每次都“深刻地改变了他”。——原注

2　参见策兰，《山中对话》（Entretien dans la Montagne），收于约翰·雅克松（John Jackson）和安德烈·杜·布歇翻译的《密接和应》（*Strette*），Paris: Mercure de France, 1971, 172-173。——原注

3　参见布歇翻译的《密接和应》，同前，191。——原注

4　“材质问题”，策兰在给汉斯·本德尔的信中写道。——原注

[5-10, 12-14, 16-18, 21-24] 参见策兰，《子午线》，收于《密接和应》，同前，192；195；190；190-191；193；187；195；188；191；192；185；193-194；197；193；197；193。——原注

[11] 通过诗歌的超越性——这是认真的么？毕竟，它是现代精神或现代理性主义的一个特征：伴随事实的数学化，经过对形式的上溯，得到了康德意义上，通过降至感性而实现的智性的图式化。形式的、纯粹的概念，一旦被不纯的具体之物所控，就会产生不同的回音（或推论）并承担新的表示。知性范畴在时间中的暴露，当然限定了理性的权利，但也在数学逻辑的基础上发现了一种物理学：实体的抽象观念成为物质持存的原则，而共同体的空洞概念，则成为互惠互动的原则。——在黑格尔那里，辩证的形象难道没有通过在人类历史中的现身而对自身进行精确的描绘？——胡塞尔的现象学难道不是在可感主体性的未受怀疑的视野内对真实进行图式化的一种方式？就像形式逻辑回指主体性的凝结，知觉与历史的世界，就其客观性而言，被指控为抽象——如果不是形式主义的话——并成为发现意义视域的导线，在那里，它开始用真正的表示来意指。近来阅读阿尔方斯·德·瓦埃朗（Alphonse de Waelhens）——对于他，胡塞尔和海德格尔都没有秘密可言——关于精神病的极为有趣又美妙的著作（*Psychose*, Louvain/Paris: Nauwelaerts, 1971）时，我获得一个印象，即弗洛伊德主义除了把现象学的可感物（它在其影像、其对立、其集合和其重复中仍是逻辑或纯粹的）归为一种终极的感性外什么也没做，在这一感性里，性差异尤其决定了一种图式化的可能，而没有那种图式化，可感的表示会和《纯粹理性批判》之前、外在于时间延续性的因果观念一样抽象。所以，这是在数学家的组合与形而上学家的纯粹概念游戏中潜伏的一整出戏。纯粹理性批判继续！——原注

[15] 西蒙娜·薇依会说："天父啊，从我身上撕去这身体与这灵魂吧，把它们制成你的物，最终让我除这撕去本身外一无所有吧。"——原注

[19] "但艺术乃存在者之存在的入口"（Doch Kunst ist Eröffnung des Seins des Seienden），参见海德格尔，《形而上学导论》（*Einführung in die Metaphysik*），Tübingen: Max Niemeyer Verlag, 1953, 101。——原注

[20] 参见策兰，《山中对话》，收于《密接和应》，同前，172-173。——原注

论策兰的信

［法］伊曼努尔·列维纳斯 文
尉光吉 译

亲爱的先生，

［……］感谢您邀请我参与您正在筹备的策兰专刊，您打算在专刊上发表由让·戴夫翻译的策兰在他同海德格尔见面后写的那首诗。

不过我觉得我没有办法撰写您如此殷切地请求我提供的评论。尽管我对我所知的保罗·策兰的诗歌充满深深的赞美之情，尽管我不得不从海德格尔的——无与伦比的——作品里认出非凡的重要意义，但我怀疑，庆祝这样一场相遇超出了我的能力范围。我当然没法忽视诗句——及其语境——中可能存在的海德格尔意味，比如《密接和应》第146页的“仍有待唱的歌声在 / 人类之外”（es sind noch Lieder zu singen jenseits / der Menschen），但我也没法忘记《密接和应》第164页的最后一句：“世界已逝，我不得不背负你”（Die Welt ist fort ich muss dich tragen）。我确定后一句给出了前一句的最终意义。但我不确定我能否证明这点。

这也引出了我给您的第二个放弃的理由。我对策兰作品的认识仅限于诗集《密接和应》，以及约翰·雅克松在1976年巴黎法语犹太知识分子研讨会的一次关于策兰的座谈期间出色地翻译并阐释的三或四篇诗。现在策兰的奥秘——您知道——得到了吉光片羽的逐步揭示，就像是被人低语或藏在一种字迹不清的书写里。在阅读他的时候，必须留意那些符号的安排，它们——就像秘密社团内部的言语——用其自身的布局做出示意；必须留意诗句里那些往往孤立的——前缀或后缀的——音节发出的回响；留意从一个合成词中扯出的词根；留意重复，留意沉默，留意喘息。这是言说（dire）向着原初诗学的回归。能指做出暗示，就像信号或征兆一样，而不像符号，更不是按命题句法赋予的角色被本然地说出的词语内部安置着的意义。

在这些诗中，怎能不追溯其诗学的彼岸？这对策兰来说难道不是一种重力？重力不同于我们生命活着时承受的重量。重力只是推迟了向着生命进发的死亡的步伐。这很可能是《密接和应》第132页的秘密之一。但——由于诗在本质上的模糊性，由于诗本身的谜——问题也许仍是关于诗学的，不过是在另一种意义上：它是从其自身中清空自我者的终极之重——比纯粹更纯的虚空的终极之重——善的终极保留。若不探寻这伦理的维度，又如何谈论策兰？

不过您也看到我自己的话题已变得如何沉重。把这样的音乐或这样的呼吸转移到“逻各斯中心主义”的话语里是一项十分漫长的研究，也是一个危险的举动，而在新的方法出现之前，“逻各斯中心主义”的话语仍是解释学的话语。我不敢让自己冒这样的风险。请原谅我这般冗长的回复。对于您如此殷切的邀请，我不想只说一个简单的“不”。[……]

《洞穴》（*Terriers*），第6期，1979年

最后的言者

［法］莫里斯·布朗肖 文
尉光吉 译

柏拉图：无人拥有死亡的知识；保罗·策兰：无人为证人作证。然而，我们总给自己选择了一个伙伴：不是为我们，而是为我们之内、我们之外的某个东西，它需要我们对自己感到匮乏，以穿过我们抵达不了的界线。提前失去的伙伴，这一丧失，从此就占据我们的位置。

要从何处寻找无人为之作证的证人？

*

在这里对我们言说的东西，经由语言的极限张力，它的聚集，维持的必要性，将一者带向另一者的必要性，抵达了我们，它身处一种不创造统一的联合，而由此联系起来的词语，绝不出于意义而相连，只是有所指向。对我们言说的东西，就在这些通常十分简短的诗里，词语和语句，通过其模糊的短暂韵律，似乎陷入空白的包围，这一空白，这些中断，这些沉默，不是用来给读者喘息的停顿或间歇，而是属于同一种严格，一种只许稍作缓和的严格，一种非言词的严格，它不以载意为目的，仿佛虚空，与其说是缺失，不如说是充盈，虚空中充盈的虚空。不过，这还不是我在此首先关注的，我首先关注这样一种语言，它往往如此艰涩（就像荷尔德林晚期的某些诗歌），但不生硬——某种刺耳之物，一声锐响，超出了能成为歌的一切——它从不生产一种暴力的言语，也不击打他者，不由任何侵凌或毁灭的意向激起：仿佛自我的毁灭已经发生，好让他者得以保存，或让“一个由黑暗所承载的符号得到维系”。

一个我遁入缄默

再次邂逅
孤立的词语：
坠石，硬草，时间。

这语言趋于什么？Sprachgitter（话语栅栏）：话语会处在栅栏——监狱的栅栏——背后吗：透过栅栏，外部的自由得到了承诺（或拒绝）：雪，夜，有名之地，无名之地？或者，话语认为自己配有这样的栅栏吗：它让人渴望某个有待破解的东西，并因此将自己关入那个释放着意义或真理的幻觉，关入那里，关入那片“踪迹不骗人”的风景？但，正如书写，通过物的形式，通过凝缩于此物或彼物的物之外部的形式——不是为了指定它，而是为了在那里，在“始终行游的词语的波涌”中被写下——得到阅读，外部不也被读作一种书写吗，一种无所关联的书写，它总已在它自身之外：“草，被外在于彼此地写下”？或许，求助——它是一种求助，一声呼告吗？——就是吐露自身，超越语言的罗网

（“眼睛，栅栏间的眼圈”），等待一种更大的目光，一种目睹的可能性，一种甚至没有词语来表明视力的目睹：

不要读——看！
不要看——走！

那么视力（或许），总着眼于一个运动，关联于一个运动：仿佛是要走向这些眼睛的召唤，这些眼睛的观看超出了待看之物：“盲于世界的眼睛”，“被言语淹没至盲目的眼睛”，以及“在死缝中”注视（或占有位置）的眼睛。

盲于世界的眼睛，
死缝中的眼睛，
眼睛，眼睛：

*

不要读——看！
不要看——走！

无目的的运动。永远在后的时辰：

走，你的时辰
没有姐妹，你在——
在那，归返。

运动没有因此中断：归返的肯定只是让它更显贫乏，轮子的缓慢运动，自在且自行地转着，辐照一片黑暗的领域，或许是夜，星辰的夜之轮，但

> 夜
> 不需要星辰，

正如

> 无处
> 有人问起你。

*

外部：那里长着眼睛——与人分离的眼睛，也可谓孤单的、无人的眼睛：

> 无断的光，泥沙的黄，
> 到处摇晃
> 在大行星
> 背后。

> 虚构的
> 目光，看的
> 伤疤，

刻入太空飞船，
眼睛

去肉身化的眼睛，失去交流能力的眼睛，游荡着，

祈求大地的
嘴巴。

遍布永恒的眼睛（“永恒升起，布满了眼睛”）；从中，或有失明的渴望：

你从今天起失明：
甚至永恒也布满了眼睛

*

但剥夺自身的目睹也是一种目睹的方式。对眼睛的迷恋所指示的，绝非可见之物。

向梦之门敞开
挣扎一只孤独的眼睛。

会有另一只眼睛，
邻着我们的眼睛，
陌异：缄默

在石头的眼睑下。

哦，这醉眼
在四周，如我们
在此游荡，偶尔
惊异着独视我们。

彼处的黑暗
被眼睛强力击中。

眼和嘴，如此开敞，如此空荡，主啊。

你的眼睛，盲如石头。

花——盲者的词。

歌：
目光之声，在合唱，

你在，
在你眼睛的所在，你在
高处，在
底下，我
转向外部。

*

同外部的关系，从未被给定，运动或前行的尝试，无依无据的关系：不仅由空洞之眼的这空洞超越所指示，而且被保罗·策兰在其散文片段中明确地肯定为他的可能性：与物言说。当我们这样对万物说话时，我们总在追问它们的途中了，欲知它们从何处来，往何处去，一个始终开放的、无止无尽的追问，指示着敞开，空无，自由——我们远远地在外之处。诗歌追寻的也正是这个位置。

空中，那儿留有你的根，那儿，
空中，

我们在空中掘个坟墓
躺在那儿不拥挤

外部临近
其他世界。

[……] 外部
在非域和无时（逆时）中 [……]

白，
为我们而动，
无重，

我们来交换。

白，轻：

任其漂游。

这外部并非自然——至少不是荷尔德林命名的自然——尽管它和太空、行星及星辰相联系，有时还同一个耀眼的宇宙符号相关；遥远的外部，一个依旧亲切的远方，抵达了我们，凭的是迫切回归的词（也许是由我们阅读的吸引力所选）——雪（Schnee）、远方（Ferne）、夜（Nacht）、灰烬（Asche）——它们回归，像是为了让我们相信一种同现实或物质的关系，那是粉状的、柔弱的、轻盈的，或许热情的物质，但这样一个表述很快朝向了*石头*（一个几乎总在那儿的词）、白垩（Kreide）、灰岩（Kalk）和砂砾（Kiesel）的枯燥，朝向雪，它贫瘠的白是永远更白的白（水晶，水晶），不增也不长：在无底之物底部的白：

形如翼的夜，从远方而来

今已在白垩和灰岩上

永远地铺开。

燧石，滚落入深渊。

雪。总是更白。

*

世界，复合的水晶

气息的水晶

Schneebett，雪床：这标题的温柔没有引入任何可能的慰藉：

眼睛，盲于世界，在
死缝中：我来了，
心的一次艰难成长。
我来了。

吸引，坠落的召唤。但“我”并非独自一人，它走向“我们”，于是，这两者的坠落达成统一，统一为当下，甚至坠落者：

雪床，在我俩底下，
雪床。
水晶围着水晶，
交织于时间
深处，我们坠落，

我们坠落：
我们曾是。我们是。
我们是，肉与夜，在一起。
林荫道上，林荫道上。

*

你能无所畏惧
以雪喂养我：

*

这两者的坠落标志着一种总有指向的、磁化了的关系，任何东西都无法将其打破，它仍由孤独承担：

我还看得见你：回声
可由词语的触诊
抵达，在永别
之脊上。

你的脸色微变，
当一束灯光
在我身上突现，在那里，
有人怀着最大的痛苦
说出绝不。

痛苦只是痛苦，不带索求或怨怒：

（在气息的
垂索上，那时，

它比高处更高，
介于痛苦的双结，而
鞑靼的白月
升向我们，
我把自己埋入你，埋入你。）

一切都在括号里，仿佛间隔保留了一种思想，它在万物缺失之处，还是一份礼物，一段回忆，一次共同的触及：

（若我如你，若你如我。
我们可曾站在
同一阵信风下？
我们是陌生人。）

我是你，当我是我。

Wir sind Fremde：陌生人，但彼此都是陌生人，仍不得不共同承担这段距离的迷途，它把我们绝对地分开。“我们是陌生人。”同样，若有沉默，两个沉默便填满我们的嘴巴：

两个
满口的沉默。

若可以的话，让我们记住：两个满口的沉默。

那么，我们能说，诗歌的肯定，在保罗·策兰这儿，或许总远离希望，就像远离真理——但总在走向两者的运动中——仍留下了某种东西，即便不能用来希望，也能用来思考吗？用突然闪亮的短语来思考，甚至在一切都沦入黑暗之后：“夜不需要星辰［……］一颗星辰仍有亮光。”

就这样
神庙依旧挺立。一颗
星辰
仍有亮光。
无，
无物失去。
和—
撒拿。

［……］我的—诗
长着百舌，一连串无。

所以，即便我们用原语言的艰涩的硬度，念出大写之词“无”（Rien），我们仍可以补充：无物失去，以至于“无”或许就与“丧失”接在一起。而希伯来的欢呼语被分开，以从一声叹息开始。这里再一次：

是。
风暴，尘
埃飞旋，有

剩余的时间，一个剩余
有待石头边上的考验——它
曾经好客，它
不禁言语。我们
曾经多么幸福：

或别处：

可歌的剩余（残留）[……]

带着这样的终曲：

被禁之唇（从嘴里被扯出），
宣布
某物仍在抵达，
离你不遥远。

极其简单地写下的句子，注定要留在我们身上，留在其所持留的不确定中，承受着，交错着，希望的运动和苦厄的静止，不可能者的要求，因为正是被禁者，只有被禁者，能让有待说出的话到来：

这
面包，要用书写的牙齿
咀嚼。

是的，甚至在虚无统治之地，当分离运作之时，关系仍未破裂，哪怕它被打断了。

哦，这游移的中心
好客的虚空。分开着，
我坠入你，你
坠入我［……］

一个无
我们曾经是，现在是，仍将
是，开花：
虚无的玫瑰，
无人的玫瑰。

对此，我们必须在其艰涩中再次加以接受：

［……］我知，
我们不曾
真地活过，只有
一阵呼吸盲目掠过
此处与非此处之间，而有时［……］

我知，
我知且你知，我们曾知，
我们曾不知，我们

就在此又不在此，而有时
只要我们之间升起虚无，全然地，
我们发觉自己
融入彼此。

如此，在横穿荒漠（远征）的途中，像是为了在那里求得荫蔽，永远，留有一个自由的词，一个可以看见、听到的词：在一起。

*

眼睛，盲于世界，在
死缝中：我来了，
心的一次艰难成长。
我来了。

迷恋中，我重读这些词，它们自身总已在迷恋中得到铭写。在深底之深处，在彼世的矿口（In der Jenseits-Kaue），有夜，弥漫且散布的夜，仿佛曾有另一个夜，甚于此夜之为夜。有夜，但，夜色中，还有眼睛——眼睛？——在目之所及处留下了伤，它们召唤，它们吸引，如此，必须回应："我来了"，我带着心的一次艰难成长来了。来何处？来，哪怕来到无处，只有在此——在死缝中——持续不断（并不照亮）的光才令人迷恋。Im Sterbegeklüft，在死缝中。不是一道罅隙或裂纹，而是裂缝的一个无限延续，是一系列裂缝，某个似裂非裂，或裂开了又总已再次闭合的东西，不是深渊的裂口，只能滑向深不可测的无边的虚空，而是这样的罅隙或裂纹，其狭小的限制，晕厥的紧缩，用一场不可能的陷落，抓住了我们，而不允许我们在一场哪怕永恒的自由落体运动中下坠：这或许就是死（mourir），是死之心中的艰难生长，是被策兰赋予了话音的无证的证人，他由此融入了夜所浸透的声音，无声之际传来的声音，那只是一阵迟来的、异于时辰的窸窣，一份献给所有思想的礼物。

死亡，言语。在确认其诗学意图的散文片段中，策兰从未明确地弃绝一个意图。不来梅演讲：诗歌总在途中，和某物相关，趋向某物。趋向什么？趋向某个保持敞开并允许居住之物，趋向一个能对之说话的“你”，趋向一个紧挨言语的现实。在这同一篇短小的演说中，策兰极其简洁和克制地提到了，对他而言——并且，通过他，对我们而言——他还未失去的用这样一种语言写诗的可能性意味着什么，经由这样的语言，死亡降临于他，降临于他的亲人，降临于数百万的犹太人与非犹太人，一个没有回答的事件。在不得不失去的一切当中，留着这唯一可及的、切近的、尚未失去的东西：语言。它，语言，仍未失去，是的，无论怎样。但它不得不穿过自身之回答的缺席，穿过一阵可怕的喑哑，穿过一种致死言语的千重黑暗。它穿过去了，而对已然发生的事情，它没给出词语。但它穿过了这事件的所在。穿过并能再次返回白日，因一切而充实。在那些年月和后来的年月里，我正是以这一语言，来尝试写诗：为了言说，为了给自己找到方向，弄清我身处何方，又须去往何方，好让某个现实对我显露雏形。它是，如我们所见，事件，运动，进程，它是赢得一个方向的尝试。

言说，你也言说，哪怕你是最后的言者。这就是一首诗——或许，我们现在能更好地理解它了——给予我们阅读、给予我们亲历的东西，它允许我们从中再次抓住那诗歌的运动，就像策兰，近乎反讽地，提供给我们的：诗歌，女士们，先生们：这无限的言语，空洞的死亡和孤单的虚无的言语。让我们读这首诗，伴随着它痛苦地带给我们的，那份如今开启了的沉默：

言说，你也言说，
言最后的言者，
说你的说。

言说——
但不要分开是与否。
给你的言说意义：
给它阴影。

给它足够的阴影，
给它阴影和你
周遭一样地多，你知其散布
介乎午夜、正午、午夜。

环视：

看那如何在四下变活——

在死亡中！活！

言说阴影的，言说真实。

看你的所在如何回缩：

此刻你欲何从，无影的你，何从？

爬。摸索着，爬。

更瘦，更难辨认，更细！

这是你正生成的，更细：一根绳索，

星辰，要沿此降下：

潜游而下，一路而下，

那里，它看见自己

闪烁：在始终行游的

词语的波涌中。

《美文杂志》，1972年，第2-3期

语言，永不为人所有

[法] 雅克·德里达
[法] 艾芙琳娜·格罗斯芒 文
王立秋 译

格罗斯芒：在献给保罗·策兰的《示播列》一书的某个地方，您非常简略地提到您和他之间的友爱关系，就在他死前不久。接着，您陷入了对策兰诗中日期化（datation）的漫长思考，而且，在指出日期的"幽灵之回归"的同时，您说："在这里，我不会把自己交付给自己的纪念仪式；我不会交出我的日期。"无论如何，您能不能对您与策兰的邂逅稍作谈论呢，我想，那是在1968年的巴黎？

德里达：我将试着谈论它。我必须说，您引用的关于"我的日期"的句子，指的大概是我与策兰相遇或分享的那些日子。您知道，在这首或那首诗中，我反复提到彼得·斯丛狄这样的见证者，他们基于他们拥有的，对策兰生命中标明日期的事件的认知——他1967年12月住在柏林，诸如此类——对一些诗歌作出了阐释。这里要讨论的是日子，标明日期的经历。我不知道我有没有，在那个句子中，提到更加隐密的日期或与策兰分享的日期。我甚至不能说。而我能努力去做的，只是列举，至少是简述，与策兰的那些相遇。事实居然是这样的：策兰一直是我在高等师范学院的同事，而之前我却从未见过他，一直没有与他正式会面。他是一名德语教师。他是个非常谨慎、谦虚、内向的人。如此以至于在学院院长办公室一次关于行政事务的会上，院长的言辞表明，他甚至不知道策兰是谁。我教德语的一个同事如此答道：“但是，先生，您知不知道我们这儿的语言教师是现存于世的最伟大的德语诗人？”这道出了院长的无知，同时也指出这样一个事实：策兰的在场，如他的整个存在和姿态，都是那样地极度谨慎、简略和谦虚。这至少部分解释了为什么我们之间没有任何交流，尽管多年来我一直就在他执教的学校。直到1968年，在我赴柏林的一次差旅之后，经由彼得·斯丛狄的引见，我才最终与策兰会面。后来成为我朋友的斯丛狄，是策兰的一位知己，他到巴黎后就把我介绍给策兰。那是非常有趣的一幕，但确确实实地发生了：他把我介绍给我自己的同事，而我们只说了几句话而已。从那以后，就有了一系列可以追溯的会面，每次总是那样地简略和沉默，他如此，我也如此。沉默在他，一如沉默在我。我们交换签了名的著作，加上寥寥数语，随即便失去对方的身影。除仅有的几次才开始就已结束的谈话外，我还记得在埃德蒙·雅贝斯家的一次午宴。雅贝斯也认识策兰，他邀请我们俩去他家吃饭——他的住所离高师不远。又一次，情况没有改变：在就餐及随后的时间里，策兰依然保持着沉默。我不知道怎么说好。我相信，他身上有种秘密、沉寂及严格，让他觉得，言词，尤其是饭局中的寒暄之语，并非必不可少。与此同时，他身上也许还有某种更加消极的东西。我从别处听说，在巴黎，他常常为身边的一切感到抑郁、愤怒，很不开心。他同法国人、学界、同行诗人以及译者打交道的经验，我想，只会令他更为失望。我相信，他像别人说的那样，很不易相处，要求别人耐心，却又让人难以忍受。然而，透过这沉默，我们之间存在一种双向的影响，在他给我的著作中，我能发现这点。我想，他的自杀，距此只有两年之遥。在1968年或1969年，我又见到了他，因此，我说的那段时间，至多只有三年……不，更少……事实上，这只是非常简略的流水账，只有到后来，我才开始或多或少持续地思考。关于那些相遇，我只能说这么多。毋宁说，对这些事的记忆，后来，在他死后，才开始运作，重新得以阐释，被编织成我听到的传闻，关于他在巴黎的生活，他的朋友，所谓的朋友，声称的朋友，关于所有翻译和阐释的冲突，您知道的。提到策兰，进入我脑海中的影像是一颗流星，一道被打断的闪光，一种停顿，一个非常短暂的瞬间，它留下一串火花，而我试着通过他的文本将其找回。

格罗斯芒：在《示播列》中，您分析了策兰作品中被您称为“语言经验”的东西，某种“在习语中栖居”的方式（“签名：策兰来自德语中的这个位置，那是其唯一的财产”）。同时，您说，策兰表明，存在着“一种语言的多样性和语言在语言自身之中的一种移居”。“你的国家，”策兰说，“四处移居，就像语言。国家自己就在迁移并流放自己的边界。”在您看来，这里，我们是否应该看到某种归属的幻觉，或这归属幻觉的反面，抑或二者皆有？我们该怎样理解这句话：栖居于多样且迁移的语言之地？

德里达：在试着以理论的方法回答这个问题之前，必须回想事实的明证。策兰不是德国人，德语不是他童年唯一的语言，他不只用德语写作。不过，他还是竭尽所能，以便，我不会说占有德语——因为我要表明的，正是人并不占有一种语言——而是为了与之肉搏。我试图思考的，是一种习语（idiome）（而习语，恰恰意味着本性，专有之物），以及语言之习语中的签名（signature），它同时也让人经验到语言不可占有的事实。我想，策兰努力留下一个标记，一个独特的签名，而对德语来说，那是一个反签名，同时也是某个在德语身上降临（arrive）的事情——在该术语的两个意义上降临：接近它，达到它，却不占有它，不屈服于它，不把自己移交给它，同时，也让诗歌的写作降临，也就是，成为标记语言的事件。无论如何，这就是我能够阅读策兰时，我阅读他的方式，因为我也为德语，为他的德语感到苦恼。我根本无法确定我能以准确、公正的方式阅读策兰，但我觉得，他既对语言的习语精神保持敬意，又在挪动语言，给语言留下某种疤痕、印记、创伤的意义上，触碰了语言。他修饰德语，改动（touche à）语言，但为此目的，他必须承认：那不是他的语言——因为我相信，语言永不为人所有——而是他选择与之搏斗的语言，在争论、争执（Auseinandersetzung）的确切意义上，选择用德语与之搏斗的语言。您也知道，他是一位伟大的翻译家。和许多身为译者的诗人一样：他知道其翻译的风险和利害所在。他不仅翻译英语、俄语等外语，也在德语内部进行翻译，他执行了这样一项操作，称之为翻译诠释（interprétation traduisante）并不为过。换句话说，在他诗歌的德语中，有一种起点的语言和一种终点的语言，而他的每首诗都是一种崭新的习语，在这些习语里，他传递着德语的遗产。矛盾在于，作为一名并非出于国籍或母语而成为德国人的诗人，他不仅仅坚持干这么一件事，而且把自己的签名强加给了为他准备的语言，显然，这语言不是别的，正是德语。该如何解释这点呢：尽管策兰是多门欧洲语言的译者，但对他在诗中的书写与签名来说，德语一直占据着特权的位置，即使在德语内部，他也欢迎另一种德语，或别的语言、别的文化，因为在他的写作里，有着文化、引文、文学记忆的一种差不多是遗传学意义上的奇妙交汇，它们总处于极度的凝练，处于停顿、省略和中断的模式。这就是那一写作的天才之处。

提到“诗意栖居”的问题，荷尔德林当然是策兰的主要参照之一。既然我们都知道，语言中没有家，没有人能占有一种语言，那么，“栖居于语言”又是什么呢……

格罗斯芒：……还有一种“移居”的语言。

德里达：正是如此！策兰自己就是个移民，并在他诗歌的主题中标记了跨越边界的运动，比如《示播列》一诗。我不想立刻，或太快、太轻易地，就像人们有时做的那样，提起希特勒主义压迫下的大迁移，但我们也不能对此避而不谈。这些迁移、这些流亡、这些放逐是我们时代的痛苦移居的范式，而策兰的作品，一如他的生命，显然承载着其全部的标记。

格罗斯芒：既然您刚提到国家边界和语言边界的问题，那么，接下来我想就一个相关的术语提出讨论，也就是您在《他者的单语主义》（*Le Monolinguisme de l'autre*）中所谓的单语（monolangue）。您用很长的篇幅论证了下面这个矛盾，它不只是您的矛盾，还是一个通令："是的，我只有一门语言，但它不是我的。"您尤其在文中强调："一个人在其语言近旁，甚至在其公开指责习语的民族主义政治的地方（于此我二者皆有）所设的多疑的守卫，要求多样化的暗语（schibboleths）作为向翻译发起的如此之多的挑战，以及语言边界上需要缴纳的如此之繁的税银［……］"并且，您以此作结："各国同胞们，诗人译者们，起来！打倒爱国主义！"说到那些玩弄"任何语言自身之非同一性"的诗人译者或哲人译者，您如何看待其政治角色？

德里达：我要把话说前头，人们绝不能，出于成百上千个显而易见的理由，拿我的经验，或我的历史，或我与法语的关系，来和策兰的经验、历史，以及他的德语经验相比。有成百上千个理由。这我已经说过，我在书中所写的一切，都是为了纪念策兰。我知道，我在《他者的单语主义》一书中说的，某种程度上，只对我个人的情况有效，也就是，只适用于独立前的阿尔及利亚的那代犹太人。但它仍具有普世的示范价值，即使对那些不像策兰和我一样身处某种奇怪且戏剧性的历史境遇的人来说也如此。我敢说，这样的分析，甚至适用于某个对自身母语有着一种习以为常、平静无奇之经验，毫无宏大历史可言的人：也就是，语言，永不为人所有。即使某人只有一门母语，即使这个人扎根于他出生的土地，扎根于他的语言，即使在这种情况下，语言，也不为人所有。语言不容自己被占有，这，就是语言的本质之所在。语言正是那不容自己被占有之物，然而，正是这个原因，激起了各式各样的占有活动。因为语言可被欲望而不可被占有，它也就把拥有、挪占的所有类型的姿势给发动起来。需要注意政治上的一种危险：语言民族主义正是这些占有姿势之一，一个幼稚的占有姿势。这里，我的意思是，存在这样一个矛盾：最符合语言习惯的，也就是，对语言来说最本己（propre）的东西，却不能被占有（approprier）。我们必须试着思考：当人在语言中寻找最符合语言习惯的东西时——就像策兰那样——人所接近的，就是那在语言中搏动，且不让自己被抓住的东西。因此，我更愿意试着——这看起来矛盾——把习语（idiome）和所有物（propriété）分开。习语抵抗翻译，因此看起来附属于语言的意指之躯或那具有死之躯的独特性，然而，由于其独特性，这躯体也就排除了一切形式的占有，一切关于归属的声称。政治困境在于，人们如何在抵抗民族主义意识形态的同时——我想，这是必须的——坚持这种伟大的习语性？不诉诸爱国主义，以及某一类型的爱国主义和民族主义，人们又如何保卫语言的差异？这就是我们时代的政治利害之所在。有些人主张，为了反民族主义的正义事业，就必须加速走向普世语言，走向透明性、抹除差异。我倾向于得出相反的结论。我认为，必须给习语一种待遇、一种尊重，它不仅脱离了民族主义的诱惑，而且脱离了民族和国家、和国家权力连接的纽带。我想，今天，人们应该有能力培育语言差异而不诉诸意识形态，不诉诸国家民族主义或民族主义政治。我强调，政治的关键因素在于：正因为习语不为人所有，因此也不可能成为一个民族、族群或民族国家共同体的财产物，各种形式的民族主义才热衷于向它猛扑，急着占有它。要让有些人明白，我们可以热爱那抵抗翻译的东西而不诉诸民族主义，不诉诸任何形式的民族主义政治，并不容易。因为——这是采取那一必要之举的另一动机——从我尊重并培养习语独特性的时刻起，我就像“在自己家中”和“在他者家中”一样来培养它。换句话说，他者的习语（习语首先是他者的，甚至对我来说，我的习语也是他者的）必须得到尊重，因此，我必须抵制一切民族主义的诱惑，而那本身就是一种跨越边界的帝国主义或殖民主义的诱惑。在此，除了我们谈论的文本，还有一种完全政治化的反思，在我看来，今天，这一反思在欧洲内外都有普遍的意义。很明显，目前，欧洲人的语言、欧洲的语言出了问题，某种英美语言正逐渐掌握霸权，变得不可抵抗。对此我们每个人都有所经验。我刚从德国回来，在德国，我说了三天英语，只说英语。当人们和哈贝马斯谈论这些问题时，人们用的还是英语。要怎么做才能使欧洲这样一个新型的国际共同体找到抵抗语言霸权，尤其是英美语言霸权的方法？这很困难，尤其是因为，那一英美语言不仅对其他语言施暴，同时也对某些说英语或美语的天才人物施暴。这些都是十分困难的讨论，我想，诗人译者，当其提供了我们此刻描述的经验时，就是我们的政治楷模。他们的任务正在于解释、教授这一点：人们可以培育和创造习语，因为问题不是对既定的习语进行培养，而是生产新的习语。策兰生产出一种新的习语，他从一个模板、一份遗产中生产出习语，并且出于显而易见的原因，无疑不向民族主义屈服。在我看来，今天，在语言和民族问题上，这些诗人应该给那些需要的人补一堂政治课。

格罗斯芒：您刚才说的，关于策兰如何重新激活习语遗产的那些话，让我想到一个问题，也就是我接下来想问您的问题，与语言的生死有关。我们知道乔治·斯坦纳的一句话：奥斯维辛之谜只有在德国才能被解开，也就是说，只有“从死亡的语言内部”书写，才能做到这一点。这句话当然争议不断，然而，它也许能从某个方面阐明策兰的书写。我们是不是可以说，策兰对语言的经验，就是对一种永远活着的语言的经验，因为那种语言被死亡和否定性所生产？比如，在《示播列》中，您就引用了策兰的这样一行诗：“说吧——／但别分开是和否。”您自己也坚称要保持一种有时看似自相矛盾的话语：“我活在这矛盾中，”您写道，“它甚至就是我身上最有活力的东西，因此，我坚持它。”

德里达：是的，对此您已经陈述得很清楚了，“活下去”也就是对必死性、死者、幽灵（您提到了“否定性”）表示欢迎。如果正是生命的显现把自己暴露给死亡，并保持对必死或死亡的记忆，那么，是的，确实如此。我不想屈从于——我确信这并非您邀我共赴的方向——某种语言的生机主义。在与死亡经验不可分的意义上，这是个生命问题。那么，是的，这是矛盾的第一种形式：语言的生命同时也是幽灵的生命，它也是哀悼的工作，也是不可能的哀悼。这不仅仅关乎奥斯维辛的幽灵或人们可以哀悼的一切死者的幽灵，这是语言的身体所固有的幽灵性的问题。语言，词语，某种程度上，词语的生命，拥有幽灵的本质。这就像日期：它作为自身而重复，每一次都是别样的。在词语的存在、语法的存在中，有一种幽灵的虚拟化。因此，在语言（langue）中，甚至在舌头（langue）上，生死的经验已得到表现。

格罗斯芒：而这就是我们不该逃离的东西？

德里达：确实。即使人们在此话题上发表的陈述相互矛盾或看似矛盾，各执一词：我们仍必须培育习语和翻译，必须栖息而不栖居（habiter sans habiter），必须培育语言的差异而不走向民族主义，必须培育其差异和他者的差异。当我说“我只有一门语言，但它不是我的”时，这是一个公然违背常识并自相矛盾的陈述。这矛盾并非令人心碎的个体矛盾，相反，它被铭写在语言的可能性内部。没有这种矛盾，语言也不复存在。因此，我想，我们必须容忍它……必须……我不知道是否必须……我们容忍这种矛盾，是出于这样的事实，即语言，说到底，是一项遗产，一项无法选择的遗产：人生来就在一门语言之中，即便它是第二语言。对策兰来说，便是德语。他生来就在德语之中吗？既是又不是。但让我们说，当人生来就在一门语言中时，人便继承了这门语言，因为在我们之前，它已经在那儿，它比我们更古老，它的法则先于我们。我们从认识语言的法则开始，也就是，一开始总要认识词汇和语法，而所有这些，几乎永恒不变。但继承语言不只是被动地接受某个已然在此的东西，一份财产。继承意味着通过变形、改动、移置来重新确认。对有限的存在来说，没有一项遗产不需要选择、过滤。而且，遗产只为有限的存在准备。遗产必须被签名、反签名，也就是说，根本上，必须把自己的签名留在遗产上，留在人所接受的语言上。这又是一个矛盾：我们在接受的同时赠予。我们接受一份礼物，但为了在负责任的继承中接受这份礼物，我们必须通过赠予另一样东西来回应礼物，也就是，在所收之物的身体上留下一个标记。这些是矛盾的姿势，是一场肉搏：我们接受一个身体并把自己的签名留给它。当人们用正式的逻辑来转译这场肉搏时，就出现了矛盾的陈述。

那么，人们该不该逃离、回避矛盾？或者，该不该试着解释发生之事，为其之所是，也就是，为这种语言的经验辩护？就我而言，我选择矛盾，我选择把自己暴露给矛盾。

格罗斯芒：最后，我想请您对《示播列》的这一精彩段落略作评论，其中，您谈到了“词语幽灵般的游荡”：“这样的回魂，并不在一场对某些人发生而放过另一些人的死亡之后，偶然地降临到词语头上。所有的词语，从它们第一次出现起，就分担了回魂。它们总已经是幽灵，而这个法则统领着其内部的身心关系。我们不能说，我们知道这点，因为我们经验了死亡和哀悼。这种经验从我们同回魂的关系中向我们到来：这是标记的回魂，然后是语言的回魂，然后是词语的回魂，然后是名字的回魂。所谓的诗歌或文学、艺术本身（让我们暂且不作区分），换言之，对语言、标记、特征本身的某一经验，或许只是对鬼魂的不可回避的本源性的一种强烈的熟悉感。”词语的这一“幽灵般的游荡”是不是（策兰和您关于）诗学体验和语言哲学的一个定义？在生与死之间永远悬着的词语，是否变成了，如阿尔托所说，“没完没了”的东西？

德里达：我想说的是，在我看来，这适用于一般的语言经验。在此，我试图对一般的语言结构进行某种分析。我不大喜欢语言的“本质”这个词，我想把一个更生动、更动态的意义赋予这种存在方式，这种适用于一切语言的幽灵性的显现。对一般语言的共同的普世经验，在此成为一种经验*本身*（comme telle），并在诗歌、文学和艺术中*如是*（comme telle）地出现。关于这种“如是”，还有很多话要说……

我愿把一个对此有着最*鲜活*（à vif）经验的人称为诗人。谁对这幽灵般的游荡有着*鲜活*的经验，谁服从这语言的真理，谁就是诗人，无论他写不写诗。一个人可以在文学体制的合乎规定的意义上是个诗人，也就是在所谓的“文学”空间内写诗。我把一个让位于写作事件的人称作“诗人”，写作事件把新的身体赋予了语言的本质，并使其在作品中出现。我不想轻率地使用作品一词。什么是作品？创造一件作品就是赋予语言一具新的身体，就是给语言以身体，使得语言的真理能够*如是*地从中出现，从中出现并消失，在省略的回撤中出现。我想，策兰，从这点看，是诗人的典范。其他人，用其他语言，创造的作品也有同等的典范意义，但策兰，在本世纪，在德国，已给一部典范之作签名。这，再一次，具有普遍的价值，而这普遍的价值又以独特且不可取代的方式在策兰的作品中成为典范。这适用于所有人，尤其是策兰。

格罗斯芒：您是不是说，一个人必须有能力，也许，像策兰那样，去亲历语言的死亡（vivre la mort de la langue），才能够“鲜活地”说出此经验？

德里达：在我看来，他必须，每时每刻，都亲历死亡。有很多方式。他必须在所有这样的地方亲历死亡，即他感到德语已以某种方式被，比如德语的主体杀害，后者把德语变成了某一用途：它被谋杀，被杀死，被置于死地，因为人们让它以这样或那样的方式说话。纳粹主义的经验就是对德语犯下的一桩罪行。在纳粹治下的德国，人们说的就是一种死亡。有另一种死亡，它是对，比如，德语的随时随地的单纯平庸化和粗俗化。然后，还有一种死亡，它必定降临于语言，因为语言之所是意味着：重复、陷入昏沉、机械化，等等。因此，诗歌行动构成了一种复活：诗人是永远和一种垂死的语言打交道的人，他复活那种语言，不是还给它一条胜利的路线，而是让它不时地归来，如同一个幽灵或鬼魂：他唤醒语言，并且为了真正鲜活地经验这种觉醒、这种语言的重生，他必须十分贴近语言的尸体。他必须尽可能地接近语言的残余、语言的遗骸。这里，我不想过于悲怆，但我认为，策兰一直在处理的语言就有变成一种已死语言的风险。诗人是这样的人：他察觉到语言，他的语言，他在我刚才强调的那个意义上继承的语言，也就是，有重新成为已死语言之风险的语言，因此他有责任，一种非常严肃的责任，去唤醒、去复兴这种语言（不是基督教荣耀意义上的复兴，而是语言复活意义上的复兴），不是把语言作为一具不死的躯体或一具荣耀的身体，而是把它作为一具必死的躯体，它脆弱，有时难以辨识，就像策兰的每一首诗。每一首诗都是一次复活，但复活的是一具脆弱的身体，有可能再遭遗忘。我想，策兰的所有诗，某种程度上，仍然不可辨识，它们守护着不可破译之物，而这不可破译之物，要么无止尽地召唤新的阐释、复活或解释的新空气，要么，与此相反，再次衰弱、消亡。没有什么能确保一首诗不走向死亡，一方面是因为档案总有可能在火葬或火灾中被烧毁，另一方面则是因为，即便不焚毁，它也有可能单纯被遗忘，或没有得到阐释，又或被尘封起来。遗忘总是可能的。

（2000 年6月29日）

《欧洲》，第861-862期，2001年

论保罗·策兰的两首诗

［法］菲利普·拉库–拉巴特 文
冯 冬 译

扩大艺术？
不。带着艺术走入你自身的至窄处。并让自己自由。
——《子午线》

以下为策兰的两首诗：

图宾根，一月

被说服
致盲的眼睛。
他们的——“纯粹的
起源是一个
谜”——，他们
关于漂浮的荷尔德林塔楼
的记忆，被海鸥的嗡鸣
环绕。

溺水的木匠

造访
这些浸没之词：

如果，
如果一个人来，
如果一个人今天来这世上，带着
光焰四射的
族长胡须：他可以
谈论这个
时代，他
只能
胡言乱语
始终
咿咿，呀呀。

（“可否。可否。”）

托特瑙堡

山金车，小米草，
从井里舀水喝，上方一颗
星形骰子，

在那

小屋里，

记入留言簿
——在我之前
它还记下谁的名字？——
在这本书中
写下那行
希望的字，今天，
为了一个思想的词
在心中
到来，

林中草地，未平整，
红门兰与红门兰，独自地，

率直，后来，在车上，
清清楚楚，

为我们开车的人，那人
也听见了，

走了一半的
高地沼泽里的
圆木小路，

非常，
潮湿。

这两首诗算是非常有名了，它们至少都有两个法译本。第一首出自诗集《无人的玫瑰》（1963），先由安德烈·杜·布歇翻译，发表在《蜉蝣》第7期，后收入《密接和应》（*Strette*，Mercure de France，1971），再收入马尔蒂内·布罗达主编的《无人的玫瑰》（*La Rose de personne*，La Nouveau commerce，1979）。第二首诗发表于1968年，收入1970年7月出版的诗集《光之迫》，在1970年初，也即策兰自杀两三个月后，由让·戴夫译成法文。几年后，布歇也译了这首诗，放入《策兰诗选》（*Poèmes de Paul Celan*，Clivages，1978）。也可能存在这两首诗的其他法译本。

很明显，两首诗的标题都是地名：图宾根，托特瑙堡，似乎在纪念策兰对这些地点的造访。同样明显的是，这些地名也可以甚至首先是人名。无论怎么归类这些修辞，此处的指向、引文及暗指都很明白；无论如何，我们已知道图宾根即荷尔德林，托特瑙堡即海德格尔。我想完全没有必要在今天（两首诗都含“今天”［heute］这个词），再来强调把这两首诗联系起来的理由。无论是谁，只要他“关注我们的时代”或“专注于历史”（欧洲史），对他来说，荷尔德林与海德格尔这两个名字已密不可分了。他们命名了我们这个时代（dieser Zeit）之紧迫。一个世界时代——或者说这世界的年代——正走向自身的终点。我们正迫近一个完结，正在关闭自希腊以来就被哲学化的西方以各种名目称为“知识”

的那一视界，也即技艺 / 技术（technē）的视界。无疑地，从一开始，那些无可摆布、已遭遗忘或被拒绝的事物，此时必为自己辟出一条未来的可能之路。这关涉了海德格尔所言的“思的任务”，这种思考必须重启历史，重新打开一个世界的可能性，朝向无可估量、无可预期的神之到来。唯此能“拯救”我们。为这个任务，艺术（也即技艺 / 技术）及内在于艺术的诗或能给予我们一些暗示。至少，我们还有这般希望，暂且不论它的脆弱不堪和贫乏无依。

以下这几点无需再强调了，但在某种意义上仍值得我们留意。

1.如此一种思考，也即关于历史的思考，本质上是德国的。它虽并非必然如此，但18世纪末以来，德国人已在这种思考中注入一种前所未有的深度，其中一个原因正是古今关系之争论以及民族身份与起源的问题，唯独在德国成了一个突出的问题。首先看，这是一个关于“国家”和民族的问题，其语言（德语），在拉丁化之欧洲“文艺复兴”之后奢侈繁华的世界里，不过是个后来者。凭借与希腊语（“本源”的语言）奇怪的相似性，德语从未停止渴望与一切有关希腊的最为本真的言说建立独一的关系。

2.保罗·策兰（安切尔），出生于隶属布科维纳的切尔诺维茨一个德语犹太家庭。无论布科维纳命运如何坎坷——1940年被并入苏联，1941年被德国和罗马尼亚占领，1943年被苏军收复——生于1920年的策兰，在此度过了他的青少年时代。他并非诞生于中欧的穷乡僻壤，他出生在德语区，在此语言中诞生。从一个已被遗忘的古老意义上来讲，他的国籍就是德国。这并不排除他可以有一个完全不同的起源，或准确说，一个完全不同的传统。如此，策兰的语言始终保持为他者的语言（la langue de l'autre），另一门语言（autre langue），没有任何（先在的、非平行的）“其他语言”可与之衡量。对策兰来说，一切其他的语言必然是平行的（latérale）：他是一个伟大的译者。

3.策兰将德语接受为他作品的语言，他知道，如他的一切书写所见证的，我们在今天正是要与德国厘清一切事实。这不仅因为策兰是德国“希腊式”（“极北”）乌托邦的受难者，也因为策兰知道自己绝不可能回避这个问题，而乌托邦的暴行已将这问题转化为一个回答，也即一个“解决”。他，作为德国人中极罕见的一位诗人，肉身化了一个几乎永不可解的终极悖论，并见证了这始终存留的问题的真理性：我们是谁，在今天，还能是谁？

4.种族灭绝在其不可能的可能性中，在其巨大的难以忍受的庸常中，催生了阿多诺意义上的后奥斯维辛时代。策兰说：“死亡是一位来自德国的大师。”这恰使不可能之事变成了可能，这正是我们的时代、该时代（dieser Zeit）的难以忍受的巨大的庸常感。人们很容易去嘲笑这种“贫困”，但我们正是它的同时代人，对于灵魂、理性、逻各斯——今天这些仍是我们之所是的架构——无可避免地表明的状况，我们已走到其终点：在可算计之物中，谋杀首当其冲，而灭绝乃是最可靠的身份认同手段。今天，在这接受“启蒙”却仍旧黑暗的背景中，仅残余的一点现实正从全球化世界的淤泥中蒸发殆尽。再也没有什么，哪怕是最明晰的现象，最让人心痛的纯粹的爱意，能够逃脱这时代的阴影：一种存在于自我或群体的主体之癌。那些想否认这一点以避开悲怆的人，无疑是些梦游者。然而，将它转化为悲怆来继续生产艺术（情感等等），也难以接受。

我想问一个残酷的，甚至有点冒犯读者的问题：策兰是否有可能将“我们”而不是他自己放在了与“它”面对面的位置？诗歌能做到这一点吗？如果能，是什么样的诗歌，借着诗的什么特质？我不过是在遥远地（与这个问题的最初提问者隔着几重山的距离）重复荷尔德林的问题：“诗人何为”（Wozu Dichter）？

*

我认为，被译成法文的这两首诗承载着所有问题的重量。（在布歇这本小集子的末尾，我们读到这个注释：“《托特瑙堡》的翻译用的是这首诗的初版，落款为1967年8月2日，缅因，法兰克福。策兰曾建议一种词与词直接对应的翻译方式，所以我在法语中以qui nous voitura来译der uns fährt。”）

我提及这些译文，并不是想比较或评论一番。我的意图并不是去“批评”它们，我只想指出，布歇的翻译风格可被称为“马拉美式”，矫饰而风雅，未能抓住策兰所运用的语言的钻石般的硬度与陡峭感。被赋予策兰的东西也穿透了他。尤其在他的晚期作品里，韵律与句法对语言施加暴力：劈砍、移位、截断、切割。显然，这里面有些东西与阿多诺评论荷尔德林晚期诗作时所谓的“并列结构”（parataxiques）相类似：凝缩，并置，扼住语言的咽喉。然而，并无或极少有所谓的语汇“精练”。当策兰倾向于一种对隐喻或意象的超现实化处理时，他也不会脱离本质上简单而赤裸的语言。例如，在《图宾根，一月》的马拉美式翻译中，布歇两次使用的指示词“这般”（telle），乃是一个对策兰风格来说完全陌生的措辞，还有该诗中的“A cécité même / mues, pupilles”（瞳孔，朝着盲本身 / 运动）也是这样，于是一首诗就以最不可思议的方式开始了。此处，我并不想重提十多年前亨利·梅肖尼克（Henri Meschonnic）发动的那场有关策兰诗翻译的争论。

我不想重提旧事，虽然我召唤这些诗，甚至自己动手一试，但我实在不想做比较，我对这个游戏兴趣不大，也不想把它们作为评论的必要前奏来引用。我给出译文，只为看清我们所处的情形。我以为这些诗完全不可译，哪怕是语言之内的翻译，恰因如此，它们也是无可评论的。它们必逃脱于阐释，乃至禁止之。可以说，这些诗被写下来，正是为了禁止阐释。这就是为什么贯穿这些诗（以及策兰的所有诗）的唯一问题正是意义的问题：意义的可能性。这也是一个超越性的问题。在某种程度上，它将策兰写入荷尔德林的谱系或航迹：“诗人中的诗人”（当然，此处绝无向着所谓“形式主义”的丝毫妥协）。如海德格尔阐释荷尔德林与特拉克尔时所证明的，这个问题不可避免地剥夺了所有具有阐释学力量的形式，甚至预示一门“阐释学的阐释学”。无论如何，我们迟早会发现，我们又回到了“无语”的状态，这高于

（或低于）一切“欲有所言”的意向所指状态，因为它总是先在地陷入了“不要读我”这一类双重束缚：“不要再相信意义”。自兰波以来，这等于说，“相信我，不要再相信意义”。这既可笑也可悲，甚至具有欺骗性，因为它在高扬的同时也废除了那个将自己投射在意义具现上的“我”。

我向自己提出的是关于主体的问题——自我与群体的主体之癌。问题首先是，在今天，谁还能说一种不再是主体语言的语言？它见证并揭开了“主体的时代”加之于自身的前所未有的、不可推卸的劣迹。至今，它仍有负罪感。自施莱格尔与黑格尔的时代以来，该问题就与抒情诗的问题紧密相连：抒情诗是否属于主观体裁？这与被放逐的主体之独一性有关，然而同样也可以说，这是私人用语或纯粹私人化用语的问题——如果真有这样的东西！将自己从时代的语言中拖曳出来，这是否可能且必要？到底该说些什么？谈论什么？

你们会发现这样一个问题——我几乎没变换视角——与“诗与思”（Dichten und Denken）的问题并无差异，这是一个在德语里被特别地提出来的问题。发誓不再去重复已被言说的灾难之殇，却将自身绝对地独一化的诗作将是怎样的？我们应如何思考那种有时顽固地拒绝意指的诗歌，如果它里面尚存可思的东西？简单地说，一首其“编码”已事先阻止了解密之努力的诗是怎样的？

长期以来，我一直在问这个看似天真的问题，特别是在我读了彼得·斯丛狄对《你卧》（Du liegst）这首诗的分析之后。这首有关柏林的诗写于1967年，收入1971年出版的策兰诗集《雪部》，后出现于布朗肖和列维纳斯1972年发表在

《美文杂志》上的两篇文章里，即《最后的言者》和《从存在到他者》。这乃是少见的开启性的策兰评论。布朗肖和列维纳斯的论述基本上是“箴言式的”，借助阿多诺对海德格尔之荷尔德林阐释的异议——两人都把论述建立在策兰诗的只言片语上（如所有“思想之诗”，策兰诗里有很多这类可分离的片段）。然而在我看来，斯丛狄的分析才是唯一完全地解析了一首诗的实例；他深入了抗拒阅读的晦暗之处，唯有他知道“材料”如何被赋予作品，包括被回忆起的场景、旅行过的地点、相互交换的词语、被看见或感受到的景象等等。斯丛狄抓住了那些最小的暗指、最轻微的唤起，结果是一种几乎无剩余之物的翻译。我说“几乎”，因为除了在事件发生时到场的喜悦外，还需解释一种奠基于特异性的诗创作，以及在此情况下，那些并没有目睹是什么造就了这个简短“故事”、这些暗示与唤起的人，如何能对该诗作出一种并非简单的理解。

因此更准确地说，我所谓的“个人用语”的问题其实就是独一性的问题。我们有必要把它与“可读–不可读”的问题分开，相对而言，后者是个次要且衍生的问题。我的提问不仅关乎文本，也关乎如何进入写作的独一经验。它问的是，经验如果是独一的，它能否被书写，又，在写作的瞬间，它的独一性会不会在一开始或在通向目的地的途中，以某种方式被语言的事实带走，乃至永远消失？这或由难以想象的语言之不及物性所致，或由对意义、对共相的欲望所致，这欲望激活了被单一语言的界限所分隔的多个声音，而此语言不过是众语言中的一种。究竟是否有独一的经验？一种沉默的经验，绝不被语言穿透，不与任何话语相感应，连发声都不甚清楚？如果我们回答“是”（这几乎不可能），如果独一性，无论如何，存在或被保持——且不论经验上的考虑，如斯丛狄以及别的知情者在场之见证——那么语言还能否承担它的重负？个人用语能否达此目的？当然，个人用语与任意“加密”或拒不揭示要点的那类流行的“现代派”作风是大相径庭的。这些提问要解决的既不是唯我论也不是自闭症的难题，却很可能与孤独有关，而策兰，可以说，为孤独提供了终极证明。

*

我重读了《图宾根，一月》（旧式的日期写法，Jänner而非Januar，似在暗示荷尔德林疯癫时期令人不安的诗作日期标记）；我重读它，以我一贯能理解的方式去读，以我不得不去翻译它的方式去读。这其实没有必要，因为布罗达的译文已经很优美，难以被取代，我也只好借这绝妙的译法：“塔楼 / 被海鸥淹没”（tour / noyées de mouettes）。我忍不住翻译了这首诗，于是回到了几年前做荷尔德林研究时尝试过的一个译本。

这些不成短语的短语，稀薄、不稳定的话语，在沉默、不可理喻之物的边缘口吃、断续着，加上那句莫名其妙的话，私人用语“Pallaksch”（可否）。它们很难构成一个记述（récit），因为它没什么可讲述，包括造访图宾根荷尔德林塔楼（Hölderlinturm）。但无疑，它们意味着某样东西，也可以说，一个讯息被发送了。无论如何，它们给出一个可理解的陈述：如果一个人，一个犹太人——智者、先知或公义之士，“带着 / 光焰四射的 / 族长胡须”——在今天，想像荷尔德林那样言说这个时代，他只能结结巴巴地说，如贝克特笔下的“形而上学流浪汉”。他将陷入失语，或纯粹的私人话语，一如荷尔德林的情形，而荷尔德林的“疯癫”已经变成一个神话：

记忆女神（Ⅱ）

我们是一个符号，毫无意义，
毫无痛苦，在异乡
几乎失去我们的语言。

准确地说，为了言说他的时代，如此之人必陷入结巴与含糊，因这时代就是一个结巴、含糊的时代，或者，结巴乃是该时代唯一的“语言”。意义的终结：打嗝、断续。

然而这个讯息在诗里仍属次要，这有点像经典寓言里的“教诲”或“道德”，既在诗之内也与之脱离（见第二诗节末尾的冒号），其在场进一步解释了这首诗前面已经说出的东西。这正是它作为一首诗所说出的。这首私人化语言之诗包含了自身的翻译——为私人化语言提供很好的存在理由。至少，我们可以这样来构想，于是问题就变成如何确切地获悉它所翻译的东西。

我建议将诗所翻译的东西称为“体验”（expérience），

但要从严格意义上理解这个词——源自拉丁文ex-periri，意为“穿越危险”——我们尤其要避免以该词指代对某事的“经历”，如奇闻逸事等。是“体验”（Erfarung），而不是“经历”（Erlebnis）。我之所以提“体验”，是因为从这首诗里涌出的东西——令人眼晕的记忆、记忆之纯粹眩晕——恰是未发生之事，也就是这独一事件中并未到来或降临之物。这首诗与这件事既有关系也没有关系：不过是一次造访，自从木匠齐默（Zimmer）之后，很多人造访过内卡河边的荷尔德林塔楼，诗人在此度过了最后的、难以被称为生活的三十六年——几乎是半生了。这乃是记忆中一次对纯粹非事件的不具形式的造访。

我想稍加解释。这首诗所表明、显示与趋向的，乃是它自身的起源。如《子午线》所说，一首诗总是“在路上”，“在途中”，这首诗在此试图打开的道路乃是它自身的起源，在朝向自身源头运动的同时也试着抵达一般意义上的诗的起源。它欲言说该诗在其自身可能性（自身之“谜”）中的发源、喷涌。“纯粹的起源是一个谜”，策兰的第一节诗对颂歌《莱茵河》（Le Rhin）第四节如是说，后者以某种方式变成源头。荷尔德林补充道：“甚至／歌也很少揭示它。”如果诗以这种方式言说起源，那么它必得将起源当成不可接近者来言说。“歌”也揭示不了它，起源之处存在一种眩晕（一个谜）：耀眼的内卡水波变得炫目甚至致盲的那一刻，光的碎片闪耀，访客的映像被吞没。这里恰有一种残酷的提示，正是在此处，在这么多访客面前，诗／歌的源头已经干涸了，于是那早先涌出来的只能保持为一个谜。

眩晕也许突然到来，但它并不实际地发生，在它之中无事发生。它乃是事件的纯粹悬置：一次句中停顿，一次切分。这就是“空白”的意义。被悬置、停顿，突然间倾斜入陌异性的，正是此刻的在场（此刻之在场性）。如此看来，那以无事件的方式发生（根据定义，它不可能发生）的，正是虚无、非存有、“什么也没有”（ne-ens）。眩晕正是对虚无的体验，也是对海德格尔所谓“本己的”（未）发生之虚无的体验。如在一切体验里，眩晕中无物得到体验，因为一切体验都是对无的体验。此处的眩晕如同海德格尔描述的畏，或巴塔耶的笑声，或对爱的闪电般的体认，也如同一切对死亡的无限悖论化的不可能的体验：对“此刻”之消逝的体验。想到策兰为自己选择了死亡（这无限者，一切礼物中最为有限者），纵身跃入塞纳河，我们只能感到无比的苦涩与艰难。

换句话说：并不存在“经历”或诗意“状态”意义上的“诗的体验”。如果这样的东西真的存在或被认为存在——毕竟文学的力量或无力之处就在于使人相信其存在——那么，它并不生成一首诗。也许，可以生成一个故事，生成一种话语（无论是散文还是韵文），生成我们当下所理解的“文学”，但生成一首诗则不行。一首诗没有什么可讲述的，它没什么要说，它要讲述与言说的正是它作为一首诗从其中挣脱出来的那个东西。如果我们谈论“诗的情感”（émotion poétique），我们必然提及同源词“激动”（émoi），这个词根表示力量的缺失或剥夺。《致一位过路女子》（A une passante）并非一次相遇的怀旧故事，而是从崩溃中升起的一次乞求，一次“激动”的纯粹的回音：一首歌或一次祷告。尽管本雅明完全清楚，但他不敢挑明：这也许（我说“也许”）就是普鲁斯特在理解波德莱尔时失于理解的东西，并且，很可能也是过于怀旧的波德莱尔在理解自己时没能理解的东西（虽然他写了那些散文诗，从而拯救了一切）。

但一首诗的“无所欲言”（vouloir-ne-rien-dire）并不是不想说任何东西。诗欲有所言，实际上除了纯粹的欲有所言（vouloir-dire）之外，诗什么也不是。而其欲言的，是无（rien），虚无。正是迎着并经由这个无，才有在场与一切存在者。由于虚无从一切欲求中逃开，一首诗的欲望就这般崩塌了（一首诗总是不情愿的，如痛苦、爱情、自择的死亡）。于是，虚无这事件，就透过那情不自禁之人说了出来，他无可接纳地接纳了它，屈从于它。他颤抖着接受它，生怕遭它拒绝。这转瞬即逝、扑朔迷离、陌异的“存有”，就像是一切在世之物的意义。

如果说不存在“诗的体验”，那只是因为体验构成了“亲身之经历”（vécu）的缺失。这就是为什么，在严格的意义上，我们可以谈论一种诗意的生存（existence），如果生存意味着对生命的刺穿和撕裂，有时，它还把我们置于我们自身之外。这也是为什么，在生存难以把捉且不连续的情况下，诗会变得稀罕、简短，就算它们放大自身以召唤将之迫入诞生的那个东西的缺无或消逝。进一步看，这也是为什么，诗意中并无宏伟的东西，将诗歌与庆典混淆起来并不正确。在微不足道、无关紧要甚至轻佻琐碎的地方（马拉美有时也迷失其中），我们可以发现纯粹的——绝不纯粹的——奇异：无的赠予（don de rien）或无的礼物（présent de rien），好比对于一件小礼物，人们常说："这没什么"（ce n'est rien）。其实并不是没什么，而是，这就是"无"本身（c'est rien）：它可以毫不显眼，引人怜悯，也可以使人恐惧或异常愉悦。我们听说，荷尔德林疯掉时，不断重复："我一点都没事，我一点都没事"（Il ne m'arrive rien）。

*

这种生存的眩晕，正是《图宾根，一月》所言说的。当它言说这个意思时，它将自己当作一首诗来言说，它言说它所纪念的这未发生的独一事件中有什么在涌现或逗留。正是这"未发生"将事件从其独一性中撕扯出来，于是在独一性的顶点，独一性本身消失了，言说突然到来——诗变得可能了。"可歌的残余"（Singbarer Rest），策兰在别处说。

这也是为什么，这首诗是纪念性质的，它的体验即是一种记忆的体验。该诗谈及回忆（Erinnerung），但也含蓄地唤起荷尔德林的诗对于波尔多河的怀想（Andenken），还有记忆（Gedächtnis），荷尔德林在那里发现了记忆女神的回声。这首诗并不是在造访荷尔德林塔楼时写的，确切地说，这首诗并不诞生于任何一个时刻。因为根据其定义，眩晕或目眩从不构成一个时刻，而且，带来眩晕并唤起内卡河的其实并不是这条内卡河，而是另外一条河：荷尔德林之河。此处有两个所指：首先是荷尔德林歌唱的那些河（莱茵河、伊斯特河、多瑙河的发源等），其次是荷尔德林诗里的那条河，即我说的“雄辩之河”。

*

《图宾根，一月》里，眼睛实际上并没有变盲，并没有发生目眩，它们是被说服致盲的（Zur Blindheit überredetet）。然而用“说服”或“使之信服”来译“überreden”还不能传达“über”的全部意思，它是一个漫溢的能指。根据米歇尔·多伊奇（Michel Deutsch）的说法，被“überreden”就是被“欺哄”，被“骗售”，被雄辩术征服。它较少指“被说得团团转”；较多指“使之浸没”，“使之淹没”，或准确地说，“全然盲信”。那双眼睛——看见荷尔德林塔楼、内卡河、嗡鸣之鸥的眼睛——被一阵词语的潮水或雄辩术弄得盲目了。眼睛被骗，这就是关于河流的《莱茵河》一诗中的记忆，它召唤眩晕的回忆并使之奔涌，那场眩晕与淹没之事恰如一切“非自愿记忆”现象，乃是对“主体并没有明确或有意识地体验过”之事的回忆——本雅明在论波德莱尔时，就是这样借用弗洛伊德的论点来反对柏格森的。于是，眩晕指明了非事件，而关于它的记忆（不仅是回忆）构成了它的一个悖论式恢复。眩晕即记忆，因为所有真实的记忆都令人眩晕，它给出了生存的无场所性（atopia），也就是无发生的发生之事：它给出了一件礼物，正是这件礼物迫使诗进入一种感谢，进入一种绽出（ex-tase）。这也是为什么，诗要去感谢思想，如策兰在不来梅受奖辞里所言，“思考与感谢（denken und danken）在我们的语言中是同根的。如果我们追溯它们的词源，我们就进入了回忆（gedenken）、想念（eingedenk sein）、纪念（Andenken）、虔诚（Andacht）的语义场”。

于是，《图宾根，一月》并没有言说任何主体的心理状态，任何亲身的经历（Erlebnis）。按此说来，它也没有向荷尔德林致敬，不如说，它言说了荷尔德林话语的淹没与欺骗。当然，无论是在席勒的意义上，还是在庸俗的意义上，它都不算一首“感伤之诗”。它言说的是荷尔德林诗中的那场“淹没”。它将自身言说为自身之可能性，一种无限地、不可遏制地悖论化的可能性，因为它就是诗自身的可能性，只要它作为不可能之可能（possible-impossible），还能言说诗歌罕有的一点可能性，如果不是纯粹的不可能性的话。

*

在此，根据一般做法，我应该开始评述了。但我说过我不会那样做，我并不是拒绝评述，而是因为这样的评述无论如何也不可能完成，在目前情形下，它要求了太多的东西。别的先不提，我们须阅读《莱茵河》，回到荷尔德林的河流（半神）主题，并追问是什么将这整个主题域与诗（艺术）的可能性、神圣空间的敞开（对一个神的期待）、本己之物的居有（家园、父土的诞生）联系在一起。这不仅要求将海德格尔的评述——包括策兰读过的和没能读到的评述——纳入讨论，它更要求准确估量这些评述在德国内外围绕诗歌与思想虚构出的那个荷尔德林神话，也即“诗人中的诗人”，估量荷尔德林承受的前所未有的任务以及他从诗中期待的独一无二的事件，如何让他变得沉默、结巴、谵语，以至屈从于非事件的最严酷的条件，屈从于它的法则。

我只能把这些作为策兰诗歌的支撑面来提及。

但我也得立刻补充，它们是策兰诗歌无论如何都要奋力扬弃的东西，这一点他成功地做到了。不管怎样，仍然还有诗，仍然还有艺术，正如《子午线》借毕希纳主题所感慨的：“啊，艺术！”（Ach, die Kunst!）

这就是为什么，我要把自己限制在对这“成功”的讨论上。我仅仅提一个简单的问题——关于“可歌的残余”：是什么将这首诗从“诗的残骸”中拯救出来？在诗之中、由诗而来的，是什么尚未沉没？表述某物的可能性为何还存在，哪怕是结结巴巴地，哪怕是以一种难以理喻的、无法通达的语言，以一种个人用语？整首诗，就其成功地从诗的淹没中跃出而言，被磁铁般吸向括号里的两个“Pallaksch”，它们用荷尔德林的被毁之词为这首诗作标点：这个“施瓦本化”的希腊词，对那些目睹荷尔德林隐居生活的人来说，它见证了谢林所谓的“破败的心灵”，以及从这个时期拯救出来的三十多首诗——且不论人们如何像皮埃尔·贝尔托（Pierre Bertaux）那样对它们做一种彻底的实证阐释——它见证了诗歌源头的干涸以及私人化用语的侵扰。然而，这绝没有阻止这些诗成其为诗，这正是谜团之所在。

*

我刚才说到“诗的残骸”。被一股诗的潮水淹没，这意味着诗本身已下沉、淹没，它自身的满溢扼杀了自身的可能——源头淹没于自己引发的洪水，这也许就是荷尔德林谈到回归自身之源的河流时想要说的：

伊斯特河

[……]
然而这条河
几乎向后逆行，我思索
它必源自东方。
对此可以
有许多言说
[……]
河水流过旱地
并非徒劳。但何以？需要一个指引
[……]

诗所沉入的，将诗淹没的东西，正是一种雄辩。但我们最好不要误解雄辩，“说得太多”确实是个问题，但“太多”不仅意味着丰盛或超级丰盛（满溢），它首先指“过度”（关于某事说得太多了）。这种话语并没有透露一个秘密，只是违反了一个禁令。

在荷尔德林的主题中，这样一种话语基本上是悲剧的话语，即关于尺度之逾越（démesure）的话语，例如安提戈涅的话语，她几乎与神相匹敌。这是无限欲望的话语，也即对“无限”与“整一”（Un-et-tout）之欲望的话语。这种狂热与融合的话语，对希腊人和东方人来说再自然不过了。他们可能是被神灵附体，以至于他们艺术中所有严格的形式与谨慎都是为了“净化”或遏制它。只有这样，他们才能避免被“天空的火焰”灼伤或在激情与眩晕中迷失。荷尔德林对悲剧的定义是：

> 悲剧的呈现主要在于怪怖之物，即神与人如何交合，自然之力与人的至深内心如何在狂怒中达成无限的统一，其构思则在于无限的统一如何借由无限的分离而自行净化。（《关于〈俄狄浦斯〉的评论》）

然而根据一种我无法在此详述的逻辑，这种话语正是西方人，日落之国的居民们（Hespériens），也就是说，首先是德国人，必须去发现或重新发现的东西。他们天生冷静，如荷尔德林论及俄狄浦斯这个西方命运的英雄时说的：天生地缺乏神（athéoi），缺少一个神，缺少狂热和欲望，“在难以思议之物的底下游荡”。他们必须重新发现这话语，这“神圣的悲怆”，甚至不惜沉没，不惜被淹没。甚至不惜丧失他们与生俱来的“表象的清晰”（Darstellung），他们的尺度感，乃至于“终止自身的本性”，这正是希腊人在创造“艺术帝国”时以相反的方式完成的事情。这也是荷尔德林在法国，在希腊，在外邦人那里的命运，一如他就自身的存在（以及西方人的命运）所编造的那个神话："如被人们纪念的英雄，我也可以说，阿波罗击中了我。"这也是俄狄浦斯的命运，他因"一只眼睛也太多"而失明。两者皆在雄辩的极致处被击中——也就是，在他们神圣的话语中（"让神圣者成为我的词"），在他们对神谕或神性指示的"过于无限"的解释中，在他们的"疯狂"中。

那么，疯狂实际上就是作品的缺席。在转身离开疯狂之际，希腊人在作品中，在艺术的造诣中迷失了自身。威胁西方人或现代人的东西，甚至让他们去经历疯狂之考验的东西，正是他们再无法依从于作品本身（也即，依从于艺术之冷静）的事实，因为那种冷静里寓藏着他们的本己之物。如荷尔德林的诗一再指出的，尺度乃是必需，因为疯癫逼迫之下的荷尔德林知道，他的诗正是从这源头处获取了其脆弱的可能性。界限是必要的：须有法则。应接受有限性，甚至加重它。荷尔德林所谓的"忠实"乃是忠实于神的"绝对的转向"，忠实于神的回撤，也就是，忠实于神永恒的非显现的明证：虚无的纯然显现。

在可爱的蓝色中

［……］

只要心里

还存留良善与纯洁，

一个人也能不无欢喜地

将自己与神相度量。神尚未被认识？
他像天空一样敞开？对此我深信不疑。
此乃人的尺度。
充满劳绩地，诗意地，
人栖居在大地上。

在策兰的诗集《无人的玫瑰》中，有一首诗在《图宾根，一月》之前（它的主题给这本诗集提供了题目），名为“圣歌”（Psaume）。以下是马尔蒂内·布罗达令人称叹不已的译本：

无人再以泥土与黏土捏制我们，
无人向我们的尘埃施法。
无人。

赞美你啊，无人。
为了你，我们愿意
开花。
向着
你。

一场虚无
我们曾是，现在是，将来
也是，绽放着：
那无的，无人的

玫瑰。

以
灵魂般闪亮的雌蕊，
被天堂损毁的雄蕊，
被紫红之词
染红的花冠，那是我们
在荆棘之上，之上的
歌唱。

*

作为经历了无尺度之考验并冒着被淹没之风险的人当中的一个，作为西方世界的一个英雄和一个——近乎——半神式的存在，《莱茵河》命名了卢梭：《孤独漫步者的遐想》（*Rêveries du promeneur solitaire*）里的卢梭。这是一首在克制中雄辩澎湃的纯粹之诗，一首在书写中激情沉没的纯粹之诗。这首诗开启了现代抒情传统：

此时我想着那些半神，
我必定认识这些尊贵者，
因为他们的生命时常
激荡我胸中渴望。
可是谁能像你，卢梭
你有不可征服的强健灵魂

有可靠的感官
有醇美的禀赋去听，
去说，从而能在神的丰盈内
如酒神一样笨拙、神圣
无法则地，将最纯粹的语言
赐予良善之人，并公义地
击打愚钝的人、亵神的群氓，致盲他们
我该怎样称呼您，异乡人？

卢梭，这位“圣人”，这“崇高的灵魂”——在其早期的一首诗作里，荷尔德林对他的坟墓说：“这孩子匆匆地［……］被一阵巨大战栗抓住”——是一个居间者（interceseur）。在他那个时代，他第一个懂得如何抓住一个“暗示”：来自希腊、来自酒神之地的暗示，神的暗示。因此，正是他打开了诗的可能性，也即预言的可能性。颂诗《卢梭》（Rousseau）如是说：

［……］
一个更美好时代的光芒。
信使已找到你的心。

你听见，你懂异乡人的语言，
破译他们的灵魂！渴望之人
满足于暗示，暗示乃是
自古以来诸神的语言。

奇妙，似乎人类的精神
从一开始就已领会生成与运动，
已穿越古老的生命之路，

他在最初的暗示中看到圆满，
飞翔，这勇敢的灵
暴风雨中的鹰，在诸神之先
宣布他们的到来。

这乃雄辩之辞：“先知的口吻”，或荷尔德林所谓的“古怪的激情”（“神圣的悲怆”的另一个说法）。在这“贫困的时代”与“世界的黑夜”，在海德格尔所言的“已逝之神的‘不再’与将来之神的‘尚未’之间”，诗的可能性，以及随之而来的一个世界的可能性，只能归于神迷（extase）。于是有风险：可能会受骗，被淹没，或如尼采所言，“经由真理”，“触及那底部”。自第五次“漫步”以来——受卢梭死亡的影响，它处于《孤独漫步者的遐想》的中间位置——水就是致眩的梦幻，但它并不源于主体的欢愉，如人们对抒情诗的简单理解那般，而是源于这种欢愉的缺失，或者说，“自我的遗忘”。我想再引用一下《子午线》：“无论是谁，眼前与心里装着艺术［……］都会遗忘自己。艺术把自我置于远处。艺术在此要求一种距离，一条道路，一个方向。”

在所有可能的例子中，我想起兰波《回忆》（Mémoire）

一诗关于怀念与欲望的最后两节，该诗以“明净的水，如童年泪中的盐，/女人白皙的身体袭击太阳”开始，直到：

这悲哀泪水的玩物，我不摘了，
哦，不动之舟，胳膊太短！既不是这朵
也不是那朵，不是恼人的黄花
也不是灰烬之色的水中，那可爱的蓝花。

啊！被一只翅膀摇落的柳枝的尘埃！
久已被吞噬的芦苇丛的玫瑰！
我的船总是系着；它的锁链陷入
无边的水的眼底——于怎样的淤泥中？

*

然而策兰的眩晕完全有另一层含义。可能是因为那是一种在眩晕面前的眩晕，可以称之为二度眩晕，虽然这并不意味着它是一种更少的或模拟的眩晕。

策兰，如俄狄浦斯——那盲人，那希腊的“可怜的异乡人”——是一个缺失了神的人（athéos）。这当然不是说他是“无神论者”，“赞美你啊！无人”是一次真正的祷告。他是俄狄浦斯——但他是一个再无希望返回克罗诺斯、再无欧墨尼得斯之神圣树林可歇息的俄狄浦斯。没有来自别处（灌木或大地）的一个声音能回应他的祷告，使之如愿，也即表明“一切都已完成”：过错（实际上，俄狄浦斯并没有过错）已受惩罚，苦难即将终结，迫害不可能再发生。对于策兰这样的流亡者来说，迫害得不到补偿——与皇族的替罪羊（Pharmakos）相比，这是怎样一种迫害！这乃是不可遗忘与不可磨灭的迫害，奥斯维辛，这纯粹的“难以思议之物”，永久地开辟出一个“贫困的时代”，而任何一种对于神的期待都难以撑住它。

这贫困的时代——我们今后的历史——也是荷尔德林所谓的痛苦的时代。“痛苦”（Schmerz：兼有“忧患”［Leiden］之意）这个词为《在可爱的蓝色中》一诗标出了格律，也毫不偶然地贯穿了从波德莱尔到特拉克尔再到曼德尔施塔姆的现代抒情诗。痛苦并不直接就是苦难，它深深触及并影响人的心灵，那是一个人最为内里的部分，内部之极致，在此，在其近乎绝对的独一性（绝-对性）当中，人——而非主体——就是对他者的纯粹的等待，他是一场对话的希望，结束孤独的希望。我再次引用《子午线》：

> 然而我在想［……］我在想，以这恰巧来自别处的语言说话，这正是诗一直希望的东西——不，我不能用“别处”这个词——“以一个他者的名义”说话，谁知道，也许是以一个“全然他者”的名义。
>
> 我已抵达的这个“谁知道”，就是我，今天，在此，能为那些古老的希望所作的唯一补充。
>
> 也许，现在我必须告诉自己，这“全然的他者”——一个用来指代人所不知之物的惯常表达——与一个不再遥远、近在身旁的“他者”的相遇，总还可以

设想。

依存于这想法，诗停步不前、翘首以盼——一个与受造物有关的状态。

没人敢说这呼吸的停顿——期盼与思考——有多长。

［……］

诗是孤独的，它是孤独的且在路上。写诗的人护送它走到底。

然而一首诗不正因此而站立，就在此，在这相遇里——在相遇的秘密里？

诗渴望走向一个他者，它需要这个他者，它想要面对它。它寻找它，对它说话。

［……］

诗变成了［……］一场对话——通常是绝望的对话。

策兰正是借此，借这份孤独——痛苦——说话。这也是荷尔德林最终感受到的孤独与痛苦，那时他已屈服于过度的雄辩，被神圣的悲怆淹没，归于沉默。《图宾根，一月》是一首写给这痛苦和这孤独的诗，因为它就是一首关于这痛苦和这孤独的诗。它总是从人们认为可能的对话中被抛出，陷于退却，陷于“蜷缩”（这是海德格尔谈论荷尔德林时所用的一个词），再也不能言说，只能结结巴巴，被私人用语吞没，或者沉默。如果没有任何东西或任何人能授权、“确保”与他者（无论是谁，以何种方式）的最微弱的对话、最轻微的关系，那么在这样一个世界里，该如何让自己挣脱失语、沉默？策兰——又一次在《子午线》中——说：“诗在今天［……］明显表现出一种沉默的强烈倾向。/它完全是它自己［……］当诗处于其自身之边缘时，它完全是它自己；它由此发出召唤，但为了持立，它只能永不停息地从它的‘不再’中挣脱，走向它的‘尚未’。”

诗之可能性的问题——策兰从未问过别的问题——正是这样一种挣脱之可能性的问题。这是“出离自身”之可能性的问题。如《子午线》一再提及的，这也意味着走到“人类之外”，例如（但这只是一个例子吗？）：在虚无的体验中，在生存的绽出（ek-sistence）中，对此在（Dasein）的（有限）超越就是一次人类之外的出走：

> 这是要走到人类之外，步入一个同时朝向人，以至于让人觉得移位了的地带。

*

说策兰读过海德格尔，并没有说清事实。策兰的诗超出了对海德格尔的哪怕最无保留的认同，确切地说，策兰的诗整体上就是一场与海德格尔之思的对话。而从本质上说，这也是与荷尔德林之诗的对话。如果没有海德格尔对荷尔德林的评述，《图宾根，一月》就不可能诞生，也不可能被写下。如果察觉不到策兰的诗对此评述的回应，那么这首诗就很难被理解。而且，位于荷尔德林悲怆之边缘的眩晕，完全就是那种在海德格尔对其所做的放大面前，在海德格尔持守的信仰面前感受到的眩晕。我想说，在那一信仰里（且不论他在别处如何冷静），不仅有我们和德国人对荷尔德林所“看顾”的神圣话语的接受之可能，而且——也许，首先——还有此话语所宣告或预言的神之到来的可能。直到最后，直到他同意接受《明镜》的访谈，海德格尔都认为，我们应当对已成定局的神的衰微或终将缺席有所预备。“赞美你啊，无人。”

（同样，离开海德格尔对虚无的沉思，《圣歌》也难以被破译，因为它是从那些沉思中诞生的祷告。离开《根据律》[*Satz vom Grund*] 里那些被莱布尼茨的问题“为什么有物存在，而不是无”所激发的思考，它也无法被破译。因为那些思考试图言说存在或在场的深渊 [Ab-grund] 和无基 [Un-grund]，也即因由之缺失或“无因由”，这让人想起安杰勒斯·西莱修斯 [Angelus Selesius] 那句著名的话：“玫瑰无因由，花开为花开。”）

*

当然，如此的对话并非要寻求一种相遇——好比人们说的“富有成果”的相遇。可能正相反，相遇也是那禁止或中断对话的东西。从这意义上看，对话就是脆弱性本身。

但在策兰与海德格尔之间，一场相遇确实发生了。它发生于1967年，很可能是在夏天。策兰去托特瑙堡拜访海德格尔，在黑森林的小屋（Hütte）里，也就是他写下名字的那个地方。关于这次会面——我知道，有人直接或间接地见证了它——有一首诗存留下来，也即这里的第二首诗。为了作出结论，我请你们来读一读。

我的译文比较粗糙，然而无论有无在场证人，谁都无法确知这些暗指。《托特瑙堡》几乎算不上一首诗，只是一个个名词短语，被切碎、平铺、省略，不能成型，连轮廓都没有，只有一次被放弃的叙述的剩余或残留。它更像一首有所期待的诗，由匆忙中写就的简短笔记与符号组成，只有作者明白其内在含义。这是一首被削减，更准确地说，被辜负的诗。这是一首失望之诗。这首诗与某次失望有关，如此，它说出并成为诗的失望。

我们当然可以注释一番，试图解密或翻译。有不少可读性极高的暗示，例如："林中路"（Holzwege），它在这里不再通向一片可能的林中空地，通向"澄明"（Lichtung），而是通向一些迷失在沼泽里的小径，诗也迷失于其中。有水，但不见源头，只是潮湿，只字不提令人眩晕的内卡河、"河流的精神"以及目眩中的那场淹没。只弥漫着一种不安。再举个例子：设想某个（不妨称之为"偶然的"）意象，一个从井里舀水喝的人，他头望向天空，而头顶上星辰掠过、抛洒，如雨果的"永恒夏季的收割者"所挥弃的"金色镰刀"。这个暗示可以指向毕希纳笔下的棱茨，一个诗人的形象，如《子午线》所说："有时，他因不能倒立着走路而感到一阵不适，"而后策兰又说，"无论谁倒立着走路，女士们、先生们，无论谁倒立着走路，他底下的天空就是深渊。"这也许是在回应荷尔德林那个奇怪的命题："人可以坠入高空，如坠入深渊"（Man kann auch in die Höhe *fallen*, so wie in die Tiefe）。沿此方向，一个人能走得很远，从另一个方向也是如此。

但就诗本身而言，这还不是一首诗想说的。

诗首先言说的是一种语言：词语。德语，交织着希腊语、拉丁语。“普通”的语言：小米草（Augentrost），林中草地（Waldwasen），高地沼泽（Hochmoor），等等。“内行”的语言：山金车（Arnika），红门兰（Orchis）。但仍是简单的、普通的词语。这也是策兰另一篇罕见的自我阐释的散文《山中对话》（一个介于《棱茨》与哈西德派传说之间的故事，其中，两个犹太人讨论了语言）里的词语：“头巾百合”，“匍匐风铃草”，“高山瞿麦”，“少女石竹”，这些词表明了与自然（或海德格尔所谓的“大地”）的本质关系：

> 于是很安静，在山里很安静。但安静了没多久，因为当一个犹太人走过来遇见另一个，就无法保持沉默了，哪怕在山里。因为犹太人与自然是相互陌生的，一直都是，甚至在今天，在这里。
>
> 于是两兄弟就这样站着。左手边，头巾百合绽开，开得狂野，别处未曾见过。右手边，匍匐风铃草，高山瞿麦，不远处，少女石竹。然而这两兄弟，他们没有眼睛，唉。或准确点说，他们有眼睛，就算有，他们面前也挂着一层面纱，但不是在面前，而是在眼睛背后，一层移动的面纱。一个形象一旦进入就会被一张网捕获［……］

［……］

可怜的头巾百合，可怜的匍匐风铃草。他们站在那儿，两兄弟，在山中路旁，手杖沉默，石头沉默，这沉默绝不是沉默，并没有词句被穷尽，这不过是一次间歇，词语之间的空白，一个空位［……］

又一次出现致盲或半盲的问题（“他们没有眼睛，唉”）。不过这是因为，目盲、目眩——我们现在理解了——正是“词语之间的空白”（无疑也是一个“空位”）：没有词语能说出事情为什么是这样，因为这些词并非与生俱来，这语言也并非全然就是母语（或父语）。它带来了一种困难（这也许也涉及语言中的“位置”问题）。

这种困难——独一的困难——已在不来梅受奖辞中被命名，如布朗肖所说，它唤起了“这样的语言，经由它，死亡降临于他，降临于他的亲人，降临于数百万的犹太人与非犹太人，一个没有回答的事件”。我援引布朗肖的翻译：

在不得不失去的一切当中，留着这唯一可及的、切近的、尚未失去的东西：语言。它，语言，仍未失去，是的，无论怎样。但它不得不穿过自身之回答的缺席，穿过一阵可怕的喑哑，穿过一种致死言语的千重黑暗。它穿过去了，而对已然发生的事情，它没给出词语。但它穿过了这事件的所在。穿过并能再次返回白日，因一切而充实。在那些年月和后来的年月里，我正是以这一语言，来尝试写诗：为了言说，为了给自己找到方向，

> 弄清我身处何方，又须去往何方，好让某个现实对我显露雏形。它是，如我们所见，事件，运动，进程，它是赢得一个方向的尝试。

那么，这正是《托特瑙堡》所说的东西：一种宣布了奥斯维辛的语言，让奥斯维辛在其中得以宣布的语言。

这就是为什么，这首诗仅仅道出了与海德格尔相遇的意义，也就是，它的失望。我曾怀疑是否如此，但某个信息来源确切的朋友告诉我，事情就是这样。

在思想家——德国思想家——海德格尔面前，诗人——犹太诗人——策兰带着一个特定的请求而来。这位倾听诗歌的思想家，以尽可能不失尊严的方式，与后来导致奥斯维辛的东西，达成了妥协，尽管只是短暂的妥协。这位思想家，无论他对自己与国家社会主义的关系有过多少辩解，在奥斯维辛这件事上保持了全然的沉默。策兰期待他说出一个词，哪怕只有一个词：一个关于痛苦的词。由此出发，也许，一切还有可能。不是“生命”（它总是可能的，如我们所知，甚至在奥斯维辛，也是可能的），而是生存，诗歌，话语。语言。也就是，与他人的关系。

这样的一个词能挣脱出来吗？

1967年夏天，策兰在托特瑙堡小屋的留言簿上写字。他不再知道谁在他之前签过名：这些签名，人名，在当时的情况下，已毫不重要。重要的是一个词，一个简单的词。他写下——什么？一行字，或一行诗。他仅仅要求一个词，而这个词明显未被说出。什么也没有，沉默：无人。词语未到来

（“没有回答的事件”）。

我不知道策兰期待的是哪一个词：哪一个词，在他看来，有足够的力量让他挣脱失语与私人化用语（词语的未到来）的威胁。对此，这首诗只能迎着沉默结巴，下沉，如陷入沼泽。哪一个词，突然间，造就了事件。

我不知道是哪一个词，但某种东西告诉我，它是最谦卑，也是最难说出的一个词，它正好要求一个人“走到自身之外”。在其拯救的悲情中，西方世界一直无法说出的一个词。它被留给我们，让我们学着去说，没有它，被淹没的将是我们：这就是“宽恕”（pardon）一词。

策兰正好将我们置于这个词面前。一个暗示？

《变量》（*Aléa*），第5期，1984年

I

Stimmen vom Nesselweg her:

Komm auf den Händen zu uns.
Wer mit der Lampe allein ist,
hat nur die Hand, draus zu lesen.

—

Für

Martin Heidegger,

mit herzlichem Dank für das

Nietzsche-Buch,

mit herzlichen Grüßen und Wünschen,

in aufrichtiger Ergebenheit

15. 9. 1961. Paul Celan

荨麻路上传来的声音：
来到我们手上。
谁独自与灯一起，
只有手，用以阅读。

——

献给

马丁·海德格尔
致以对尼采论著的
由衷敬意，
致以我的心与我诚挚的问候，
致以我真诚的衷心

1961年9月15日　　保罗·策兰

保罗·策兰，《话语栅栏》献给马丁·海德格尔的题词，1961年9月15日

从沉默中抽身而出

［美］乔治·斯坦纳 文

何啸风 译

对于苏格拉底之前的哲学家，诗歌与哲学是一体的。对宇宙的思索与探讨都在诗歌中呈现。柏拉图严格地区分了哲学探讨、哲学教育的“真理功能”与诗歌及吟游诗人擅长的（往往不可靠的）“虚构”。自此以后，麻烦就开始了。但原先那种把系统性哲学与诗学话语融为一体的理念，始终不曾磨灭。在卢克莱修、蒲柏、伏尔泰等人的作品中，我们依然看到这种理念。在维特根斯坦的日记和笔记里，他反复述说这一愿望：哲学只能通过诗歌来表现。[1]但是，诗歌与哲学的关系往往并不一帆风顺。当笛卡尔和斯宾诺莎这些哲学大师说理想的哲学分析应该采取数学的形式，采取绝对抽象和逻辑的形式时，他们说出了众多哲学家的想法。而马拉美（这位娴熟的黑格尔解读者）针锋相对道：组成诗歌的是语词，而非观念。

在20世纪的语境下，哲学与诗歌最富挑战性和创造性的一次碰撞，发生于策兰和海德格尔之间。这次碰撞已然成为诸多二手文献的研究对象，可是，由于尚未完结的海德格尔全集在编纂上的不尽如人意，由于策兰私人生活中充斥的“暗物质”，这些二手文献都有不足之处。马尔巴赫的德意志文学档案馆收藏了策兰身后的诸多文件，还有他在诗歌和理论演变过程中仔细批注过的海德格尔作品。这样一来，我们取得了部分突破。自从柯勒律治的笔记和旁注出版以来，人们又一次近距离且满怀疑问地看到一位伟大诗人的工作室。阿德里安·法朗士-拉诺尔（Hadrien France-Lanord）的《策兰与海德格尔：一次对话的意义》（*Paul Celan et Martin Heidegger. Le sens d'un dialogue*）的一大功绩就是首次梳理这些文献，把关键的段落展现给更多大众。

有一些无可否定的事实。1948年，策兰开始接触海德格尔的作品。引荐者似乎是英格褒·巴赫曼，当时她和策兰走得很近。巴赫曼的博士论文写的是"对海德格尔存在哲学的批判性接受"。1952年之后，策兰对海德格尔的主要作品进行阅读和批注，包括《存在与时间》、《形而上学导论》（*Einführung in die Metaphysik*）、《林中路》（*Holzwege*）。令他尤其感兴趣的是海德格尔对荷尔德林、特拉克尔所做的评述。至于海德格尔，他也目睹了策兰在德国诗坛与日俱增但不无争议的地位。经过一番内心斗争，并且也是为了回应海德格尔出席他的诗歌朗诵会——就海德格尔而言，那次出席是个极其罕见的姿态——策兰答应造访位于弗莱堡附近的托特瑙堡的"小木屋"，这位哲学家的著名静修处。会面发生在1967年7月下旬。1968年6月和1970年3月，二人有过进一步会面（海德格尔再次出席了策兰生前最后一次公开活动）。他们有一些书信往来，不过留下来的很少。

两人的交集仅此而已——简直少得可怜。尽管如此，这位思想家和这位诗人的关系，依然激发了一波又一波的评论、阐释、解读。这些解读俨然造就了一个盘根错节的学术产业和期刊产业。众多“目击证人”纷纷表示，他们听到策兰或海德格尔讲述对彼此的印象和评价。考虑到策兰（哪怕在亲密的朋友面前）近乎病态的沉默寡言，以及海德格尔充满傲慢的矜持，这些证人的说法往往是师心自用。他们的文本分析——尤其是对策兰造访托特瑙堡、在山岗上漫步后所写的诗的分析——往往是论战性的，具有意识形态的动机，而且师心自用。策兰对妻子与诸多朋友的讲述，只是让事情变得愈发复杂了。

其实，真正令人惊讶、不解的地方是，策兰竟然如此热烈地转向海德格尔的作品，而且他们二人竟然会面了。策兰的天才之处在于一个难以忍受的悖论：他不得不用那些杀害他父母的人的语言来说话。对他而言，“死亡是一位来自德国的大师”（这句诗后来被用在海德格尔身上）——而一首诗就像一次“握手”。对人的精神而言，这种相互信任的行为，比其他行为更赤裸，也更危险。正如我试图表明的，策兰那曲折幽深、意味深长、往往隐晦的德语，其实是一种自我翻译。自荷尔德林以来，诗歌第一次试图把这种非人的语言“翻译”为“未来北方的德语”。

至于海德格尔，他不仅代表了纳粹主义的某些复杂层面和遗产，而且体现了一种坚定的信念：仅凭德语，仅凭康德、谢林、黑格尔使用的语言（连同古希腊语），就能阐明和传达一流的哲学思想。西方文化中对策兰至关重要的希伯来遗产，在海德格尔的渊源中几乎不值一提。黑森林、小木屋、海德格尔的农夫打扮，恰恰代表着策兰畏惧的一切。这些事物，在克莱尔·戈尔（Claire Goll）对他的作品进行蓄意中伤，令他濒临发狂之际，象征着条顿人的野蛮行径卷土重来的可能。那么，我们如何估量策兰和海德格尔之间，以及他们作品之间不容置疑的联系呢？

在1940年代，海德格尔的影响已然渗透了法国思想。对于列维纳斯、萨特，还有后来的德里达，《存在与时间》都以不同的方式发挥了根本的作用。让·波弗雷（Jean Beaufret）是这一时期的传话人和发言人。在过去十年间，面对种种负面证据，一支法国禁卫军集结起来，捍卫海德格尔的政治声誉和个人声誉。法朗士-拉诺尔正是这个保卫和护教团体的一员。因此，他对整个海德格尔问题的（无疑复杂的）考察，也令人反感。他向我们保证，海德格尔被卷入纳粹是个短暂的"错误"。后来，海德格尔在沮丧的10个月后辞去弗莱堡大学校长一职，从而彻底结束和纠正了该错误。自那以后，海德格尔的姿态是保持一种斯多葛派式的沉默，并用无比深刻和敏锐的眼光把纳粹主义视为西方虚无主义和技术民主化的更大灾难的一个元素。在内心深处，海德格尔从未"忘记自己的错误"，但他选择把那一错误纳入存在之命运的批判，对此，他已提出独一无二的先知式理解。而诋毁海德格尔的人，要么是恶毒的搬弄是非者，要么是左派或亲犹人士。

毫无疑问，这种说法回避或歪曲了明摆的事实。早在希特勒上台前，海德格尔就宣称了"犹太化"（Verjudung），即德意志精神生活中的"犹太主义感染"。1933—1934年，他在演讲中赞扬新政权，赞扬其超然的合法性，以及元首的天命，这些都是昭然若揭的恶行。同样昭然若揭的是，他在

1953年版的《形而上学导论》中，决定再次刊出关于国家社会主义崇高理想的著名定义（此决定具有一种可贵的真诚）。另一段更著名的话出现于1949年的不来梅演讲。在那次演讲中，他把对人（他遮遮掩掩地不用“犹太人”一词）的大规模屠杀等同于密集式圈养和现代技术。1966年，他死后发表于《明镜》周刊的访谈清楚地表明，对于大屠杀，对于他本人在纳粹主义的精神毒害和修辞毒害中所起的作用，他根本不愿透露直接的想法。这是极其精明的沉默。如此，拉康就可以声称海德格尔思想是“世上最高等的”，福柯则可以把其“个体之死”的模型同海德格尔的“后人本主义”联系起来。

这些评价未必有错。随着时间推移，海德格尔愈发笼罩了现代哲学的发展。后结构主义、解构主义（德里达沮丧地说“海德格尔监视着他”）、后现代主义全都是同一尊巨像的（往往是人为的）变体。这尊巨像便是海德格尔的作品。列奥·施特劳斯（Leo Strauss）称海德格尔“当然无与伦比”，却禁止在其课上提起这个名字。如同柏拉图三入叙拉古，海德格尔公案也十分棘手。毫无疑问，许多“自由派”对海德格尔声誉的中伤，不乏粗俗和疏忽之处。人们得用负责的细致态度，画出从“私下的纳粹主义”（1933年末柏林当局对他的绝佳界定）到他对亚里士多德和康德的本体论考察的轨迹。不过，海德格尔公案的严重性，他对这场德国浩劫的深远影响，以及他采取的逃避策略（这保证了他在1945年后的地位，以及在全球大噪的名声），都毋庸置疑。法朗士–拉诺尔在《策兰与海德格尔》中的巧言善辩，并没有给海德格尔增加多少声誉。

毫无疑问，策兰知道海德格尔与纳粹有染，尽管许多细节日后才浮出水面（比如1945年前，他一直保留着他的党员证，更别说他对胡塞尔的态度）。纳粹主义和反犹主义的遗存与复活的迹象，让策兰濒临发狂。因此，他决心同任何反犹或条顿至上的护教言论划清界限。尽管如此，策兰依旧沉浸于海德格尔的重要作品。如果说勒内·夏尔（伟大的法国诗人和抵抗运动领袖）欢迎海德格尔，那么这种姿态显然是无政府主义的相互欣赏，以及领袖人格的相互吸引。夏尔不懂德语，海德格尔也不太会法语。他们二人同样尊崇赫拉克利特和日光。策兰走近海德格尔，则是带着一种深刻却又充满危险的强度。这一举动点亮了德语。策兰在海德格尔身上发现的，是一种语言的核心性和根本性（它在许多方面与策兰的那种核心性和根本性恰好相反，但二者本是同源）。自路德和荷尔德林以来，还没有第二个人像《存在与时间》的作者这样重新锻造了德语。还没有第二个人像策兰这样试图打破德语的词汇和语法渊源，从地狱般的遗产中拯救出真理和重生的潜能。几乎是宿命一般——尽管以一种往往无法理解的方式——他们二人相反的道路终将相遇。

正如约翰·雅克松在他翻译的法文版策兰诗集的导言中说的，策兰得益于海德格尔的词汇和句法创新，这点无可否认。雅克松充分说明，海德格尔对动词形式、形容词、副词的实例化如何启发了策兰。海德格尔的另一门技术也启发了策兰，那就是把德语的古老“词源”连根拔起，从词源学的矿井中钻出尘封已久、独一无二的启示。虽然荷尔德林是他们二人的共同源泉，但海德格尔随机创造的新词和独特的并列结构支撑了策兰的语言实验。这个说法特别适用于策兰的《子午线》，他获毕希纳奖时发表的著名的诗学和道德宣言。我们不妨说，《子午线》的“对唱曲”，正是海德格尔的作品。

法朗士-拉诺尔梳理了策兰在海德格尔作品边上做的批注，并表明：我们见证了诗歌与哲学在西方思想中最精彩的一次碰撞或结合（由于策兰创造性地翻译了夏尔，此现象便进一步成为“三角关系”）。假如引用可信——我们缺少独立的佐证——那么，策兰去世前不久，曾否认海德格尔臭名昭著的晦涩，就像他否认自己诗歌的晦涩。反过来，海德格尔试图寻找语言的根源，恢复单个语词，甚至单个音节的神秘的、源始的能量，从而恢复语言的“透明”。策兰同意海德格尔对语言功能的分析，即语言的功能是“命名”（亚当的寓言）和“去蔽”（aletheia）。但是，如果现象学的“可见性”至关重要，正如策兰在《存在与时间》上做的记号——“话语即让人看”（das Reden Sehenlassen）[2]——那么，聆听，或有能力听见语言内部超越人类交流用途的东西，就变得更加重要。策兰在《形而上学导论》里，给那个强调语言优先于所指的句子做了记号：“事物在言词中、在语言中才生成并存在起来。”[3]这句话显然是对马拉美的改写。在海德格尔的《诗人何为？》（Wozu Dichter?）里，策兰又给海德格尔的核心主张做了记号：“语言是存在之圣殿；也就是说，语言是存在之家［……］因为语言是存在之家，所以，我们是通过不断地穿行于这个家中而通达存在者的。”[4]在《关于人本主义的书信》（Über den Humanismus）里，策兰标记的句子，可被视为他自己的诗学格言：“语言是存在本身的又澄明着又隐蔽着的到来。”[5]

在海德格尔和策兰身上，隐含了某种后人本主义，或许不妨说，前人本主义。海德格尔认为，在虚无主义的临界点上，人们还不知道如何思考、如何正确地设想无法避免的技术主导的大众消费社会。对策兰来说，大屠杀的浩劫让我们不得不质问人的地位，质问重建人性的可能。早在福柯之前，这位存在论者和这位诗人便已思索了第一人称主体的消亡。策兰的表述（无疑得益于海德格尔的一个有争议的新词）违抗着翻译，甚至释义：

> 一与无限，
> 灭绝的，
> 我化[6]

在这段诗中，最关键的意思模糊的“我化”（ichten）呼应了海德格尔著名的“无化”（Nichten）。正如法朗士-拉诺尔所说，在这个因为噪声、闲谈、新闻垃圾而歇斯底里的社会里，沉默的价值在他们二人看来尤为重要。策兰所用的意象令人震撼：“词语的夜晚——沉默中的掘矿者。”[7]海德格尔也表达过同样的意思。他反复说，思想的一切本真性的举动，只能在沉默的道路上发生（策兰在这句话上做了记号）。当海德格尔说语言“仅仅关切于自身”[8]时，当他写道，语言从外在的沉默中获取启示的手段时，他无形中为策兰的《子午线》，以及策兰晚期诗歌的违抗本性，设定了基本路线。

各种蛛丝马迹终于在1967年7月25日的托特瑙堡结成了一张网。十分奇怪的是，虽然海德格尔知晓策兰父母被杀害的情况，可他对策兰的犹太背景知之甚少。而策兰，或许受制于躁狂的创造能量，处于极度的心理不安状态。很长时间以来，人们相信策兰因为海德格尔的沉默而疏远后者。事实证明，期盼“一个思想的词 / 来到 / 心中”的希望最终破灭了。泥泞沼泽地的漫步过后，留下的只有土壤的肥沃。“木排”（Knüppel）和“沼泽”（Moor）都让人想起集中营的屠杀记忆。这次漫步之后，事情变得更加扑朔迷离。在给妻子和朋友弗朗兹·乌尔姆（Franz Wurm）的信中，策兰把这次会面说成积极的、“完全坦诚的”。不同于人们的传言，二人的交往并未彻底结束。收到《托特瑙堡》一诗后，海德格尔在1968年1月30日热情地给策兰回信。信中，他说，他们在黑森林的那一天有“各种思绪”（vielfältig gestimmt）。在此之后，海德格尔找到了他最重要的一个口头禅：“从那时起，我们交换了许许多多的沉默”（Seitdem haben wir Vieles einander zugeschwiegen）。[9]后来，海德格尔为《托特瑙堡》写了一首诗作为“序言”。此序言直到1992年才得以发表，且创作过程和出处依然不甚清楚。假如这段文字可信，那么，海德格尔再次重申了他的信念：语词并不表示或意指有效性，而是从“纯粹本己”（reiner Eignis）中获得有效性，那里就有沉默的气息。

如上文所说，这次会面和这首诗催生的二手文献数不胜数。它们大多来自传闻和揣测，往往是投机取巧和凭空想象。法朗士-拉诺尔有一点说得很对：策兰不会天真或无礼到希望海德格尔做出某种忏悔，也不会要求海德格尔因为卷入纳粹主义、对大屠杀闭口不言而明确道歉。与此同时，法朗士-拉诺尔用策兰纽扣上的“万字符”来证明这位大师和这位诗人的关联，证明“奥斯维辛的孩子”和弗莱堡大学校长的关联，则完全是幼稚的不靠谱把戏。

在策兰批注的《演讲与论文集》（*Vorträge und Aufsätze*）中，他用两条线标出这一命题：只有彼此保持不同的存在时，诗与思（das Dichten und das Denken）这两个护身符般的德语标签，才会相遇。在海德格尔看来，最高的诗，比如索福克勒斯和荷尔德林的诗，既打开又遮蔽了语言对于存在的直接性。哪怕是最透彻的哲学话语，也无法彻底匹配或改写这种直接性。如果我对《托特瑙堡》的解读无误，那么，策兰的绝望比任何个人或政治环境的悲剧还要深不见底。这种绝望说明，即使是最高超的诗人和思想家，二者的语言也无法实现完全的对话。法朗士-拉诺尔所说的“传记窥淫癖”根本无法穷尽一个夏日那场失败但又必不可少的对话或“反对话”的意义。

《泰晤士文学增刊》，2004年10月1日

[1] 参见维特根斯坦，《维特根斯坦全集·第11卷》，涂纪亮主编，涂纪亮、吴晓红、李洁译，石家庄：河北教育出版社，2003，33："我认为，我的下面这句话总结了我的哲学态度：我们的确应当把哲学仅仅作为诗歌来写。"——译注

[2] 参见海德格尔，《存在与时间》，陈嘉映、王庆节译，熊伟校，陈嘉映修订，北京：生活·读书·新知三联书店，2008，39："话语（让人看）具有说的性质。"——译注

[3] 参见海德格尔，《形而上学导论》，王庆节译，北京：商务印书馆，1996，15。——译注

[4-5, 8] 参见海德格尔，《海德格尔选集》，孙周兴选编，上海：上海三联书店，1996，451；371；1121。——译注

[6] 出自《曾经》（Einmal）一诗，收于《换气》。——译注

[7] 出自《词语的夜晚》（Abend der Worte）一诗，收于《从门槛到门槛》。——译注

[9] 参见詹姆斯·K. 林恩，《策兰与海德格尔：一场悬而未决的对话（1951—1970）》，李春译，北京：北京大学出版社，2010，225-226。——译注

Für

Paul Celan

zur Erinnerung

an den Besuch auf der Hütte

am 25. Juli 1967

Martin Heidegger

献给

保罗·策兰

纪念

对木屋的访问

1967年7月25日

马丁·海德格尔

马丁·海德格尔，《从思的经验而来》（*Aus der Erfahrung des Denkens*）献给保罗·策兰的题词，托特瑙堡会面之后

切尔诺维茨的子午线

[法]让·戴夫 文
丁 苗 译

1970年3月21日，保罗·策兰在斯图加特。他朗读了自己尚未出版的诗集《光之迫》中的作品。3月22日，他在图宾根参观了内卡河畔的荷尔德林塔楼，陪同他的是安德烈·杜·布歇和伯恩哈德·博申斯坦（Bernhard Böschenstein）。在访客簿上，安德烈·杜·布歇把日期记成了21日，不管是弄错了，还是仍受前一天晚上诗歌朗读的影响，这都是为了向保罗·策兰致敬。

1914年著名的夏季事件（被《没有个性的人》[*L'Homme sans qualités*]的作者视为世界性的复活节）发生六年后，保罗·策兰出生于切尔诺维茨。这样一个非凡的中心城市定是人们特别关注的对象。其时，保罗·策兰正在巴别的矿井里开掘。他将遭遇一种不可避免的命运：以一种天才的方式来回应一个叫中欧的地方。这个地方，起先是一个公国，然后是一个王国，再然后是一个帝国（以与伟大的罗马尼亚的强势合并而告终结），如今是一个共和国。在受侵吞（意即合组）之前，此地情况复杂，德语的、民族的（如少数民族的）和民族语言的文学对文化转移的强化达到了极致，纷纷要求语言的优先权。正是在切尔诺维茨，保罗·策兰放置了《子午线》，他将在那里永久地试演整个生命，并将不休不止地专注于此。

切尔诺维茨之于保罗·策兰，就像布拉格之于弗朗茨·卡夫卡，后者在1921年6月对马克斯·勃罗德写道："不写作的不可能性，用德语写作的不可能性，用不同方式写作的不可能性，此外还可以加上第四种不可能性，写作的不可能性［……］所以从各方面来看，这都是一种不可能的文学，一种将德国婴儿从摇篮中偷走的吉普赛文学［……］"

我将自己的演讲稿《切尔诺维茨的子午线》（Le Méridien de Czernowitz）定位在这一视角下。该演讲发表于图宾根，时间是2000年3月21日，刚好是保罗·策兰参观荷尔德林塔楼三十年后的那天——多算了一天。

他们说，两次，而非一次。两次，而非一次。他们说，死两次，而非一次。我想说："讲两次，而非一次。"我想说："听两次，而非一次。"

女士们、先生们。

我想谈谈。我想见证。我想记住。我记得，小时候我卧室里有一排粉红色的暖气片，冬天，我靠在上面，不舒服地坐着，读到一本书的开篇之句："今天，我母亲死了。"

于是，这男人在他母亲之死这件事上成了局外人。他成了自己和世界的局外人，也就是，无法毁损者。他下厨做了些鸡蛋，直接就着锅吃。站着。在窗前抽烟。他将时间葬于自身，将所有问题葬于自身，这无疑是为了保护那终极的盲目。阿尔贝·加缪的阿尔及利亚就像保罗·策兰的布科维纳，这两个地方是他们各自——在母亲死去时——将失去的天堂，而他们都将学会将其埋入内心。“天堂”一词暗示着某种缺失的东西，它将会缺失，必定缺失，已然缺失，不是因为过错或疏忽，而是因为对其中一个来说，阳光太足，或是因为对另一个来说，语言过度。

无论何时，当他们在边境确认自己的身份，谈及圣地——“万物之母和承受深渊者”——或谈及故土、家乡、原籍，均非易事。房屋是天堂和深渊。边境是对疯狂的体验。我的意思是，家乡是天堂和深渊，与思想——和深度——成正比：其中，人失败于故土，沉入底部，直至化为灰烬。

我记得第一次坐火车，从维也纳出发，在1996年那个春天，我发现了布科维纳和切尔诺维茨：路上，田间，花园里，房屋前，火车站，码头，街上，整个国家的人都在吃樱桃。穿着各色布料做成的衣服的女人优雅地提着覆了报纸的篮子，孩子们在街上叫卖，爬上行驶中的火车，我从远处看见切尔诺维茨的高楼，它们建在山丘及其缓坡上，就像是塞满了石头的嘴巴。我看见植有栗子树和泡桐树的山丘周遭的山毛榉。我要说的是山谷和河流，它们通向重要的大道、广场，通向一栋建筑，通向一个帝国的宏伟。我置身于一个国家的这座城市，它不再质疑一个民族的生活历史，也不再质疑巴别的历史时间。但是，在帝国崩溃的时候，还是存有一些帝国的影子：一种思想层面的都市化及其痕迹，它的庭院，它的咖啡馆，它的酒店，它的豪华剧院，一座配得上这帝国的植物园。令人印象深刻的建筑物，有绚丽的栗子树的后院和花园，庄严的市政厅，大自然以其苔藓和蕨类植物环绕起来的预示性的山峰。不难想到赫拉克利特的第52则断片："世界的时间是个玩耍的孩子，他玩着把自己的棋子挪来挪去的游戏，对这个孩子来说，那便是存在的王权。"世界的年代，时间的年代，安排了一场诸神与民族、与人类的游戏。

恰似《莱茵河》中坐在其故土边境上的荷尔德林的形象，保罗·策兰坐在切尔诺维茨的山丘上，也就是，坐在其故土边境上，思考着陌异而遥远的东西。待在边境上，荷尔德林等待着以其国家的名义迎接他那严厉的诸神。保罗·策兰则假设真正的诸神已死。他了解到，只有在边境上，那些恰好改变边境或取消边境的磨难、时限、命运、决定才统统崩溃。诸神不会来。来的将是别的神。"今天，我母亲死了。"

为何恰好会那样？这是不可能回答的问题。因为只有从准备性的经验的角度，在启迪一个民族之历史命运的知识的帮助下，才能接近故土。这样的知识便是一个民族所创立的、所使用的全部语言——保罗·策兰在山丘上准备的语言。他已准备了的语言。正因为大地是家园和边境，它才准备好了接受诸神和人。海德格尔指出，这种准备将土地转变为家乡，而家乡也可以“降至简单的居所的水平”。

荷尔德林说：“为了找到一条可避一切侵害的道路，就必须弃神并发狂。”罗伯特·穆齐尔（Robert Musil）后来回应道：“我们这个时代所梦想的一切都是反家园的：旅行、汽车、温泉、酒店、戏剧、体育、优雅服饰、卧铺车、豪华列车。”

因为，言说将人驱逐出境。言说将人驱逐出境。写作将人驱逐出境。对所有语言的翻译将人驱逐出境，而方向——所有可能的方向中的一个方向——是一条路径的方向——在桌子上，在朗尚街上，在康特雷斯卡普的山丘上——是一个深思熟虑之方向的方向，一段深思熟虑之距离的方向，一个肯定的方向，一个返回的方向，一个迂回的方向，一个相遇的方向：诗。诗是一个方向。它甚至是一个圆。它是对子午线的一种拓扑学探索。它是像子午线一样的命令。它像子午线一样展开。它是位置，它是记忆或对深渊的邻近，像子午线一样呈弧形。它是一个像子午线一样的流动音调。它是一道像子午线一样的波浪。它是一个天堂的镜子。我还没有写及乌托邦的镜子。诗是对沿子午线返回出生地的揭示。

女士们、先生们，说到诗能够推翻山峰，也就是，开启通往相遇、通往这片被凿成圆形的土地的道路，从一极跑到另一极，使它在自己身上弯曲并返回——保罗·策兰称之为子午线——在继续我的演讲前，我不得不给你们读一读这些摘选自《精神现象学》（*Phénoménologie de l'Esprit*）序言部分的句子：

“死亡，如果我们愿意这样称呼那种非现实的话，它是最可怕的东西，而要保持住死亡了的东西，则需要极大的力量。柔弱无力的美之所以憎恨知性，就因为知性硬要它做它所不能做的事情。但精神的生活不是害怕死亡而幸免于蹂躏的生活，而是敢于承当死亡并在死亡中得以自存的生活。精神只当它在绝对的支离破碎中能保全其自身时才赢得它的真实性。精神是这样的力量，不是因为它作为肯定的东西对否定的东西根本不加理睬，犹如我们平常对某种否定的东西只说这是虚无的或虚假的就算了事而随即转身他也不再闻问的那样，相反，精神之所以是这种力量，乃是因为它敢于面对面地正视否定的东西并停留在那里。精神在否定的东西那里停留，这就是一种魔力，这种魔力把否定的东西转化为存在。”[1]

这停留是将否定的东西转化为诗的子午线之家。

否定的东西——无法从正面来阅读之物——如何展示它？孩子便是时机，因为孩子什么也不预示（就像玩着把自己的棋子挪来挪去的游戏的赫拉克利特一样），什么也不假设。

因为在诸神的游戏中，大地是无辜的，同样，它什么也不假设。

1820年，第一个犹太孩子在切尔诺维茨的高中入学，在此就读的还有波兰孩子、罗马尼亚孩子、德国孩子、亚美尼亚孩子、鲁塞尼亚孩子。赌注是什么？对德国语言和德国文化的公开兜售。因此，犹太人被同化，他们实现了经济繁荣，并在布科维纳加强了资产阶级的飞地和西方文明的前哨。书籍、报纸、咖啡馆、露台、商店……切尔诺维茨只有一个对手：维也纳。在德国启蒙文化的标志下，一种新的生活在切尔诺维茨开始了，它满足了那个萦绕着犹太社区的梦想：如何弥补失去的时间？大多数人都说德语。犹太人掌控着司法机构、行政部门和自由职业。解放便是这样的：他们第一次终于有了家的感觉。关于家的古老梦想得以实现。不再有羞耻感。这里有了犹太人，而这变成了常态。他们实际上承担了代表德意志精神的责任。尽管罗马尼亚、鲁塞尼亚、波兰或德国的民族主义导致了一些反犹太主义的爆发，但没有人直觉到一种真正的威胁盘旋在布科维纳的上空，这地方感觉像是一种可容忍的他异性：乌托邦。

于是，1900年，切尔诺维茨世界性的德语文明产生了一种迎接现代性的维也纳式的文化。切尔诺维茨是一个大都市。

1919年春，尽管进行了罗马尼亚化的初步普及，并将讲德语的资产阶级逐出了政治和行政岗位，但毫无疑问，由于惯性或影响，奥地利时代仍被承认。

在切尔诺维茨文明的这种语言特性及其矛盾的延续性

中，保罗·策兰于1920年出生。

他所知道的社会状况是帝国主义德国的结果，而按照罗伯特·穆齐尔的说法，那并非德国人的表达。“因此，不再是个体形成大众，而是一个非常复杂的过程。”

切尔诺维茨的《子午线》，即保罗·策兰的诗，是这种复杂性的投射。他必须不停地正视和驯服这种复杂性，持握它，聆听它，就像他无时无刻不在偷偷把脉一样，触探它。

对此，罗伯特·穆齐尔在编号26的笔记本中有非常清楚的说明。我读一下：

“这个人，战争让他措手不及。1914年夏天的著名事件［……］

“这一事件就像一次宗教体验。

“所有的人都被某种非理性但巨大、陌异的东西攫住了，它对这个世界来说是陌异物，后来被判定为幻觉。

“这次体验中值得注意的方面是：第一次，每个人都与其他人有共同之处。人们在超个人的事件中消散了。人们在肉与骨中感受到了国族的存在。一种原初的、神秘的倾向，像工厂一样真切。同死亡的另一种关系。尤其是对普通人来说：活在某种庞然之物中的感觉。

“人们不能称之为醉酒、精神病、暗示、幻觉，等等。

“战争结束时，一种类似的体验再次产生。世界性的复活节。那也不是纯粹的幻觉，等等。它是特洛伊木马：一个诱饵——但又在一个神圣事件的框架内。”

即使是工程师，即使是弹道学方面的大师，也会瞄准我们这些人和诸神。

作为一个民族的原初语言，荷尔德林的诗拥有一个空间、一个位置。这就是为什么荷尔德林是诗人的诗人，是德国人的诗人。至于保罗·策兰，从1943年开始——命运被抛掷，命运的轨迹将随之而来，将成为诗，也就是《子午线》。神圣的哀悼（切尔诺维茨）强加了一次定向的漫游和一个音调，而这个音调又在强加了一个定向的方向之后，强加了一个音调：切尔诺维茨、布加勒斯特、维也纳、巴黎，最后是植有泡桐树的康特雷斯卡普山丘。

诚然，当我们漫步于戈贝兰大街的栗子树下时，就像一个故事、一片故土一样，维也纳不折不扣地重现了。诚然，当我们漫步于康特雷斯卡普山丘的泡桐树下，心不在焉地凝视着泥土和树根时，保罗·策兰讲述着在劳改营里使用的铁锹。它像个令人着迷的东西一样回来了："我们挖。"

他向我讲述了那个强制劳改营的事情，在那里，他开始翻译莎士比亚的《十四行诗》（*Sonnets*），那是子午线的极点之一。正是在劳改营里——1942年秋天——他收到了母亲的来信，告知他父亲已身故，很可能是在感染了伤寒之后。正是在1943年冬天，在劳改营里，他从一个亲戚口中得知，他的母亲被人用手枪射中脖子杀死了。子午线是先天的、生物的和流动的。绳索缠裹着他的存在和这世界。绳索和肚脐。

落到实处的无非是一种精神症状，其活动使用并构成了德语诗，激起了烦恼，激起了冲突，因此也激起了头脑的清醒："我们是？"

德语没有作为一种惩罚而存在，而是作为一种命令而存在，破坏并打击着那场针对合法防御原则的战争。

我记得我问过保罗·策兰："你为什么用德语写书？"他的回答是："我不能像伊凡·戈尔（Yvan Goll）那样用法语写。"而我把尼采对同一问题的回答并列在一起："我更有理由公正地对待德国人。"

德语使诗意的体验加倍，而译者的工作在成为一部否定的自传的同时，也使作品加倍。在众多的翻译中，有一个例子：《醉舟》（Le Bateau ivre）——它通向了对《密接和应》一诗的见证。译文将航行的想法变形为对驱逐出境的思考，并让兰波的真理（堕入地狱）变得不足为信。

在黑格尔的时代，像荷尔德林这样在边境诱引诸神的诗人，被赋予了诗的使命，去开启他们的本质，或许还要去开启德国人的历史世界。

女士们、先生们，今天，转向沐浴在平静的内卡河水中的塔楼时，我问自己，如何安静地聆听，不仅是世界的喧哗与骚动，不仅是它的基本音调，还有一种调和我们之瓦解的紧迫性。有这样一个东西，它永远默默地在我们身边嘀嗒、嘀嗒、嘀嗒地响着。直到哪里？直到哪个法庭？直到发生什么碰撞？直到哪种全然的紧迫性？

流放或逃亡以乌托邦作为开始，乌托邦的字面意思是“无处”。一个无处存在的地方。一种在场和一种缺席。这难道不是《子午线》的一个定义吗？怀旧的（忧郁的）存在和缺席？一种没有他者的他异性。一个并非反向的，而是否定的世界？

乌托邦是精神的全部要求。并且，我要实实在在地补充一句：当它面对着德国性和犹太性的双重体验时。

聆听始于那里，始于漫游。聆听让漫游者参与这个世界，参与世界和风的呻吟。首先，它要提供一只没有真正参与呻吟的耳朵。呻吟是一种哀号，一种喧哗。漫游者生活在逃亡中。海德格尔问道：“但这种逃亡，不也是一种聆听吗？”

基本的音调考验命运，我的意思是，压迫。压迫是一种波浪，它在痛苦中，往往急迫地，赢得了诗。它把音调赋予诗人的天职和使命——“直到上帝的缺席奏效”[2]。

但从诗的角度来看，乌托邦本身并不可行。它无法思考自身，也无法写下自身，除非面对两种争辩，即强力或症状的两个来源：德国性和犹太性。与乌托邦一起，它们决定了每首诗的音调；与乌托邦一起，它们编织了每首诗，例如《密接和应》，或《托特瑙堡》，后者封存了保罗·策兰与马丁·海德格尔的相遇。所有人都会从这个角度阅读或重读，不要忘记“太阳的文明始于边境”，这可能是切尔诺维茨的《子午线》的终极定义。

迪旺会议，2000年3月21日

---

[1] 参见黑格尔，《精神现象学》（上卷），贺麟、王玖兴译，北京：商务印书馆，1981，21。——译注

[2] 参见荷尔德林，《追忆》，林克译，成都：四川文艺出版社，2010，74。——译注

王权：阅读《子午线》

[法] 雅克·德里达 文
陈　庆 译

在策兰的《子午线》，这篇我们即将涉及的文本中，“王权”（Majestät）一词至少出现过一次。它在德文本中至少出现过一次，而我们会在后面看到，它也被让·洛奈（Jean Launay）编译的值得称道的法文版《子午线及其他散文》（*Le Meridien et autres proses*，Seuil，2002）所采纳，继而第二次出现。

在《子午线》中，王权一词出现在“君主制”（法国大革命中被斩首的君主制）一词附近，而对那个词及相关词汇的探问遍及了整个演讲。这样的并置是为了进行对比，正如我们接下来会看到的，是为了在策兰所谈论的王权和君主制的王权之间标记出一种差异。但现在细致地谈论为时尚早，我们必须等一等。并且要缓慢而谨慎地接近，因为这里涉及的比以往的一切都要更复杂、微妙、不可捉摸、变化无常，甚至不可判定。

让我们回到木偶上来。我们说过，它不止一个。我们将密切关注策兰的木偶（“艺术，你们应该记得，有一种木偶一般的特性［……］它不能繁殖后代”），正像我之前所说的，《子午线》中的木偶达及我们，通过一种陌异（das Fremde）且怪怖（das Unheimliche）的经验使它自己被阅读、被思考。所有的木偶，泰斯特先生（Monsieur Teste）的木偶的木偶，似乎在大多数时候（我想谨慎一些）都试图减少、废止、压抑并净化这两可的经验。

木偶与木偶。有不止一种木偶，那是我之前冒险所做的假设、所投的赌注。可能有两种木偶的经验，或者说，两种木偶的艺术。但同时也可能是两种木偶的寓言。两种木偶，两种让彼此的寓言相互交织的木偶。

如果说我如此强调寓言（fable）和寓言体（fabuleux），毫无疑问，这显然是因为，就像在拉封丹的寓言里一样，那些带有政治色彩的拟人化的动物在文明社会或国家中常扮演着法定的臣民或君主的角色。但我强调寓言体还有另外一个原因，即如寓言本身显示的那样，它涉及了律法的本质或政治的权力，正是在寓言中，律法得以制定，权力得以给予，正是在寓言中，合法的暴力得以挪用并使它自身的专制暴力合法化，从本质上讲，这一权力的解除与附加都借助了寓言的方式，借助了一种既虚构又述行（performative）的语言，它包含了以下说法："没错，我是对的，没错，我是对的，因为我是狮子，而你必须听从我，我正在对你说话，保持恐惧吧！我是最强大的，如果你敢违抗我，我便杀掉你。"在寓言中，通过本身虚构的叙事，权力显示为寓言、虚构与想象的语言和拟象的一种效果。正像蒙田与帕斯卡尔说的，这种律法和这种律法的力量本质上是虚构的。

在木偶的两种寓言之间，一种也许会成为一首诗，另一种则不会；一种也许会诱使我们去思考，另一种则不会。我继续说"也许"。也许两者，我们永远无法确定。

两者之间的差别，也许几乎没有，几乎只是一次呼吸的间隔或一次换气，一种呼吸的差别，一次几乎难以察觉的换气（Atemwende）。（换气，正像策兰说的，不仅仅是其一本诗集的标题，也是他在《子午线》中用来定义诗歌的词："诗歌：也许意味着一次换气。"）但关于这点，我们永远不能确定。诗歌（如果有的话）和思想（如果有的话）与这种呼吸的未必可能性密切相关。但呼吸留存了下来，在一些活生生的东西中，至少在生命，在活生生的生命的第一次和最后一次签名中留存下来。那是活生生的生命的最初与最后的签名。没有呼吸便不会有言说，更不会有演讲，但在言说之前、言说之中、言说开始之时，便有着呼吸的存在。

两者（两种木偶或两种木偶的艺术）之间的这种区分不仅从来没有在任何活生生的当下得到确认，而且也许*必须*永远无法确认。这个"必须"（或"不得"，或"必须不"）也许会取缔或毁坏在场，每个活生生的当下的自身在场。如果我强调使用"*活生生的当下*"（lebendige Gegenwart）这一表达方式（如你们所知，胡塞尔赋予了该表达一种现象学的地位并使其成为某种哲学的正式词汇），那无疑是为了对胡塞尔的现象学和先验的时间现象学进行一种战略上的重要且必要的参照。我这么做也有别的理由，那些理由会在我们尝试阅读策兰的过程中出现，阅读会涉及策兰所说的当下与此刻，严格地讲，是涉及他所说的"王权"。但这一切都是为了再次质询生命的命名方式，更严格地讲，质询"活"（vivant）的命名方式：不是生命**本身**（LA vie），不是像**生命**（LA VIE）一样的存在、本质或实体，而是活着本身，当下的活着，不是保持存活的生命实质，而是一种用来鉴定或规定当下和此刻的所谓“活着”的属性，一个此刻（maintenant）本质上会是活着的、当下活着的，它保持（maintenant）为活着的（die lebendige Gegenwart：活的当下）。参加过前几年研讨班的人应该会很了解，我们曾就原谅、宽恕、死刑、主权的主题所做的思考，我们一直试图考察的对象，只是这一点：我不会说它表现为生命的存活，存活之谜（如下意义上的存活：生物性的存活［zôê］和社会性的生活［bios］，生活［life，Leben］，生活性［Lebendigkeit］，就像胡塞尔说的，活力［vivance］，即*此刻*［maintenant］将生命*维持*［maintenant］为活着的东西）——它不如说是这些概念回撤之后留下的东西，正是在这样的回撤中，“何为生命之活着？”的问题，面对那种把生命问题归于存在问题、把生命归于存在的不完全正当的做法，屏住了呼吸。

思考木偶之间的差异，思考木偶*本身*，就是试着思考生命的活着，而这活着的存在可能什么都不是，一种*无存在的活着*（vivant sans l’être）。正像我在很早之前说的“无存在的上帝（Dieu sans l’être）”，那一表达已被马里翁（Marion）作为他一本书的标题，并被赋予了宏伟的形式和力量。无存在的活着的存在——或者这仅仅“是”一种存在的拟象、一种假肢，存在或事物本身的一个替代物、一个物神。一个木偶是所有这些：一种拟象、假肢（这会让人想起克莱斯特提及的英国艺术家：他做了一只木腿，并用它优雅地起舞）、物神。人们能够并且必须制作木偶，甚至一座木偶剧院。我们是否会跳到一个结论上，说那些所谓的动物做不到这些？不是的。可以肯定，大多数动物不会，但大多数人类也从来不做木偶或克莱斯特的木偶剧院。但一些非人类的动物是否有生产拟象的能力，或者能够将自身依附于拟象、面具及一些意指假肢的替代物？答案是肯定的，无论是从我们的常识，还是从动物行为学或者灵长类动物学出发，这都很容易论证。

上一次，正是沿着这条道路，我建议跟从泰斯特先生的木偶，尝试对策兰《子午线》中的木偶，进行一种腼腆的、惊慌的、不完全且非常有选择性的阅读。在前两期研讨班上，我已两次引用了这篇演讲的第一句话。演讲于1960年10月在达姆施塔特进行，当时策兰正在接受格奥尔格·毕希纳奖的颁奖。这个事实，作为一个限定性的语境，很大程度上解释并证实了演讲在核心处有组织地提及毕希纳的《丹东之死》（*La Mort de Danton*）、《沃尔采克》（*Woyzeck*）等作品的合情合理。我已两次引用了这篇演讲的第一句话（“艺术，你们应该记得，有一种木偶一般的特性［……］它不能繁殖后代”）。但在进一步遭遇这篇演讲所谈的相遇（Begegnung，相遇的秘密，im Geheimnis der Begegnung）和所命名的“王权”之前——它并不是任意的王权，而是当下（Gegenwart）的王权，这涉及我们刚刚所谈的活生生的当下（die lebendige Gegenwart），人或人类的当下（“它是对当下的王权，即荒谬的王权的致敬，这种王权见证了人类的在场”［Gehuldigt wird hier der für die Gegenwart des Menschlichen zeugenden Majestät des Absurden］）——我要告诉你们我的想法，为什么我不仅仅坚持严格的词汇学或语义学意义上的至尊的王权（la majesté souveraine），并且坚持（正像上次所提的）这样的事实：有着两种木偶，两种木偶的艺术和意义，因此在木偶的身体、核心中，存在着一种差异。并且木偶内部的两种木偶之间的差异仍然是一种性别的差异，这点我们从研讨班开始时便有讨论了。

现在，与其正面遭遇这个巨大的问题，不如适时回到《子午线》，我们从研讨班伊始就一直对它保持间接的关注。关于木偶、美杜莎的头颅、一般意义上的头颅、王权，我们所说的一切将允许我们做出如此的转变。但同时，我也想强调陌异（Fremde）、他者（Andere）、熟识或令人不安的怪怖（Unheimliche）。我不得不在两种阐释策兰演讲的方式之间作出选择：一种是遵从形式上的顺序和文本的线性时间，它会具有很强的连续性；而另一种很少涉及历时性的东西，更多的是系统性的阅读，它会出于实证的目的，着重展现主旨、词语、主题和修辞格的结构，它们通常并不按顺序出现。我选择了第二种方式，因为，首先我们没有时间一起从头到尾通读整篇文本（但我建议你们自己这么做）；其次我认为，你们会更需要积极阐释的、选择性的、导向性的阅读。你们自然明白，我并不认为这种阐释性阅读是唯一的或最好的方式，但在我看来，它并非不可能，而且从这次研讨班的视角看，它对我尤为重要。

甚至在我开始（当然，太快地）思考我试图加以衔接（即使策兰并没有明确地这么做）的这些主题，即艺术、木偶、机器人、美杜莎的头颅、一般意义上的头颅、王权、陌异和怪怖之前，需要做两个初步的评注。

第一个初步的评注。文本中的日期尤其重要，这个文本同时也是一种日期的诗学。大约15年前，我写了一本小书《示播列》，其中我将日期当作反思、分析或解释的特殊主题，尤其某个“1月20日”，它有规律地回归，在文本中至少被提及三次（毕希纳的棱茨“在1月20日穿越群山”，还有“也许我们可以说每首诗都有它的‘1月20日’？”，以及“我从一个‘1月20日’开始书写，从我自己的‘1月20日’”）。在《示播列》中，我着重阐释了日期、纪念日与日历的问题，还有1月20日的那个例子。得益于让·洛奈（就像我之前说的）珍贵且典范性的版本，我发现了一种面对“1月20日”的新方式。参照策兰的手稿，洛奈在一条注解中说道：“1月20日也是在柏林召开所谓的‘万湖会议’的日期，会议期间，希特勒和他的同谋们完成了‘最终解决’的方案。”（这是对策兰那段话的翻译：“即使在今天，我们仍然写作，即使今天，1月20日，这个1月20日，它从那时起已被加上这么多冰封的写作。”）“1月20日”：死亡的纪念日，反人类罪的纪念日，以至尊的、随意的方式作出种族灭绝决定的纪念日。“1月20日”：君主路易十六被斩首的纪念日前夕，在出现了那么多次的“国王万岁！”之间，它也关系到露西尔与棱茨，我们会晚些时候再谈。

第二个初步的评注。我们对《泰斯特先生》与《子午线》的阅读有着令人惊异的相近之处——严格地说，两个文本是如此地不同，在如此多的方面都有差异，包括日期——但两个如此年代错乱的文本的领近或接近之所以合理，并不只是因为单纯的并置，而是因为它们以各自的方式对待木偶和一切依赖于木偶的东西。所以，瓦莱里在《子午线》中并没有缺席。在某一刻，策兰谈到了对艺术的根底进行质询的主题，他问道，我们是否应该“跟随马拉美的逻辑结论”（Mallarmé konsequent zu Ende denken）。对此，洛奈同样作了一个较长的注释，指出策兰的手稿提到了瓦莱里《文艺杂谈》（*Variété*）中的一段。瓦莱里在那段话里引用了马拉美对可怜的德加所作的一个评论。德加抱怨自己充满想法，却无法完成他的小诗。马拉美，据瓦莱里所说，回应道：“但是德加，诗句的创造不是靠想法，而是靠词语。”瓦莱里总结道：“这是一个很大的教导。”

现在让我们试着，围绕或通过这已公布的配置（艺术、木偶、美杜莎的头颅或机器人、一般意义上的头颅、王权、陌异和怪怖），去破译某种诗学签名。我不说一种诗学，一种诗艺，甚或一种诗歌；我宁愿说某种诗学签名，独一诗作的独一签名，它总是独一的，它不试图表达本质、在场或诗是怎么一回事，而是表达诗从何处来，又往何处去，所以，它试图通过艺术，从艺术中，解放自己。

在这里我们能够沿着什么样的线而达到与独一诗歌的独一相遇？你们知道，相遇的概念，我们之前说的“相遇的秘密”，即诗歌的秘密，诗歌之在场、在场化（mise en présence）或呈现（présentation）的秘密。在“……的秘密”这个表达的双重意义上，相遇的秘密是诗歌的秘密：一方面，首先，在创作一首诗的意义上，在其结构、创作、成形之可能性的意义上，我更喜欢说它的签名，而不是它的技艺，它的专门知识（这是作为诗歌之起源、诗歌之可能性条件的秘密，就像人们说“这人有秘密”意味着“他有技艺”等等，但本质上拥有该行为或事件之秘密的，并非技艺，而是相遇）；然后，另一方面，在秘密的双重意义上，是在当下本身中，在诗歌的呈现中，在策兰强调了如此多遍的这个当下中，在相遇的经验中，继续保持为秘密的东西，这根本上就是一个不呈现自身的当下，一个不把自身现象化的现象。无所显示，这样的“无”，荒谬，在无所显示中显示出自身。我们会谈及这点，谈及这作为非显示的显示。

但在这么多次阅读的基础上，我认为我知道了，这诗歌的轨迹遵从着一条线，它拒绝任何人以逻辑性或叙事性展示的形式对它进行重建。我今天提供给你们的这些草图或佯攻，只是一次邀请，好让你们亲自动身去看，用你们自己的眼和手去获取，去真正地获取与诗歌的相遇。这条线（我保留“线”［ligne］这个词，但某个时刻我们不得不说“纽带”［lien］，因为线便是一种连接［verbindende］），作为纽带的线，与他者相连，和相遇中的“你”相连，这条我正试图描画和重建的纽带之线，正是被寻求的东西，正是策兰坦承自己在这个旅程中，在这条道路上寻求的东西，并且，他在终点处将道路描绘为“不可能的道路”或“不可能者的道路”，而我，简言之，会从那里，即从终点开始，通过终点开始。但“不可能的道路”与“不可能者的道路”并不完全相同。我们可以想象：作为道路，作为道路之道路化，不可能者的道路仍属可能，它会立刻让不可能的道路转而变得可能。无疑，正是鉴于这个把它们捆绑在一起又无论如何保持区分的复杂扭结，策兰有意把“不可能的道路”与“不可能者的道路”并置起来，并穿越这两者，他说：

> 女士们，先生们，趁着你们的在场［趁着你们的在场：这个“趁着你们的在场”，看起来是句俗套话，可能比较像一个授奖的日子里向观众致辞的礼貌用语，在这里却有不同寻常的重要作用，它使得整个文本围绕此刻、当下和在场之谜展开；在引用完这句话后，我会在某个时刻，通过三次回返，在众多可能性中，探究三个例子］，因为穿行了这不可能的道路，这不可能者的道路，我找到了某个能给我些许慰藉的东西。

这一不可能者的不可能的道路，如同纽带，构成了策兰相信他所发现的，甚至触到的那条线（“我相信我再次触到了它”［habe ich ihn soeben wieder zu berühren geglaubt］：这是演讲的结束语），而他会确切地称之为子午线。这条线是一条纽带，它导向了相遇（Begegnung），你的相遇，与你的相遇，对“你”的命名，他不止一次地用这个命名来称呼诗歌和诗歌的当下。在完成这一引用之前，我会通过环形的回返，三次回返，就像我说的，来告诉你们，为什么这个“趁着你们的在场”（in ihrer Gegenwart）不是一种对惯例的妥协（这篇杰出的文本中不存在此类情况）。这个“趁着你们的在场”早已被诗歌的问题包围，它承载诗歌的问题并因之加重，那是与艺术展开艰难且喧闹之争论的诗歌的问题，针对艺术的问题和针对诗歌的问题（“关于艺术和诗歌的问题，”策兰在前面补充说，“我必须在我自己的路途上遭遇这个问题［‘自己的’并不意味着我决定着它］，以便寻找毕希纳的问题”）。那么，这个问题变成了策兰定义的作为当下和在场、作为此刻与在场的诗歌的问题。

第一次回返，朝着王权一词暗示的东西，确切地说，是在诗歌的本质中，或不如说，在诗歌的事件、诗歌的机遇中暗示的东西。在艺术的几次现身之后（我们会回头再说：艺术作为木偶，作为猴子，等等），《丹东之死》中的露西尔登场了，这个“对艺术盲目”（die Kunstblinde）的人令我们震惊，因为她大声喊道：“国王万岁！”你们可以看到，随着这个展现法国大革命与断头台上处死国王的场景，随着对木偶与猴子的召唤，我们正接近我们的首要问题：“野兽与主权者”。

露西尔喊道：“国王万岁！”策兰用一个感叹号来强调这一呼喊的惊人程度，如此靠近血淋淋的断头台，就在提起丹东、卡米尔等人的“巧言”（kunstreiche Worte）之后不久。露西尔，这个对艺术盲目的人，喊道：“国王万岁！”策兰把这称作一种反话（Gegenwort）：

> 在台上（这里是断头台［es ist das Blutgerüst］）说过所有的话之后——好一句话（welch ein Wort）！
>
> 这是一句反话（Es ist das Gegenwort），一句切断了“线”的宣言，它拒绝在“历史的闲荡人群或游行骏马”前卑躬屈膝，它是一次自由的行动。它是一个步伐（es ist ein Akt der Freiheit. Es ist ein Schritt）。

为了支持这一观点，即那个对艺术盲目的人喊出的“国王万岁！”是一个“步伐”，一次“自由的行为”，一种无宣示的宣示，一种反宣示，策兰必须让这个呼喊、这句“反话”脱离它的政治编码，也就是脱离其反革命的意义，其实就是脱离一个反宣示仍会从那政治化的编码中得出的东西。不过，策兰相信他从中认出了一种自由的行动、一种诗意的行动，或者确切地说——如果不是一种诗意的行动，不是一种诗意的制造，更别说某个“对艺术盲目”的人拥有的一种诗艺了——诗歌本身（die Dichtung）。为了在这个“自由的行动”、这个“步伐”中听到诗歌（对步伐、行进、来去的指涉总在《子午线》中具有决定的意义），策兰指出，“国王万岁”的这一忠心、这一立场、这一信念的表白、这一致敬（gehuldigt），并非政治性地宣称对君主制的支持，对其国王路易十六陛下的支持，而是表达了对当下（Gegenwart）的王权的支持。这反话（Gegenwort）是为了支持当下的王权而说。在我接下来阅读的译文段落中，出于再明显不过，以至于我根本不需解释的原因，我会强调四个词，它们从“见证”“王权”“当下”“人类”这些词汇而来：

> 当然，［……］它听起来像一个忠诚于旧政体的宣言……
>
> 但［……］这些词并不是对君主制或一个应被封藏的过去的颂扬。
>
> 它是对当下的王权，即荒谬的王权的致敬，这种王权见证了人类的在场（Gehuldigt wird hier der für

die Gegenwart des Menschlichen zeugenden Majestät des Absurden）。

女士们，先生们！这种王权并没有公认的名字，但我相信，它是……诗歌（aber ich glaube, es ist...die Dichtung）。

（这个“我相信”，如此接近“荒谬的王权”[“荒谬”一词在这个文本中一再重现，毫无疑问标志了某种东西，它超越了意义、观念、主题，甚至修辞学的比喻，它超越了人们认为一首诗所应遵从的所有逻辑与修辞]，似乎在说：“我相信我所相信的，正因其荒谬，我才相信：credo quia absurdum。”对诗歌的信仰就像对上帝的信仰，在此就是对当下的王权的信仰。）

策兰援引“王权”一词的这种姿态——对我而言至关重要，至少是在这次研讨班的语境里——体现为：将一种王权置于另一种王权之上，进而抬高主权（souveraineté）。这样的抬高试图改变王权或者主权的意义，移动它的意义，同时保存旧的词语，或宣称恢复其最深层的意义。存在着君主（souverain）、国王的至尊的王权（majesté souveraine），也存在着诗歌的王权和荒谬的王权（majesté），在其见证了人类在场的意义上，那是更加威严（majestueuse）或别样威严、更加至尊或别样至尊的王权。这双曲线式的抬高被铭刻于我所谓的王权与主权的动力学，一种动力学（dynamique），因为它涉及一个无可逃避的加速运动，一种动力学（我慎重地选择这个词），因为它涉及主权者，确切地说，涉及权力、潜能（dunamis），涉及君主（dynaste）和王朝（dynastie）之潜在性的部署。换句话说，存在着某种比国王的王权“更加威严”的东西，正像之前提到的，你们应该记得，比出众者更出众的泰斯特先生，或在出众者之上的尼采式超人。按巴塔耶所说，至尊权（souveraineté），在巴塔耶所理解并想要赋予它的意义上，超越了古典的主权，即超越了王权、领主权、绝对权力等等（我们会回过头来讨论）。

但是，为什么要保留这个词？

对策兰来说，最重要的是诗歌的这种超王权，超越或外在于国王、主权者或君主的王权。这种荒谬的至高王权，作为诗歌的王权，其实是由四种同样重要的价值所决定的。而我认为，在这四种价值中，有一个必定一直独特，或被认为具有唯一的独特性，那就是当下（Gegenwart）。这四种重要的价值或意义是：见证，这毋庸置疑；王权，在它承担见证的意义上；人类，它是见证的对象；但最重要的，我会说是当下，因为它从未停止过确认和重复自身（Gehuldigt wird hier der für die Gegenwart des Menschlichen zeugenden Majestät des Absurden）。这里的王权是威严的，并且它是诗歌，因为它见证了当下、此刻、人类的“在场”，正像洛奈翻译的。由于见证往往是通过言语，通过向他者致辞从而证实一种到场的言语，来显示在场的，所以，这里重要的东西，留下记号的东西，是一种证实着在场的在场，或不如说，一种证实着当下，证实着人类当下的在场。

我不会赋予当下，这一当下的在场那么多特权，如果排除你们能够轻易想到的所有理由，策兰自己并没有带着一种明显的和——我觉得——不可否认的强调，不断回到这个主题上的话。因为时间太短，今天我会简要地谈下另外两个我承诺过的例子和回返。

第二次回返。在紧接着的十页内容之后，在一次我无法重建的旅程之后，策兰基于一种“根本的个体化”的签名，谈到了他所称的一种“现实化的语言”（aktualisierte Sprache）。他把在场附加给此刻，用在场（Präsenz）来强化当下（Gegenwart）：

> 那么诗歌——甚至比以前更加清楚——会是一种塑造成形的个体的语言；并且，在其最内在的本质中，它也是当下和在场。（Dann wäre das Gedicht — deutlicher noch als bisher — gestaltgewordene Sprache eines Einzelnen, — und seinem innersten Wesen nach Gegenwart und Präsenz.）

第三次回返。在接下来的一页里，策兰提出了值得慎重考虑的东西，让我们姑且称之为“此刻-当下”的结构，这一特定的描述会有让一切复杂化的风险。他指出，诗歌的这个此刻-当下，我的此刻-当下，准时的我的准时的此刻-当下，我的此处-此刻，必须让（laisser）他者的此刻-当下言说，让他者的时间言说。它必须留出（laisser）时间，它必须把它的时间给予他者。

对他者，它必须留出或给予它的时间。它自己的时间。

对他者，它必须留出或给予它的时间。它必须留出或给予它的专有时间。这严格地说并不是策兰的表述方式，但我为之加入了这两可甚至怪怖的语法，以至于我们不再知道其中的主有形容词指向了谁：指向自身还是指向他者。对他者留出或给予它的时间，对这表述，我给予或留出一种语法的两可，以翻译我所认为的策兰意图中的真理：对他者留出或给予它的专有时间。

当然，这把一种改变一切的可分性或他异性引入了此刻-当下。它要求全面地重读主导的威权，也就是，重读当下的王权，那一王权已变成了他者的王权，或一种同他者进行的、转向他者的或从他者那儿发起的不对称的分担的王权。接下来，我要阅读相关的一段，并且，必要的时候，会用双语阅读。

> 诗歌——在怎样的情况下！——变成了那个人的诗歌，他——像之前一样——感知，并转向［Zugewandten，我强调这个转向，这种“翻转的”转向］显现之物（dem Erscheinenden Zugewandten）。这个人质疑那样的显现并对其致辞［dieses Erscheinende Befragenden und Ansprechenden：这种致辞（Ansprechen）——这种转向他者，为的是向他者致以言辞，向他者致辞，向他者言说，甚至呵斥他者——无疑是措辞（tournure）和转换（tour），它回应了这个段落中的一切，就像回应《子午线》中的一切；并且，我说的这个“转换”，与其说在暗示一个形象，一个措辞，甚至策兰如此警惕的一个修辞性

比喻，不如说是指Atemwende，气息的转向，换气，那在他的文本中，如此频繁地成了呼吸本身，成了《子午线》的精神]；它变成了对话——往往是绝望的对话（es wird Gespräch – oft ist es verzweifeltes Gespräch）。

因此诗歌是一种两者的言说（Gespräch：同时言说），不止一者的言说，一种以其此刻（maintenant）将不止一者维持（maintient）于其内部的言说，一种于其内部聚集不止一者的言说（我说“聚集”，因为，正如你会听到的，在这个此刻得以维持的东西里，有一种聚集的运动，一种共在，一种聚集的契机——聚集[Versammlung]，再一次，一个过于海德格尔式的主题——这是一种于其内部聚集不止一者的运动、动力、步伐），并且是一者向另一者的致辞——哪怕致辞失败了，哪怕致辞没被收到或未到达目的地，哪怕他者的绝望，或对他者的绝望，总在等待，甚至必须一直等待，作为它自身的可能性，作为诗歌的可能性。策兰继续说道：

> 只有在这对话的领域里，那被致辞者（das Angesprochene）才成形并聚集（versammelt es sich）在对之致辞并为之命名的“我”周围。但这个被致辞者（das Angesprochene），这个因被命名者而变成了一个“你”（zum Du Gewordene）的人，也带着他的他性（bringt [...] auch sein Anderssein mit）进入当下，进入这个当下（in diese Gegenwart）。在诗歌的此地和此刻中（Noch im Hier und Jetzt des Gedichts）——诗歌本身，

归根结底，只有这个独一的、准时的当下（diese eine, einmalige, punktuelle Gegenwart）——在这种即时和临近中，诗歌让他者拥有的最本己之物也开口说话：它的时间（noch in dieser Unmittelbarkeit und Nähe läßt es das ihm, dem Anderen, Eigenste mitsprechen: dessen Zeit）。

诗歌让这个东西同时言说（共言，mitsprechen：洛奈将其译成“让它也开口说话”，共言［mitsprechen］之共［mit］值得强调，这种言说，本原地，先天地，甚至在独白之前，就是一种与他者或对他者的言说；这个共不一定打破了孤独，我们可以说它是孤独的条件，就像有时候它是绝望的条件），诗歌让这个东西与其一起言说，它让这个东西分担它的言语，让它交谈、召集（有这么多翻译mitsprechen的方式，它不止意味着一种对话），它让这个东西言说，甚至让它与之一起签名（联署、托付、副署），这个东西就是他者的时间，在其拥有的最本己之物中它的时间：他者的时间中最本己的，因此也最不可译地他异的东西。

我们可以无限地评论这些句子的措辞。正如你们看到的，这不仅仅是在对话中聚集的问题，甚至不是一种诗学，不是一种对话的政治学——在那对话的过程中，一个人在交流专家和顾问的帮助下，尽力学会让他者言说。这也不是民主辩论的问题，在那辩论的过程中，一个人在钟表的监督下，给他者留出发言的时间，虽然钟表与日历一起，都被纳入了《子午线》的讨论。关键并不是配置一定量的时间，而是给他者留出时间，因而给予他者时间，这不是出于慷慨的行为，而是绝对地抹除自身，是把它的时间给予他者（在这里，给予便是留出，就像一个人只把其本己的、绝对本己的东西给予他者），关键不仅仅是让他者言说，关键还是让时间言说，让它的时间言说，让它的时间、他者的时间拥有的最本己的东西言说。一个人必须让时间言说，让他者的时间言说，而不是给他者留出其言说的时间。关键是让时间言说，让他者的时间在他者拥有的最本己的东西中言说，也就是在他者拥有的最他异的东西中言说——而它，就作为他者的时间，在“我的”诗歌的当下时间中来临，我让其来临。在让（他者的）来临者来临中，这个“让”（laisser）无所抵消，它不是一种单纯的被动性，尽管这里需要某种被动性。相反，它是事件发生（advienne）和某物来临（arrive）的条件。如果我“令”（ferais）其来临，而不是“让”（laisser）其来临，那么它将不再来临。若我令其来临，它当然不会来临，而我们必须从这看似悖论的必然性中获取一些结论（当然，话说回来，läßt这个词在策兰的德语中兼具“让”和“令”的意思：“在这种即时和临近中，诗歌让他者拥有的最本己之物也开口说话：它的时间”[noch in dieser Unmittelbarkeit und Nähe läßt es das ihm, dem Anderen, Eigenste mitsprechen: dessen Zeit]）。

从这里——如果可以这么说，尽管我不得不在此停下——“子午线”再次出发，而我们已经转了半圈。在说完诗歌寻求这个位置（Ort）之后，策兰谈起了位置的问题（位置，Ort，修辞的场所，Bildern und Tropen），场所与乌托邦的问题，同时他让我们记住，他所说的诗是一首不存在的诗，一首不能于此存在的绝对的诗（“它当然不存在，它不能存在！”［das gibt es gewiss nicht, das kann es nicht geben!］）。

我保证过，在这三次回返和三个例证之后，我会完成对结尾的阅读，那个我所引用过的结尾：

> 我也在寻找我自身起源的位置，因为我再次来到了我的起点。
>
> 我在地图上用不安且因此无把握的手指寻找这一切——在一个孩子的地图上，我欣然承认。
>
> 这些位置没有一个被发现，它们不在那里，但我知道它们会在哪里，特别是在此刻……我找到了某个东西！
>
> 女士们，先生们，趁着你们的在场，因为穿行了这不可能的道路，这不可能者的道路，我找到了某个能给我些许慰藉的东西。
>
> 我发现了一条纽带，它像诗歌一样，导向一次相遇。
>
> 我发现了某个东西——如同语言——并非物质，却来自大地，某个环状的东西，在穿越两极后又回到自身，甚至在其轨迹上，很有意思，在比喻和回归线上，画了一个十字：我发现了……一条子午线。
>
> 与你们和毕希纳和黑森州一起，我相信我刚又一次触到了它。

“野兽与主权者”研讨班，2002年2月20日

Sprachgitter

Augenrund zwischen den Stäben.
Flimmertier Lid
rudert nach oben,
gibt einen Blick frei.
Iris, Schwimmerin, traumlos und trüb:
der Himmel, herzgrau, muß nah sein.

Schräg, in der eisernen Tülle,
der blakende Span.
Am Lichtsinn
errätst du die Seele.

(Wär ich wie du. Wärst du wie ich.
Standen wir nicht
unter *einem* Passat?
Wir sind Fremde.)

Die Fliesen. Darauf,
dicht beieinander, die beiden
herzgrauen Lachen:
zwei
Mundvoll Schweigen.

—

[illegible]

Ginsterlicht, gelb, die Hänge
eitern gen Himmel, der Dorn
flicht sich zum Kranz, das Nichts
rollt seine Meere zur Andacht,
das Blutsegel hält auf dich zu.

保罗·策兰，《话语栅栏》和《布列塔尼题材》手稿

圣　歌

［法］米歇尔·德吉　文
尉光吉　译

Niemand knetet uns wieder aus Erde und Lehm,
niemand bespricht unsern Staub.
Niemand.

Gelobt seist du, Niemand
Dir zulieb wollen
wir blühn.
Dir
entgegen.

Ein Nichts
waren wir, sind wir, werden
wir bleiben, blühend:
die Nichts-, di
Niemandsrose.

Mit
em Griffel seelenhell,
dem Staubfaden himmelswüst,

der Krone rot
vom Purpurwort, das wir sangen
über, o über
dem Dorn.

无人会再从土和泥里捏出我们，
无人会再把言吹入我们的尘埃，
无人。

称颂你，无人。
因为爱你，我们
想要绽放。
迎着
你。

一个虚无
我们曾是，我们现是，我们仍
将是，绽放：
虚无的玫瑰，
无人的玫瑰。

带着
魂净的雌蕊，
天荒的雄蕊，

紫词的
红花冠，我们歌唱
在上，哦在
刺上。[1]

策兰的《圣歌》。

神圣的歌。最后的歌。大卫的子嗣吟唱大卫的圣歌。后来“圣歌”就指代一种对大卫的圣歌进行转述和改写的诗篇；一种纪念《圣歌》的圣歌。称颂你，圣歌，你允许他们赞美大卫，而大卫赞颂他的天主。

这是献给无人的圣歌。称颂你，无人。第一节诗。创世悬停了；结束了；亚当的创造者不会再捏塑；言语的注入者不会再给我们的黏土吹气；不再有泥塑仪式，不再有司铎，不再有揉气师。“无人”。上帝就像基督的倾空一样离开了神位。但他没有给我们留下可分有的存在。或许就剩他存在；而人已经消失，不再坚持到连续创世的尽头。不会再发生。无人存在。为了被说反话，被绽放，被爱，虚无必定是无人。如同玫瑰绽放出一座坟墓，我们绽放，在虚无的玫瑰中，在无人的玫瑰中。

我进入一栋回声空旷的大宅。一座大教堂。法语的呼声回荡，但没有回应：“无人在吗？”他本可以问：“有人在吗？”上帝是基督教神学里的无人。在常言说“有人在”的意义上，此刻无人在。我呼喊，我祈祷：称颂你，无人。

*

无人。

“无人”的经验。

有人在；无人在；无别人（personne d'autre），也就是“其自身”；你自己和无别人。你即无别人；我亲切的存在，我的存在。

思，即思你。或不如说，思你，即思。我愿相信，爱与无人，这一关系，这一存在的关系，会是基督教的，我们的爱之道。爱之道与无人之神的反复神学一起成长，相互教化；而我们的爱属于骑士和基督徒，“仁慈”有助于此，还有对“邻人”的命令，这就是全部。

我曾这样爱。

但不再有任何人或任何物了。一无所有。他死了。我们徒然地跟他说话，他并不回应；以此为意图，不再有任何真实的相关项。我们徒然地从内部，返回到内部，依靠着记忆；并激起整个心魂及其贫乏的能力（突然回到萨特的那句话：“图像的本质贫乏[……]”），其若干形态，遗忘，意志，回忆，渴望，暗示，苍白的幻影，执迷……不再有任何人了。他已消失。他已不在；永远。不再回应，不复存在。他不再守着他的位置，独立又不可预见，准备用其存在让我们大吃一惊，或让我们失去其幻影，另一个，他自己，调整我们的轨迹，改变我们，填补我们，辜负我们，相随又遥远。

不再有任何人了。称颂你，无人。

在泪水中，我们绽放。泪水是灵魂的唯一证明。流淌的泪水是我们的开花。

*

三节诗句给了我们声音，让人听见这个复数词，我们。“我们绽放／迎着／你。”不是随着或顺从（avec），而是迎着或对抗（contre）你，无人，你激发了我们。但我们的称颂，我们的赞扬，我们的感恩之举是绽放。我们就在这里，放任自流。我们没有衰落，我们没有凋谢，我们没有枯萎。“我们”绽放，虚无的玫瑰，这明净的光下透明的彩画玻璃窗。

第三节诗提出我们的“存在：一个虚无”；我们一直是，我们仍然是：一个虚无。玫瑰与无人相互结合，相互一致。不是模糊地沉陷于非存在的意义上的“无”。而是我们把虚无切成了一个确定的无：一个虚无；可以说，某一个虚无。在此，诗歌听到了（让人听到了）至少三首德语诗。安杰勒斯·西莱修斯的玫瑰[2]：我们不仅不问缘由，我们甚至缺乏因由。就像是更变了缘由体制的回答。我们随同（迎抗：entgegen）无人。这就是我们在绽放中称颂的无人之名。

还有里尔克的玫瑰，无人的睡眠（Niemandes Schlaf）[3]：眼睑包围着细致的花瓣中心的虚空；花瓣包围着一个虚无；一只花瓶的独特具化。第三节的第三句召唤荷尔德林：它粘合了bleiben（仍然，持留）和blühen（绽放，开花）。Bleiben和Blühen相互命名，“Bleiben”来自BL，如果可以这么说；这样的持留是一次开花；由于我们绽放，我们持留。

而“Bleiben”也来自荷尔德林，来自那句被海德格尔评论的著名的话，它把持留和诗歌的回赠联系了起来。“那持留的，由诗人创造”（Was bleibet aber, stiften die Dichter）[4]。彼此回应，彼此呼应：诗人（die Dichter）和我们（Wir）。持留之物（Was bleibet）和我们持留（Wir bleiben）。绽放（Blühen）和创造（Stiften）。

今天，对我来说，以这首圣歌祈祷时，我听到了波德莱尔的那个问题的答案：“我能对这虔诚的灵魂说什么？”[5]这个。我们现是且将是一朵虚无的玫瑰。我们绽放成这朵花。永远；沙的玫瑰，风的玫瑰，无人的玫瑰。第四节诗——和某些尝试相反，我会怀着虔诚的希望说——并未指示任何转向，任何反复，任何仰望天空和灵魂的目光。

带着（Mit）：孤立的介词，它的爆音开启了诗节，让我们进入绽放开花的“放大细节”。诗节极力展开形象。这绽放的花朵，这鲜红的玫瑰，诗节告诉我们，其构成没有暗示任何可能的比喻，而是使用了（一些）定义，（一些）确切的定义。茎秆，花蕊，花冠。魂净（Seelenhell）、天荒（Himmelswüst）、紫词（Purpurwort）不是需要加以注释的定义；也就是无需解述、钻研、发扬、理解。“我们歌唱”鲜血的盛开，紫色言词的开花。何时何地，我们心知。“在上，哦，在上”（Über O über）。在上，意味着攀升。开花，是在空中，在高处。“哦”（O）是呼格和首语重复的运作装置，一个不是词语的声音，其意义是语言的，这言语姿势只表现出对着“你”、迎着你说话的能力；它是圣歌的标记；呼唤的声音，把嘴唇像双手一样端接起来。刺（Dorn）。哦（O）连同刺（Dorn），就是阿多诺（Adorno）的名字。所以，第四节是耶稣受辱的祭坛画或雕塑在诗中的对应物。一种描述的基督学：染血的茎秆，“在”荆冠或肉体伤疤的刺“上”；这基督，他自己，一朵上升的、带刺的玫瑰。

紫色属于犹太王，属于人子，属于无人；紫色来自喷溅的血液；紫色来自“我们”在灭绝时歌唱的歌。在刺上，一颗血星；灭亡的星辰（Stern der Vernichtung）。

《诗》（*Po&sie*），第116期，2006年

---

[1] 德吉的原文并未给出《圣歌》一诗的完整翻译。此处采用了弗朗索瓦·阿马内塞（François Amanecer）在同一期杂志上发表的文章《策兰的〈圣歌〉——或名的否认？》（*Psaume*, de Paul Celan — ou le déni du Nom?）中提供的译本，并根据德吉的解读，调整了个别表述。——译注

[2] 参见德国神秘主义诗人安杰勒斯·西莱修斯的诗句：“玫瑰无因由，花开为花开。”（Die Rose ist ohne Warum. Sie blühet, weil sie blühet.）——译注

[3] 出自里尔克的墓志铭：“玫瑰，啊，纯粹的矛盾，欲望着，在众多的眼睑下作无人的睡眠。”（Rose, oh reiner Widerspruch, Lust, Niemandes Schlaf zu sein unter soviel Lidern.）——译注

[4] 参见荷尔德林的《追忆》（Andenken）一诗，以及海德格尔在《荷尔德林诗的阐释》中的解读。——译注

[5] 出自波德莱尔的《您忌妒过的那位好心的女仆……》（La servante au grand cœur dont vous étiez jalouse...）一诗，收于《恶之花》。——译注

在边界上
（保罗·策兰）

［法］菲利普·雅各泰 文
尉光吉 译

Hohles Lebensgehöft. Im Windfang
die leer-
geblasene Lunge
blüht. Eine Handvoll
Schlafkorn
weht aus dem wahr-
gestammelten Mund
hinaus zu den Schee-
gesprächen.

空陷的生命农庄，风障上
吹
空了的肺
开花。一捧
沉睡的谷粒
从被预先结巴地
说出的嘴中吹出
朝着雪的
对话。

不管命运看上去对他如何眷顾，里尔克，自1914年起，就被流放到一片难以呼吸的风景中，处于内外的边界（荷尔德林曾写道，“疲惫于最隔离的群山”[1]［ermattend auf getrenntesten Bergen］，而他则说：“被弃于心之山上”[2]［ausgesetzt auf den Bergen des Herzens］），在那里，令他内心仍有感觉的东西不过是石堆中一个隐约可见的点，一座失落的最后的农庄，一个或许无法居住的地方。

对保罗·策兰来说，它肯定是无法居住的，却也是唯一真实的（并且，他必须一直在那里站着：“带着所有于此有一席之地的，／甚至没有语言”[3]）。《换气》中的一首诗就述说了同一个地方，只不过它被一道目光抓住，由一个因更多的苦痛而紧缩的声音说出。诗由这些词开场：“空陷的生命农庄”（Hohles Lebensgehöft）……“生命农庄”，作为农庄的生命，或作为生命的农庄，诗的第一个词说它不是空洞的（vide），而是要更糟糕：“空陷的”（creuse），随音节回响了两次的空陷之音掷地有声：“Hohles Lebensgehöft”……其入口不是什么门，而是被命名为“Windfang”，某种用来挡风、阻气的东西，勉强可将它译为“风障”（auvent），在那里，“吹空了的”肺全面地绽放开花。这是第一个动作，或空洞内部的空洞运动。然而词语就在此：“开花”。还有别的事情发生；在说话者受到冲击、折磨却仍站着的这等高地上唯一别的事情。别的事情，也是一类风的运动，空气的移动，而它又影响了什么？“一捧沉睡的谷粒”（Eine Handvoll Schlafkorn），两个简单的现实（它们各自载满记忆，载满人类的财富），又一次以不可能的、隐晦的方式混合起来："一捧谷粒"，像是一位不在场的播种者手中的麦粒；但它是沉睡的麦粒，像是从心之田里长出的麦粒（天使不再像里尔克那里一样来此收割），像是夜间在心之山上长出的麦粒；它没有掉落于地，没有在谷仓里堆积，它从一张嘴里冒出：这等高地上，不顾空洞，仍在说话的那张嘴巴；不再是今日先知的嘴巴，像"路得与米利暗与拿俄米"的时代一样有所"预言"（wahrsagend）的嘴巴；甚至不是一位像图宾根塔楼里的老年荷尔德林一样结结巴巴的先知的嘴巴；而是一张被预言、"被预先结巴地说出"（wahrgestammelt）的嘴巴，而那样的结巴（一捧沉睡、麦粒）就经过了它，它在此做不了更大的事；经过、被抛出的，与其说是肺部（因运转过多而空了）的吹气，不如说是空气的最后一次运动，最后一层褶皱……不过，这个运动，没有完全迷失，没有失去方向（在策兰所有艰涩的诗歌中，仍有这样的方向感："一根弦，从那儿 / 你箭的书写振动， / 弓箭手"[4]，"一道烟痕，在天上， / 以女人的形状"[5]，"一根思想之线 / 所遗失的红"[6]），这捧麦粒的沉睡，被吹出，"朝着雪的 / 对话"（zu den Schee- / gesprächen）（"一场天国的对话"[ein himmlisch Gespräch][7]，荷尔德林曾说），雪仍是交流的符号，既是空隙，也是敞开，这至高的符号，难以通达，它在此，在一个喘不过气的人所吹出的气息尽头闪烁；那人几乎再也看不见它、说不出它，除非他穿过雪，"像棱茨一样"（"一晚，当太阳，不只是太阳，已经落下"，美妙的《山中对话》这样指出），当

经由风暴

清扫，

畅通

之路横穿

与人等高的雪，

悔罪者的雪，朝着，

好客的，

冰川之屋和冰川之桌。[8]

我只见过保罗·策兰一次，他严肃、遥远又亲近。为了纪念他，我只能尝试这样阅读一首诗；像是为了更好地说明，他的作品，在其整体和高度上，仍多么有待攀登，且不容忍任何的含糊。

《日耳曼研究》（*Études germaniques*）

第99期，1970年

---

[1] 出自荷尔德林的《帕特默斯》（Patmos）一诗。参见荷尔德林，《追忆》，林克译，成都：四川文艺出版社，2010，120。——译注

[2] 出自里尔克的《被弃于心之山上》（Ausgesetzt auf den Bergen des Herzens）一诗。参见里尔克，《里尔克诗全集·第三卷：逸诗与遗稿》，陈宁译，北京：商务印书馆，2016，890-891。——译注

[3] 出自《站着》（Stehen）一诗，收于《换气》。——译注

[4] 出自《在冰雹中》（Beim Hagelkorn）一诗，收于《换气》。——译注

[5] 出自《在白色的经匣上》（Am weißen Gebetsriemen）一诗，收于《换气》。——译注

[6] 出自《利希滕贝格的十二个》（Lichtenbergs zwölf）一诗，收于《换气》。——译注

[7] 出自荷尔德林的《伽倪墨得斯》（Ganymed）一诗。——译注

[8] 出自《蚀自》（Weggebeizt vom）一诗，收于《换气》。——译注

错　帆

[加] 安妮·卡森 文
丁　苗 译

布列塔尼题材

荆豆光，黄色，山坡
对天堂化脓，荆棘
向伤口求爱，里面有
铃响，这是傍晚，虚无
将它的海翻滚向虔诚，
血帆正朝你驶来。

干涸的、搁浅的
是你身后的床，陷在灯芯草丛的
是它的时刻，上面，
伴有星星，乳白色
潮汐通道在泥浆里喋喋不休，石头日期，
下面，灌木丛生，裂为蓝色，一种多年生的
短暂性，美丽，
迎候着你的记忆。

（你认得我吗，

手？我走
你展示的那条岔路，我的嘴
吐出它的碎石，我走，我的时间，
流浪的守卫，投下它的影子——你认得我吗？）

手，向伤口
求爱的荆棘，有铃响，
手，虚无，它的海，
手，在荆豆光里，
血帆
正朝你驶来。

你
你教
你教你的手
你教你的手你教
你教你的手
　　　　睡觉

保罗·策兰有首诗，写的是将某些诗意的货物集中到一间被他称为“你”的商店里。这些货物中，有宫廷爱情诗、基督教神秘主义、马拉美和荷尔德林的抒情传统，更不用说策兰本人的。策兰选择用特里斯坦（Tristan）与伊索尔德（Isolt）的爱情传奇中一个辉煌而激烈的时刻的聚焦装置来思考这些传统：错帆（false sail）的时刻。

什么是"荆豆光"（Ginsterlicht）？黄色的金雀花。对别的诗人来说，它们可能是美丽的，但对策兰来说，它们像是在化脓。这里的措辞让人想起荷尔德林的诗《半生》（Hälfte des Lebens）的第一节：可比较"Ginsterlicht, gelb, die Hänge"（荆豆光，黄色，山坡）和"Mit gelben Birnen hänget"（挂着黄色的梨）的声音。但荷尔德林的黄梨沉浸在美丽之中，而策兰的荆豆却在流脓。此对比表明了一种情绪。这种情绪在策兰的荆棘和伤口的意象中静静地持续着，因为基督教和宫廷的爱情惯例结合起来，趋向"虔诚"（Andacht）。但驶向虔诚的是"虚无"（das Nichts），情绪突然转向否定神学。正如策兰的任何一位读者所知晓的，他在这种情绪中感到自在。然而，在这里，这可能是为了唤起另一位"虚无的诗人"，即马拉美，他的诗句充满了海洋和航行。还记得《骰子一掷》（Un coup de dés）的第十个跨页，它以高居左手边页面的词"RIEN"（无）开始，其余的词则被如此排版：它们在页面上一波一波地翻滚，结束于右下方的"所有现实都消解于其中的波浪"。最后，策兰的海也是爱情传奇的海，乘一艘升挂"血帆"（Blutsgel）的船，这海把伊索尔德带至特里斯坦身边。

所有这些流畅的传统在第二节都搁浅了，第二节是干涸的，滞留在陆地上，困陷在灯芯草丛中、灌木丛间、喋喋不休的泥浆里，它引生了第三节：五个诗行被搁置在一个括号里。诗人的思想停在了它自己身上。他的道路分岔，他的言辞是碎石。策兰精心制作了这中间不动的诗句，以强调其余部分的运动。海洋和现象在第四节中再次流动，并毫不停顿地翻滚出页末。这首诗作为一个整体，重述了第一节的内容，具有血帆的节奏，在波浪中向前航行，从荆豆光到荆豆光再到你。

策兰的“你”是很难确定的，因为他的血帆是种难解的颜色。如果他的意思是指特里斯坦的传说，那么船帆应该是白色或黑色的。特里斯坦与从海上把伊索尔德带来他身边的舵手约定了这个信号：白帆代表伊索尔德诸事顺遂，黑帆代表她遭遇了灾祸。当特里斯坦嫉妒的妻子向他报告说船帆“比桑葚还黑”时，他把脸转向墙壁，死了。（是妻子说谎，还是船升挂错了帆？在整个旧的法语通用版本中——从策兰的诗题来看，我猜测，这便是他想到的那个版本——这一点仍然没有得到解决。）旧的法语版本提到了血，但只是梦血（dreamblood）。当特里斯坦奄奄一息地躺着时，人在海上的伊索尔德回想起一个梦：她腿上摆着一个野猪头，野猪血染了她全身，使她的袍子变得通红。

当然，血可能单单意味着惨死。杀人的船帆。但让我们从历史角度来考虑下这个问题。我们最古老的关于错帆这一比喻的例子来自古希腊诗人西蒙尼德斯（Simonides，公元前556—公元前467年）。西蒙尼德斯提到了帆，并称其为红色：phoinikeon。事实上，他提到它就是为了称其为红色，这是对现有传统的蔑视。因为在西蒙尼德斯的时代，错帆已经是一个古老的故事，它是忒修斯神话的一部分，存在多个版本。西蒙尼德斯毫不介意在这个话题上多浪费几个词。他创作的那首诗已不存世，但我们确实还能找到两则片段的引用。从普鲁塔克（Plutarch）那里，我们得到了关于船帆的消息：

> 然后，为提振他父亲的精神，忒修斯夸口说他会打败弥诺陶洛斯。于是他父亲给了舵手第二面帆，这次是白色的，并告诉他，如果他带着忒修斯安全返回，就扬起白帆，否则就扬起黑帆，那样便意味着灾祸。但西蒙尼德斯说，埃勾斯给的帆"不是白色的，而是一面用盛开的橡树的鲜花染成的红帆"，这将是他们得救的标志。

从一位学者那里，我们找到了忒修斯在返回之日派往他父亲那里的信使的话。因为根据传说，忒修斯在驶入港口时才意识到自己忘了扬起白帆。一个信使被派去把真实的故事带给他父亲，但埃勾斯已经读取了那面死帆（deathsail），并接受了它所意味的结果。他身投大海自尽。信使开口，对着忒修斯父亲的尸体说："如果我早点来，我会给你带来比生还大的利益。"

西蒙尼德斯的信使尽可能从经济角度陈说他的情况。他使用的动词（onasa，来自oninemi，"获利"）来自商业收益领域。更重要的是，他的陈述采取了与事实相反的条件形式。为什么错帆的经济必须违背事实？因为它是一个由已经存在的否定形式的事件所制约的不可能的想法。两种现实对应着同一个价格。事实上，没有任何利益易手——但关于此的这个想法以违背事实的方式被添加到了账户当中，大大增加了悲怆和学习（learning）。埃勾斯的救赎在信使简洁的评论中既被引证又被取消。你可以有你的帆，也可以改换它，如果话是真的。

白色的、黑色的、红色的、讲述的、欺骗的、被骗的、遗忘的、致命的：总而言之，错帆之错是一个丰富的命题。很难说清楚这样的命题如何延伸自己以形成《布列塔尼题材》（Matière de Bretagne）这样一首诗的内部。策兰将布列塔尼当地宫廷传统和古代航海这样的东西跟布列塔尼当地碎石、时刻、床和人称代词这样的东西结合起来，它们像手一样相互叠合。他转录了一个由荆豆光照亮的富有抒情美感的圈，其中心则是虚无。**虚无**（Das Nichts）出现了两次，但这个词并没有阻停这首诗，也没有破坏光线。它只是诗人的题材的一部分。西蒙尼德斯也是如此，他以否定的方式构造了关于错帆的真理。“不是白色的，”他坚持说，然后继续谈论当地染色的材质，“而是一面用盛开的橡树的鲜花染成的红帆。”他的红帆之红让事实深深地染上了反事实的固色剂。比红色更红的，比梦中野猪的血更红的，是搁留在白色虚无之上的phoinikeon。

否定将西蒙尼德斯和策兰的心思联系了起来。不、不是、绝不、无处、无人、无物等词语在他们的诗中占据主导地位，并为阅读创造了深不可测的场所。不是白色的，而是红色的。这不正是亚里士多德所说的，“一旦你把一个错误视为真理，它便会使这个单一的真理丰富起来”？西蒙尼德斯和策兰都是把它视为真理的诗人，并要求我们——处在荆豆光之中的我们——把它视为真理。

这就是为什么策兰这整首诗把我们集中到一个运动中——朝向你——航行到最后。但在我们抵达你的时候，你只是把自己折叠进一个我们无法去到的地方：睡觉。空白的空间代替了词语，填满了你周遭的诗句，仿佛在暗示你逐渐衰退下来，远离我们的掌握。如果你没有消失，你的手能教我们什么？［教我们］站立在这与白色的交界处，它耗尽了我们倾听的力量，使我们意识到你身上的一个危机。我们向着你的危机行旅，我们到达，然而我们无法解析它——可怕的事情是，终究（从最为经济的角度来看！）我们才是你等待的错帆。

《三便士评论》，第75期，1998年

阅读笔记

[法]让·波拉克 文
尉光吉 译

X 2185

别在世界的间隔中
自个书写，

要强大得足以反抗
意义的繁多，

要相信泪痕
并学会活着。

策兰《遗诗》（*Poèmes posthumes*）中的这段摘录足以形象地说明身陷忧郁和痛苦的钢琴家格伦·古尔德（Glenn Gould）所展示的个人阐释的令人印象深刻的孤独。泪水所见证的苦难创造了联系。

这是一份自我训诫，堪称一次信仰的立誓。一种普遍的欲念诱惑着诗人。意义清晰。诗首先说的是意义本身，而不是苦难，即便苦难指示了路途。多义性是敌人。伴随着它，什么都没有了，没有了方向，没有了生命。生命依赖于一个人赋予所写之物的意义，而意义追随着已经发生的事件的进程，记忆保留着它。“世界”不是宇宙，不是天地，而是，与诗的意指相关，一个指涉系统，它遍布于每一行诗句。指涉各自的“世界”，其所选的世界。对诗的指涉被归结为“泪”，它为忧郁指明了道路。

2007年10月8日

X 2287

替我们算时辰的人

替我们算时辰的人，
他继续算。
说吧，他在算什么？
他算啊算。

天没变得更冷，
没变得暗，
没变得潮。

只有那曾帮我们倾听的
此刻倾听着
只为它自己。

倾听占据首位。第三节诗尤为清楚。“我”与“你”结合成清晰的倾听，两者共同进行的这件事要求一种合作（“我们”）。不然，“时辰”，读者知道，就收纳了诗歌；后者取决于诗歌语言的一个意象。有某个像主人一样的存在，他能在此刻转向这位诗人：他是另一位诗人，就像这被接收的语言。该角色如同匿名一般，尽管他手握权力。他交付他的材料，不加数点，而数目在增多：理论上，清算是无止尽的，无限开放的，每一项内容，在数目的掌控下，不断地具备一首诗歌所需的重构的性质，全都如此昏暗，如此潮湿（“主人们”）。这是言词创造的本质的、必不可少的一个方面，但仅此也还不够。还得纳入另一个要求，也就是控制。最遵循规则并且精准的诗歌要求得到深度的探测；两者一起；他们还没多到能在所说和所写中检验其听到的东西。这是一种名副其实的双重化。生产依赖于一种已有所选择的感知；它第二次收拢并孤立为倾听（那是同一个词“倾听”[lauschen]——它回应着“窸窣作响”[rauschen]吗？）。

2008年2月13日

X 2334

奥兰治街1号

锡在我手中生长起来，

我不知如何
将其摆脱：
我无意于铸模，
它无意于读我——

如果现在
有人找到了奥西茨基
最后饮水的杯子，
我会请锡
向之学习，

而朝圣者的
棍棒大军
会默默且持久地穿透时辰。

我们得知，这首诗写的是坐落于法兰克福某街区的一条大街的1号场所。1967年，那里有间小客栈，名为“罗马壶”（今已不在；这和《里昂，弓箭手》［Lyon, Les Archers］中的情形一样）。锡制的杯子会变形。它呈现出一种形式。我们从中寻找一种形式。

诗中没有“你”的部分。只有“我”被唤起。饮水的行为带来的灵感没给出什么，不管是从饮水的“我”的角度，还是从杯子的角度。从这个既不对之惧怕也不为之绝望的人物身上，它能有心“读”出什么？邂逅遭遇了一次挫败，一次缺席。所以，它能从受害者奥西茨基（Ossietzky）这个人物身上收获另一形象。那位和平主义者在1935年获得诺贝尔奖，却被希特勒阻止领奖，随后还遭到了盖世太保的逮捕。他的影子和他的无力进入了一个荷兰化的地点；奥兰治王朝的座右铭注定了：“我会保持。”这是锡生长于其上的“手”，它的命运。再一次，诗人的角色陷入了质疑。诗在其思想中被写下，而不安酝酿了这一思想。

历史上的所有朝圣都以这另一个圣地亚哥-德孔波斯特拉为终点，一个极度虚弱的点。抵抗被组织到底，它把挫败作为其无法逾越的尽头，以依靠于它。

2008年3月16日

《日复一日》（*Au jour le jour*），2013年

流亡的话语

[瑞士]皮埃尔–阿兰·塔谢 文
尉光吉 译

一个词到来，到来，
穿过黑夜到来，
想要发光，想要发光。[1]

关于保罗·策兰，我不知道任何与诗有关的东西。我读过《密接和应》；那是一本不可能被再度完全合上的书。[2]挥之不去又令人不安的诱惑。它发起拷问。有时，它令我虚弱，绝望于无路可出；有时，它又用“一个反抗不公的／话语／如同夏日”[3]来增强我。

我想在心中消除我遭遇的一部分晦暗，追溯其踪迹。但此刻，我的话音沉没于距离。在此，发生之事先行于我们。而策兰就位于前哨。我们不必向他表示敬意或感激。只需揣测，承担他的那部分风险，敞开心扉——尽管这样一部作品，如同德语诗歌传统的所有伟大的作品，似乎自然地迫使我们将其迎接。

*

第一个印象：极度的剥夺。如遭受的一记创伤。我把自己代入那个努力说话者的情境。我接受面前空空如也。我就像一棵等待风的树。

“不被辨认 / 只 / 为你。 / 带着所有安身于此的 / 甚至没有 / 语言。”[4]根据这样的指示，作品的计划看似不可能；它不过是悖论：在孤独和沉默的滋养下，策兰的步伐是对友爱话语的纯粹接近（在这里我们如何能谈论歌唱？）；表面上，看似的赌注，成了常态。诗人谈论一场向着高处的行进，一次真正不可通行的回返[5]。他必须在广度上胜出，并且他是征服者的反面。他把那张由犹豫不定的书写装满阴影的网，投入未来的北方[6]。

所以，一个守夜人。策兰不得不专注于他眼前出现的事物。痛苦的瞳孔深处[7]捕获了一些影像，它们能把某种真实性赋予真实，并动用充满尖叫的古老之梦。问题并不是遗忘时间的教训（这可能吗？），但我们无法对记忆放任自流。历史甚至改变了词语的意义；谈论已被分离的事物；何况：无人为证人作证[8]。

一切都指示着僵局。那会不可避免，如果诗人对存在可歌的残余[9]没有信心（我确定自己在此至少握住了作品的钥匙！）。从这一体会出发，我发觉，一种被拆散了的谜样形式在诞生并悸动——但策兰自己引用了荷尔德林的话：谜，纯粹的涌现[10]——它采取晦暗的立场，以激起我们内心的明朗。这份晦暗对我们说话；它不归于诗歌吗，着眼于一场相遇的诗歌？

*

也许，在这样的状况下，还有可能依仗一种分担？我们很清楚，齐心——如果有的话——是黑夜的反面，那个黑夜需要我们蜡烛挨着蜡烛，反光挨着反光，火花挨着火花[11]将之照亮，但有时，它显得如此浓密，以至于打消了我们尝试的念头。我欣赏策兰的英勇顽固；我被这样一种坚毅之所能打动。

有时，所需的光强烈地振动，像在一棵白杨的叶子上。有时，所试的话语爆发出不可分割的强大意义——持续的漩涡中泛起的泡沫，浮至表面的深水——某种确信（在我们身上）照亮了纸页和诗歌。还有时，难以言表之物本身接近于被说，无名之物接近于命名；至少，变得“炽热／在口中清晰”[12]。于是，我们抵达了极限。

*

诗只指示入口，空缺，自由的疆域——我们远远地——在外[13]。它是同世界的狂热对话，它趋于这样的对话，哪怕“一切更少于／其是／一切更多”[14]。这不是要确定相遇的位置。

我理解了，对诗的希望而言，重要的是谈论这样的动机，它关乎他者——谁知道呢，全然的他者。我想我明白了，这样的动机只需被模糊地预感、猜测，以变得通约——这是我从露易丝·埃兰（Louise Herlin）那儿借用的漂亮表述。这样一份恩典不可夺得；它被赠予。

当然，有必要设法更好地融入作品的时间并得出主题及其连续的模仿。不过，我感觉，一直处在《密接和应》的真理中——即便这是一个令人目眩地求同的时代——就足以肯定：指派给策兰的那部分风险是同*流亡*的话语一起生活（活在其中？）。

*

在赋格的最后谱表里，主题与响应相互承接、彼此追赶，其愈发接近的起奏，如同喘息，构成了一场游戏。在此情形下，抵抗并妥协的，既是诗歌，也是死亡。策兰克服不了这双重的暗礁。与此同时，我觉得，作品并未完成，我们仍能感觉到“痛苦底下 / 大提琴的闯入”，如同悬着一般。

解救。[15]这最终之词让一首（十分）美妙的诗更显模糊。我无法相信这安息的真理。即便我仍与*石头同等盲目*[16]，虚弱，不擅于把握奇妙的对位法则与布局，但缄默的声音还会跟我说话，纠缠着我，让我最终变成这样一个人：在夜的黑暗里，他目睹了食肉猛禽过早收拢的沾满灰尘的翅膀。

《美文杂志》，1972年，第2-3期

---

1 出自《密接和应》（Engführung）一诗，收于《话语栅栏》。——译注

2 参见让-皮埃尔·比尔加（Jean-Pierre Burgart）、让·戴夫、安德烈·杜·布歇和约翰·雅克松共同翻译的策兰诗集《密接和应》（*Strette*），Paris: Mercure de France, 1971。——译注

[3] 出自《夜间撅起》(Nächtlich geschürzt)一诗，收于《从门槛到门槛》。——译注

[4] 出自《站着》(Stehen)一诗，收于《换气》。——译注

[5] 出自《阿纳巴斯》(Anabasis)一诗，收于《无人的玫瑰》。——译注

[6] 出自《在河流里》(In der Flüssen)一诗，收于《换气》。——译注

[7, 12] 出自《一只眼，睁开》(Ein Auge, offen)一诗，收于《话语栅栏》。——译注

[8] 出自《灰烬荣耀》(Aschenglorie)一诗，收于《换气》。——译注

[9] 出自《可歌的残余》(Singbarer Rest)一诗，收于《换气》。——译注

[10] 出自《图宾根，一月》(Tübingen, Jänner)一诗，收于《无人的玫瑰》。——译注

[11] 出自《静物》(Stilleben)一诗，收于《从门槛到门槛》。——译注

[13] 出自演讲《子午线》(Der Meridian)。——译注

[14] 出自《大提琴进入》(Cello-Einsatz)一诗，收于《换气》。——译注

[15] 出自《曾经》(Einmal)一诗，收于《换气》。——译注

[16] 出自《花》(Blume)一诗，收于《话语栅栏》。——译注

“所有诗人都是犹太人”：茨维塔耶娃，策兰

[法] 埃莱娜·西苏 文
马豆豆 译

书写的荒漠

荒漠总显示出含糊性。这是我们安置策兰的诗歌《带着来自塔露萨的书》（Und mit dem Buch aus Tarussa）的地方，它写在茨维塔耶娃和曼德尔施塔姆之后，却遵循了同样的传统。德语“aus”（来自）表示着一个起源、一次启程。这一文本与“vom”“von”产生了共鸣，那也是一种“来自”，与“aus”相似，但更接近一个源头的在场。这一文本吟唱一座特别的荒漠，吟唱塔露萨，一个在茨维塔耶娃的写作中也拥有名字的地方。策兰谈论了奥卡河边的一座城市，茨维塔耶娃和帕斯捷尔纳克曾在那里度过他们的夏天。他的诗由这失去的童年激发而来。

我将策兰的诗置于所有荒漠的书写中。我们把这首诗听成一片书写的荒漠，但我们也听见它以荒漠为主题。同时，它是一种灾异的书写，一种言说并穿过灾异的书写，以至于灾异和荒漠成了作者或源泉。荒漠能是源泉吗？兰波告诉我们，荒漠，如何悖谬地，能是源泉。有些荒漠的确产出了花朵、水或牛奶。荒漠可以是一次原初的或想象的经历，某种从无意识中涌出的东西。荒漠指向一种创生的原初缺失，指

向一段家族的历史。灾异则不一样。历史上，它可被铭写在时间的另一端。它意味着星辰的陨落，天空的崩塌。曼德尔施塔姆曾在某处说过，大地配得上十个天空[1]。这意味着做一个夜晚的见证者，也就是，变性的大地的见证者。艾蒂·海勒申、保罗·策兰、安娜·阿赫玛托娃和玛琳娜·茨维塔耶娃的书写都关乎荒漠和灾异。帕斯捷尔纳克的书写则关乎灾异。他没有一片原初的荒漠。荒漠令一个人哭泣，但灾异让语言枯竭。魔鬼会把我们引入诱惑，但上帝阻止我们对灾异场景中的人作出审判。我们永远无从得知，灾异的时刻我们将身居何处。

艾蒂·海勒申为何留下来？这是一个别的时代听不见的问题。1945年之后，当人们开始了解犹太人遭遇了什么时，每个人都开始问这个问题：他们为何留下来？很长一段时间里，我都没有领会这个问题。对我而言，一切都可以被简单地解释。我不理解这个问题，也不理解由此写出的伟大杰作，例如汉娜·阿伦特的作品，她顺利地抵达了美国，写下了非常出色的社会学文本，对犹太人的被动性提出质问。如今，我能够接受这个问题了，因为它教会我一些不可理解的事情，教会我不可理解的事情如何——像盐、沙子、糖一样——普遍存在。人们的确不理解彼此。我们每个人身上不可理解的部分构成了生命的整个基底。或许通过阅读这些文本，我们可以尽力沉思那些不可理解的事情。我不是说我们会理解不可理解的事情，而是说我们必须接受它。也许我们必须到这一切背后去寻找人是什么。艾蒂·海勒申为何留下来？这意味着什么？为什么帕斯捷尔纳克，这位伟大的诗人，因为留下而失去了他的伟大？我们为何选择某些路径？我们不是该忘记我们的目盲，并盲目地沿着我们的道路前行吗？当我们前行时，我们为自己讲述一个传说，但我们盲目地前行。一些人确实看见了。而“看”给我们带来了什么？对茨维塔耶娃来说，它带来了她所看的东西。在此之前，她在荒漠中游荡，荒漠本身已是一种可怕的折磨。但“看”甚至将荒漠从她身边夺走。当她处在世界的尽头时，当她不再拥有哪怕一块立足之地或一个可以交谈之人时，她开始去看。

我们还可以想想萨哈罗夫（Sakharov）夫妇。在我看来，他们提出了同样终极且必要的问题。他们值得敬佩，因为他们自身必定拥有那珍宝中的珍宝，那永不熄灭的信仰火花。他们必定对持久的孤独怀有信念，以一丝微弱的声音对抗八百万双聋耳。他们决定留在听力丧失之地。他们的信仰是：某天，某地，那里会出现倾听的耳朵。这之于明天并非必要，但或许在两百年后必不可少。

荒漠中，什么孕育了源泉？对诗人萨哈罗夫而言，那会是上帝或一个换喻词。可能是童年。有些人拥有童年，但许多人不曾拥有。他们的童年如吹散的枯叶，无所余留。那些保留着童年的人已在身后拥有一个世界。有时，会有另一个童年，有些东西，例如暮年，会带着无边的记忆，取而代之。这是一份遗产，来自犹太人那样的游荡者，或来自那些身后拥有历史之书和漫长故事，因此能够穿越时间的人。那些身经五千年历史的人告诉自己，也许，再过五千年，会是别的样子。所以，在茨维塔耶娃的一篇文本中读到这些话不足为奇，它们被献给了曼德尔施塔姆：“所有诗人都是犹太人。”然后，还有那些在摇篮里就被赠予诗歌的人，他们明白，哪怕一无所剩，也仍有语言的世界。我敢说，这些人，从荒漠到灾异，诗意地回应了虚无。他们在斗争的那一时刻，在遭遇历史灾异的那一时刻，对语言进行加工，改造它、钻研它、修剪它、移植它。他们是能指的大师。语言是他们的宇宙。通过语言，他们建造了一座小屋，那是一座神殿。他们培植森林和花园，构筑山脉。他们需要并改造语言。我们毫不惊奇地发现，关于能指的作品就在那些用语言做桩、搭建其帐篷的人当中形成：兰波，李斯佩克朵，茨维塔耶娃，策兰，以及其他人。

诗歌与犹太人问题

像犹太人一样，诗人没有财产，却因一个标记而被辨识。犹太人的标记是一个切口，一个在仪式中被赋予其身体的切口——那是割礼的仪式。这个切口辨别、分离并设置了象征性的排斥。被驱逐出城的诗人体验到的正是这个切口。对犹太人而言，标记变得实在且清晰。我们需要对割礼进行去字面化和再象征化。我把它的圆圈与策兰这样的诗人所说的“子午线”联系在一起。我愿将子午线解读为一个奇异的圆环，它描摹了宇宙向两端的离析。在犹太人看来，这个圆环把世界分割成结盟与非结盟的两半。究其起源，割礼是犹太人在亚伯拉罕献祭之后很久才实行的一种埃及实践，尽管亚伯拉罕的献祭被认为是割礼的起源。

我们的词汇不同于希伯来语。在希伯来语中，割礼打开了一个祝祷、圣化的语义学领域——远比简单的切口要丰富。

然而，切口、分离标记了保罗·策兰的诗歌那样的文本，在此就我们的目的而言，还有玛琳娜·茨维塔耶娃的诗歌，她甚至感到她是个“犹太人”。这涉及她文本中的一种陌生感，一种主动或被动地、自愿或不情愿地标记了她的元素。事实就是，诗人没有所属，也没什么好失去的。诗歌的处境恰好由这疏离的处境所标记。这可能是个限制，但事实上，它起了相反的作用。就像在策兰的作品中，它经常被铭写为一个开头。我敞开并流向你。他者犹太人也是同一者，却显得尤为他者，甚至比犹太人还要他者。我们在克拉丽丝·李斯佩克朵（Clarice Lispector）身上遇到同样的情况：那里有一道伤口向他者敞开，但这是良性的伤口。所有那些像诗人一样栖息于语言的人——这是对荷尔德林的引用——都是犹太人，反之亦然。这么说已是一个比喻。只有一个诗人能说出它。而为了表明“犹太人”一词向他者的敞开和流动，我会补充道，任何人都可以是一个犹太人：任何人，只要他对切口敏感，对通过标记界线而产生他性的东西敏感。切口或界线也在语言中。最终，呼吸的气流、连续的缎带，被切割词语和音节的双唇的运动所打断。克拉丽丝·李斯佩克朵在《G. H.的激情》（*A paixão segundo G. H.*）里说，我们不应再谈论创造这样的单元，这样的肉体片段。[2]那意味着，她知道肉体不是由大块的意义组成，而是由洪亮的单元和星辰的碎片组成的。

茨维塔耶娃沉迷于不被爱的痛苦。策兰为不被爱的“犹太”他者谈论痛苦。不被爱的主题在茨维塔耶娃的作品中反复出现，例如《山之诗》和《终结之诗》。《山之诗》是一首关于不分离的诗，它书写了一种子午线：

你像充盈完整的圆：
完整的旋风，充盈的呆滞。
我不记得独立于
爱情的你。平等的标志。[3]

这样一种召集的努力也在策兰的文本中出现，那里，在一道裂隙、一次暴力的分离和一段离程之后，一场重聚在地面附近发生。

《山之诗》写了一座城市里的山，也就是布拉格山，它与《终结之诗》相互联系。山与终结之间的关系是什么？从茨维塔耶娃的书信中，我们得知她多么着迷于群山。她热爱山——然而厌恶海——并认为山具有一整个心理特征系统。她在“山”和“痛苦”之间使用了某种双关手法。全部的存在都献身于山。她是普罗米修斯。她告知我们，她居于一座山的巅峰，也身处另一座山的脚底。冥后珀耳塞福涅身居地表之下。而茨维塔耶娃同时处于地上和地下。《山之诗》影射了藏身于山的泰坦族的全部神话。被众神打败、被群山埋葬的泰坦，夺取了地下的控制权——这导致了地震的发生。弗洛伊德在他的隐喻中不断地让我们想到这点，他说驱力就像搅动和震荡整个地球的泰坦。这本可以是一个简单的隐喻，但它更进一步，宣称我们是人类巨人，是众神和超我试图削弱、压制和扼杀的对象。

那山是多个世界!

诸神在向同貌人报复! [4]

茨维塔耶娃提及了泰坦假装模仿众神的故事。关于茨维塔耶娃的风格，里尔克认为，她的我像一对骰子那样被投掷。我们甚至可以说，她从她的山巅处纵身跃向作为机运的他者。这描述了她与他者的关系，特别是与一个男人的关系，就像这两首诗描写的。她的书写所生产的文本从句法中被释放、解脱出来，由击打纸页的零星词汇构成。

感叹号像一支射出的箭一样击打着。只有极少数诗人敢于使用看起来像“站立的破折号”的感叹号来击打和鞭策自己的文本。翻译通常无法处理茨维塔耶娃的标点符号（李斯佩克朵的也一样），更无法调整它。感叹号是一个垂直的破折号，它是破折号的感叹，或惊叹的破折号，像一座纪念碑、一根指针一样拔地而起。这一点非常重要。茨维塔耶娃的俄语文本被水平和垂直地写下，而她也同时描述这个运动，这个像摩斯密码、像密码的呼求一样运转的运动。她让乐曲的音符在诗歌文本中流淌而过。

因此，阅读翻译版本的诗歌会是一场灾难。一个词不可能在毫无损失的情况下被替换。每一个具备诗歌价值的文本都是如此，比如克拉丽丝·李斯佩克朵的文本。诗歌的一个功能是把责任赋予读者。如同策兰的主题告诉我们的，诗歌向他者诉说，并走向他者。最终，它变成了一种对他者的呼唤。它是他者的希望：我们当中的他者，陷于绝望的他者。如果我们不知道诗歌在什么样的语言中前行，那么会发生什么？我们必须走向与它的相遇。这是诗意的过程，其前行通过一种伦理模式变成了一种政治活动。如果我们拥有一种世界之纤弱的感觉，那么这就是我们要做的。我们拥有好几种语言，但有些消失了。我们必须让我们的耳朵紧贴地面，仔细倾听，以使诗歌前行。

茨维塔耶娃自己把《山之诗》和《终结之诗》联系起来，如同一座山的两面，但所用的隐喻更为特别。在《山之诗》中，至少在她自己就像座山一样直立之前，她攀登了一座山。而在《终结之诗》中，她说自己正躺在山底。这首诗描述了一次分离的故事，确切地说，一次断绝的故事，一段爱的终结，那爱就沿着一条从城市通往郊区的小径前进。这座城市——动人的城市——就是布拉格，它一直以来都是茨维塔耶娃激情的一个核心。穿过这座城市的运动，在诗中得以卓越地呈现，而一种激情、一种撕裂的力量，一种狂怒、一种毁灭的力量，则被铭写于城市的郊区和附近的山群：

> 雨在疯狂撕扯。
> 我们站着分离。
> 三个月里，
> 首次成为两人！
>
> 上帝也试图
> 向约伯借贷？
> 此事没能办成：
> 我们置身郊外！

郊外！明白吗？外！
外在！已经越界！
生活就是无法生活的地方：
犹太人的街［……］

更值得一百次地成为
永世流浪的犹太人？
生活，就是犹太大屠杀，
不承认的只有恶棍。

只有皈依者才能存活！
各种信仰的犹大！
送往麻风病人的岛屿！
送往地狱！随便哪儿！

但别送往生活，那儿只容忍
皈依者，只把羔羊
送给刽子手！我在践踏
我的生活权利证书！

踩进泥土！为大卫盾
复仇！踩进躯体的泥泞！
犹太人不愿活下去，
这会让人陶醉？！

神选者的街区！堤坝和壕沟。
别指望怜悯！
在这最基督的世界，
诗人，就是犹太人！[5]

茨维塔耶娃的混乱，她的断裂，富有规律。破坏与断离是另一种节奏，它们无所不在。茨维塔耶娃似乎从她的混乱中汲取了一种和谐。这首诗讲述一种闻所未闻的暴力，再一次，难以在译文中得到充分表达。她在诗人与犹太人——她实际上使用了“Yid”这个术语——之间建立的联系，将成为策兰的诗歌《带着来自塔露萨的书》的题词，尽管策兰的韵律与茨维塔耶娃的截然不同。

对茨维塔耶娃而言，所有迹象都表明，每一位诗人都具有犹太人的某种特征，或者，每一位诗人都是犹太人。这一点无关宗教，而与“成为犹太人”的诗性意义有关。她指出，作为游荡的犹太人，我们生活得更好，我们属于我们不能归属的地方：“生活就是无法生活的地方。”她反复呼喊着：“外！郊外！”也许“郊外”的对应物就是山。也许最郊外的地方就是山。

茨维塔耶娃的诗歌里有好几处关于山的记录，正如后来策兰诗中出现的那些。山是城市的对立面。它不宜居住，并迫使人游荡。人不能在山里生存，正如尼采的《查拉图斯特拉如是说》所述，山还是一个壮丽的孤立之地。它是一个顶点，从那里，人望见了无限，望向地平线和彼岸。

保罗·策兰追随茨维塔耶娃的书写，并获取她的提示。在《山中对话》，一部表演式的对话中，他超越了《终结之诗》。他甚至强调山的地质特征，强调山从最初水域到最后水域的构造。对他而言，山折叠又展开，以至于人能看到山的最深处，看到地球的正中心。而犹太人会从策兰的诗里看到什么？他们会看到：他们既不属于这片大地，不属于山，也不属于城市。

就这样，诗人能够再次发现他们的身份。

巴黎第八大学女性研究中心，1985—1986年

---

[1] 参见曼德尔施塔姆的《自由的黄昏》一诗："为这大地我们付出了十个天穹。"引自《我的世纪，我的野兽：曼德尔施塔姆诗选》，王家新译，广州：花城出版社，2016，65。——译注

[2] 参见李斯佩克朵，《归属》（Pertenecer），收于《发现世界》（*A Descoberto do mundo*），Rio de Janiero: Nova Frontera, 1984, 151-53。——原注

[3-5] 参见茨维塔耶娃，《茨维塔耶娃诗选》，刘文飞译，北京：人民文学出版社，2020，382；377；416-418。——译注

关于重读保罗·策兰的一首诗

[德]埃里希·弗里德 诗
梁静怡 译

人之彼岸仍有歌
要唱起[1]

读
自你的死亡开始
妊娠的诗行
再次联结
在你明晰的结里
饮苦涩的意象
碰撞
你那首他们赞颂过的诗中
可怕的错误
痛复如前
它广为流传
诱人
进入虚无

歌
无疑

也在我们的
死亡之彼岸
未来之歌
在非时间之彼岸，而在非时间里
我们全都缠结在
一次歌唱之中
在我们所能想到的远方
之彼岸

但没有哪首歌
在人之彼岸

《开口的自由》（*Die Freiheit den Mund aufzumachen*）
1972年

---

[1] 出自《线太阳群》（Fadensonnen）一诗，收于《换气》。——译注

DU SEI WIE DU, IMMER.

Stant vp Jherosalem inde
erheyff dich,

Auch wer das Band zerschnitt zu dir hin,

inde wirt
erlüchtet,

knüpfte es neu, in der Gehügnis,

Schlammbrocken schluckt ich, im Turm,
Sprache, Finster-Lisene,

קומי
אורי

保罗·策兰，《愿你如你》手稿，1969 年

保罗·策兰之所惧

[法]伊夫·博纳富瓦 文
杜 卿 译

一

保罗·策兰一生最苦痛的时刻之一，是克莱尔·戈尔用世人皆知的方式，对他诬蔑中伤之时。虽然一切都如此突然、难以预料，但他最严峻的考验，并非在这场滋扰开始的1953年8月，而是在诽谤者可耻地再度提起控诉的1960年。

为何保罗更受第二次，而非第一次攻讦的影响？是否因为自那时起他的名望更为兴盛，使控诉变成了大众讨论的焦点？没错，正是这场公开的传播加深了他的哀愁。但这并非出于民众自以为的某些缘故，它们对诗人的影响最不足道。

首先，我们注意到，这新一波的诽谤，本不该被保罗·策兰当作伤痛的来源而承受，它反而证明了其在德语国家所享有的敬慕与信任。不仅那些最杰出的人物纷纷出动，表明针对策兰的控诉是如此空洞，本质上甚至是蓄意的谎言；不仅某些受骗，或许是故意受骗的评论家不得不公开撤回前言，德国语言与文学学院更迅速为受诽谤的作家辩护，并决意授予其毕希纳奖。这是在当代德国所能设想的至高荣誉之一。控诉者们在嘲骂声中四散。戈尔只证明了她自身的极度下作。

此番考验之后，保罗·策兰本应安下心来，忘记一切，这不过是个让真相水落石出的机会罢了。

但我们知道，他从未忘记。时光流逝，他的哀愁和不安甚至有增无减。1961年，虽自知没有必要，但他仍忙着准备反击，还考虑离开巴黎，到了秋天，他又想去咨询心理医生；然后，1962年，苦恼愈演愈烈，直至他写信给那些他尊敬的人物，期待用“一两个小时”——他对玛尔泰·罗贝尔[1]如是说——谈谈萦绕他心头的事情。虽然这些信件并未发出，但如今我们知道了它们的存在。除去玛尔泰·罗贝尔，收信人亦有让–保罗·萨特，保罗希望在《现代》（*Les Temps modernes*）杂志上谈论这一事件——他说，这是一起新的德雷福斯事件；以及勒内·夏尔，保罗尤其希望和他加深情谊。

1962年12月，执念终变为谵妄。此时，保罗要面对的是多年的精神困扰和时不时的住院治疗，戈尔事件在其中始终扮演着重要的角色。

例如，1966年，他与菲舍尔（Fischer）出版社决裂，因为编辑没有在克莱尔·戈尔攻击他时予以支持。另有一事可以证明他正被无休无止的执念困扰，虽然微不足道，却意味深长，且我也成了见证者，那便是他去鲍里斯·德·施罗泽[2]家拜访一事。鲍里斯本不该成为别人恐慌或伤感的源头。我曾述说过那个夜晚，此番旧事重提，是因为我从中发掘了很多含义。鲍里斯是世上最慷慨、最好客的人。他天生善于观察，无论是出于直觉，还是在更深的层面上。他有着诗人的品质，尤其他深知保罗遭受的诽谤是多么下作。我把这些都告诉了保罗，当晚又随他前往鲍里斯的家，因为我希望他们彼此认识，甚至成为挚友。在那些曼妙的时刻，一切都如我所愿地进行着：一人热情愉悦，另一个人的面孔带着腼腆的微笑，散发出光彩，这微笑让人看出，他对人的信任被艰苦的岁月所糟践，却从未被摧毁。

一切都十分顺利，但顷刻间，在圣母升天路的人行道上，夜晚、泪水、因哀恸而战栗的身体，这一事件又重新浮现，欲加之罪、无端指控，令他陷入与首日同等强烈的惊愕与苦恼。主人充满信赖的接待只令其依旧开裂的伤口更加疼痛罢了。

二

为何保罗·策兰没法从被诽谤的回忆中解脱？他当然明白这些诋毁与反犹主义有着某种联系，下文将对此进行解释。反犹的暗涌在巴黎，甚至在他的街区出现，这自然令他倍感恐慌。他给我展示那些传单，因为我没料想到这些传单会在城区里流传，或许是出于偶然，我并没有如他一般居住在人们所说的优良街区。从陌生的路人那儿滑入他手中的传单，勒令把他逐出法国，如果不是要把他置于死地的话。对着玛尔泰·罗贝尔，对着让-保罗·萨特，他在信件的草稿上自称为“德语诗人与犹太人”。

他多少次觉察到，一种针对他诗歌的、既谬误又简略的诠释伴随着反犹主义，出于难以启齿的利益，这一切都解释得通。评论家们——如果这是合适的称呼——乐于从他的诗歌中寻求太多纯艺术或唯美主义的解读，很明显，这是因为他们希望把读者的目光转移到诗歌的文学层面，但这些诗歌错综复杂，它们依赖着它们与苦难、记忆和见证之间根深蒂固的联系。他们厌恶保罗·策兰所展示的明澈；他们更厌恶的是，透过被苛责、被撕裂却也被呵护的德语词汇，保罗的明澈证实了他对纳粹所肆虐的言语的信心。来自克莱尔·戈尔的指控对他们而言不啻于一件武器：他们无奈地明白，在诗歌面前，这种敌意既软弱无力，又渴望着摧毁。

总之，从克莱尔·戈尔身上，保罗准确地察觉到他已成了被侵害的目标，而这一侵害超出了文学探讨的寻常地带。反犹的图谋并不在诽谤者考虑的范围内，她只关心如何伤害这位很可能在她来巴黎的第一天便觉得过于显眼的人物。虽说如此，无论多么若隐若现，他仍能从这一事件中辨认出一种斩草除根之举。恐慌之心由此产生，因为事已至此，这次他站在前线、立于其他犹太人面前，肩负着他不知该如何承担的责任，因为他的敌人懂得如何脱离文本，即便文本中早已传出揭露真相的声音。他不应该成为"犹太人的斗士"吗？1965年，他向自己发问。这番思考并非毫无意义。

但是，他恐慌与悲恸的最私密的缘由，却并不在此，并不在于他觉察了这些暗地里的诡计和反犹主义。这些诡计有时，或者说通常，都是反犹主义造成的。

乍看之下，这一表面上自相矛盾的缘由，似乎让保罗看轻了整件事，换言之，它就是克莱尔·戈尔对他发起的控诉本身的肤浅。我们知道，克莱尔·戈尔在1953年的一封信中声称，保罗·策兰新出的诗集《罂粟与记忆》剽窃了伊凡·戈尔1951年的诗歌；作为佐证，她还比较了两位诗人的一些诗句，而这一切不过是骗人的伎俩，若真有任何借用的话，借用的人也是戈尔，当保罗去医院探望他时，保罗曾为他朗读自己的诗作，而那位老人在医院里去世前，也受他这位新朋友的影响，在病房里重新用德语写作。克莱尔·戈尔，为了诋毁保罗，不过是做了时间上的偷换。

从两位作家的诗作里搜出的相似字句，无非是一些形象与象征，而文本的其他方面则截然不同；但依我看来，正因为涉及的不过是细枝末节，这种把字句抽离出语境的论断，其效果对保罗而言才如此骇人。即便出于某种原因，绝少人会得出上述论断，但这也让保罗感到更为惶恐。所谓的原因，便是故意借用、抄袭的杂音，响彻在这样一位真正的诗人的作品中，而他毅然沉入特定的诗歌体验，他所采用的视角，使得这番体验中最深层、最本质的部分只能被粗暴地扭曲或忽视。这样的诗歌与戈尔的臆断绝无联系。

让我们用更详细的方法来说明：诗歌中，剽窃的问题无从提起，这一概念在此甚至不具意义。因为诗歌并不是人们试图用来交流的意指，这种交流愉悦、快捷，方便一位作者向另一位借用某个帮助达成沟通目的的隐喻或形象。诗歌更不是形象的蒙太奇，或是词语对象的其他形式的表征，其中，组成意指的材料并没有深刻地扎根于个人的意识或无意识。

诗歌，能觉察到日常言语的诸多意指已落入其概念系统的圈套，这意味着，体验过的时光、每个人亲历的偶然情境中独一无二的特性，已然遭到忘却。因此，游戏开始时，诗歌试图僭越这层意指，为此它必须向那些显示人之深度的标记敞开自身：于是乎，活在写作中，仿若是向着内部没有间断地、无法抗拒地推进，而在诗歌中漫游，也即确保某些不可减灭的独特性之存在，只有这样，它才能比普遍性更丰富多彩。他想要从其他诗人那里获取些什么吗？一位诗人——与诗歌结契的真正诗人——并不能这么做。他所借用的，将即刻变成属于他自身的能指。当说起莎士比亚或波德莱尔的借用时，又有谁胆敢指责他们抄袭呢？

三

诗歌中不存在抄袭的可能。这一显而易见的事实却生出了某些结论，它们解释了保罗·策兰在1953年，尤其是在1960年及之后的反应。那时，他几乎已经成为鼎鼎大名甚至备受尊崇的诗人了。他也是一名见证者，因此，他有权期待自己被众人理解，并被奉为榜样。

这些结论出现在对其作品的解读中：它们十分严重，且危险至极。其实，如果我们以为关于他抄袭诗歌的言论——故意的抄袭——站得住脚，那么，不单单是他作品中的某些层面受到质疑，诗歌的真实性也会被全盘否认。这种指控暗示，它们的作者不过是文字的小偷，从别人处不劳而获，以期自肥，却不投入他自身的存在。除非，我们连诗歌是什么都不思考，想当然地认为，诗人可以通过上述方式弄虚作假。后一种解读策兰的方式或许是流传最广的论调。然而，只把诗歌当作修辞作品，这显然从诗歌中剥除了使之具备特性，或许还有伟大之处的本质。在这两种情况下，抄袭的指控并不单单贬低了策兰，无论期许与否，无论有意与否，它更在读者面前，把诗人从他与其自身的联系中剥离开来，而这种联系正是诗人的生命之所在。

对于这种危险，至少保罗在刚开始时觉得微不足道，因为他深知，在两次被诽谤的时刻，至少有一些人愿意为他辩护，承认他诗人的身份，这里，诗人一词得取其所有的含义。在自我面前，保罗显然不用怀疑自身的本性，以及他对文字体验的要求。这是一场斗争，完完全全的身体对身体的斗争，伴随着他的是德语里大大小小的字词。在这场对峙里，没有余地留给渺小的烦恼和蝇头小利……甚至也不存在任何由诗歌创作的内在疑惑所形成的谨慎，在诗歌创作层面，那种疑惑有时是致命的。这位伟大的诗人从未怀疑自己以诗之名发声的权利，他心平气和地与那些更伟大的作家平起平坐：这些我都可以作证。极少有人可以给我像他一样对其本质持有坚定无比之确信的印象。即便在他几乎是低声下气地约见让-保罗·萨特或玛尔泰·罗贝尔之时，他的目光始终自信地与荷尔德林交汇。

那么，为什么他要为一些蹩脚的或是心怀恶意的评论家忧心呢？真相难道不已呼之欲出了吗？又或者，他难道不能在不远的将来，通过他惯常的写诗的方式来显露真相吗？

四

让我们再仔细想想事情的来龙去脉。我们得明白，那些理应可以安慰保罗的，却在更广义的层面上加重了他的不安。那些追踪这一“公案”的人，他们最普遍的反应是什么？我虽不算了解个中的曲折，但我认为——我错了吗？——诸多讨论都集中在他是否抄袭这一问题上，大多数批评家和读者都毫不犹豫地支持保罗·策兰，他们作出判断：不，他没有抄袭，不，他没有从伊凡·戈尔处剽窃词句或意象；唉，也就是说，他们并未质疑，在对诗歌的思考中，这类思维——借用和抄袭——是否贴切。他们应当高声呐喊：这种评判方式并不站得住脚。

上述情形表明，策兰的许多支持者自身并不知晓，或并不能充分地理解诗歌究竟为何物：以至于他们给予他的支持并不能使他感到认同，而是使他明白，从真正重要的角度看，多年来他从各处获得的赞扬，均属华而不实。多么吊诡啊！声援之声反而让策兰懂得，即使在他的支持者中，也有许多人，数不胜数的人不理解，对他或一个真正诗人的直觉来说，显而易见的事情：换句话说，在他的诗歌创作里，在他对诗歌的思考里，在他关于世界和历史的智慧里，他们无法觉察什么才是他的自我。此番观察加深了他的孤独，也加深了他那些伟大的诗歌作品的孤独；而他试图在诗歌中放置的希望，其虚妄的程度也扩大了一分。

他究竟在担忧什么？尤其到1960年之后，日益盛大的名望让他更为频繁地出现在读者面前，他们祝福着他，但他看得出，读者们没法理解他真实的自我。他在其后写给萨特、玛尔泰·罗贝尔的信又作何解释呢？玛尔泰真正具备关于诗歌的渊博才智。他还把希望寄托在他与勒内·夏尔的想象的友谊上，但他很快便失望了。夏尔难道不是一位真正的诗人？在这个缺乏真知灼见的时刻，夏尔能够了解保罗究竟为何人，究竟说的是何物，他是为何、如何成为他自己，也即一个诗人的。

事实上，保罗移居法国的选择，并没有使他更容易获得他人的认可。他只被少数人所承认。在一个不懂他诗歌所用语言的社会里，他走到悲剧终点的这段生活，确实值得我们作出迄今还没人作出的反思。首先引起我们注意的是他古怪的独来独往。保罗住在巴黎，也常回乡下，那里，他瞧见了他专心聆听的法语名称与单词中出现的自然万物——许多次他都跟我这么说——而这些景物孕育了他与语言之间亲密的联系。他可以出色地说出带有文人气息的法语，虽然不觉得他自己能用我们的语言写作——诗歌不允许诗人与母语决裂——但他还是大胆地写了一些文论，与批评家对话，参与讨论，阐述对诗歌的态度和生活方式。他难道没有关于当代历史的丰富知识吗？他难道不明白如此惨剧对语言的影响吗？他用与别人一样高明，甚至比很多人还要出色的方式，把这段历史传递给了那些没有像他一样亲身经历过的人。在法国，他还结识了些许朋友，比如，他隶属于《蜉蝣》杂志[3]的编委会，那里的友谊，虽然常伴有狂风暴雨，却高于一切。然而，保罗并不参与法语的口头辩论，也不太情愿——甚至很长时间内坚决反对——他的诗歌被翻译成法语。确实，从翻译的角度看，这些作品难度极高，他的这番考虑也合情合理。人们在法国一直找不到他的作品。

因此，保罗·策兰生前在巴黎，在法国，成了只闻其声、不见其人的诗人。他明白自己的为人，他只能和极少数人一起生活，他明白，即便是那些最想了解他的人，他也很难让他们懂得他身为一名犹太人为犹太民族所做的哀悼。他沉默寡言，面露一丝微笑，而与他说话的，都是那些出于诗歌感情而与他亲近的人。但即便如此，他们又真的明白他是谁吗？他们不知他儿时所在的地方，虽然读过他的诗，却读不出那些比喻背后的丰富意涵。谁知道他有时会不会恐惧：这些人会因德国传来的谣言而动摇？

无论如何，从他认为重要的角度，即思维的、接受的、诗歌的角度看，这寥寥几个朋友，也是跟他一样的边缘人士。在结构主义和文本理论活跃的年代，他们所处的社会不是把注意力放在语言的机能，而不是话语的权力上吗？在天性上，法国不是世界上最能理解诗歌的国家吗？至少在某些时候是这样，或许也会这么保持下去。然而，法国并未帮助保罗打消这样的想法：普遍而言，诗歌几乎算是无法理解之物，即便我们好像饶有兴趣地谈论它，恳求它的帮助，甚至对它阿谀奉承。

五

总而言之，在我看来，这位不管从什么方面看都是流亡者的诗人，身陷长期的不安，实属正常。我甚至认为，虽然这个理由与乍看之下得出的结论不同，但正因为如此，他的不安才会转化成他在1960年代与旁人相处时爆发的危机，表面上看，他过分大惊小怪，甚至和他的挚友反目，乃致分道扬镳。战争时期的不幸和残酷的回忆更加剧了他的不安，使他惊恐难耐。而他某些方面的惊恐情绪和他的暴力构成了一种征兆，意味着他的烦恼已无法在交流中化作可以诠释或掌握的形式，并对他持续施加着影响——虽然他认为，他所经历的事情关乎众生。

为了详加解释，我将回到1960年的事件，但我会更多地把它与极权系统在欧洲的强势及犹太大屠杀联系在一起，在刚过去的时代里，我们见证了极权主义的肆虐，而这正是保罗刻骨铭心的记忆。

这些纷纷扰扰，这一戈尔事件，于我而言，意涵十分清楚，让我用三言两语再作说明：的确，当人们停止用他真实的样貌来认识他时，保罗的恐惧便开始了。这位诗人有着诗人的烦恼，他的烦恼与寻常文学中的想法和实践大相径庭。但他更恐惧的是，在如今的社会里，诗歌，如此的诗歌，穿越了多少世纪的诗歌，只能被寥寥无几的人所感知、所体验。

作为灾难的幸存者，作为知道这场灾难差点毁灭了什么的人，他难道不该为此从内心深处感到不安吗？理解诗歌的这般困难也许意味着，至今仍能压制恐怖势力的战斗，正逐步走向失败。

在这场战斗中发挥作用的，正是我们赋予生活、使之值得一过的意义；这个意义并不显露自身，而是一直被那些行动所掩盖：在言说的主体与世界的关系里，它们几乎与保罗一样特立独行。我们之所以能让意义进入生活，是因为我们知道自己终有一死：终有一死，也就是独一无二。正因我们感受到有限——有限与偶然相结合，要知道偶然才是现实——我们才能平等地与他人相遇，并将他们视作同样绝对的存在：绝对的存在，也就是不能任意支配彼此。所谓意义，便是把社会交流建立在对他者自由的依附上。然而，追随这一直觉、使得交流得以成立的思想本质上是概念性的，它只能抓住经验现实的片面，而抽象的过程把永恒替换成了有限性的情感。这就是为什么，意义正持续地处于危机之中。

当然，我们可以抗争，把概念变为单纯的手段，可一旦概念建构起追求抽象化的意指架构，那么对精神而言，受压抑的有限性就成了一个谜，它令人恐惧，以至于人想忘了它。撇开烦恼，把一些足够简单的程式组合起来，躲在自身封闭的架构中，并把它视作真正的现实，这多么有吸引力啊！在这系统当中，无论它多么冷酷，我们都试图躲避死亡的念头。

然而，我们还得对来自外部的声音不加理会，那声音告诉我们，这架构不过是场梦。上述反常的架构，我们称之为意识形态。它只能把批评者当作恶，以摧毁他们为己任，无论是在象征还是现实的层面。意识形态引发了谋杀。谋杀人，或通过谋杀人，来消灭我之前所说的意义，至少它意欲为之。在保罗·策兰的时代，纳粹已过多地证明了这种意识形态的存在。保罗直接承受了它的伤害，并从中得出了根本性的结论。我将以此来收尾。

六

在此情形下，谋杀首先指的是对犹太人的大屠杀，纳粹无比正确地把他们视作自由的意识，因为他们擅长对抗所有偏见和教条。在战后关于大屠杀的回忆中，意义若要继续传播，我们就得认清反犹主义的新形式，它依旧是一个真正的威胁。保罗·策兰对此心知肚明，从1953年起，他正是这样来解释其敌手的言论的。我们也能从他的诗歌中瞧出这一点，历史的见证与反思在其中十分突出。他的许多诗歌都带有他自谓的“犹太斗士”的特征。而在这场见证中，这位斗士的奋战，并不仅仅是为了犹太人。

然而，保罗·策兰是在战后重新思考个人命运时，才拥有这一想法的。何出此言呢？因为，无论意识形态是否具有确实的暴力形式，对它的思考必然会让懂得诗歌为何物的人得出一个结论，即在这周而复始的战斗中，诗歌创作起到了关键作用，当然，前提是诗人必须明白诗歌的特性，并知其根本。

意识形态为何物？它是概念系统的绝对化，不接触外界的现实，封闭于自身的形式。与之相反，诗歌，最深层的诗歌又为何物？它是对诗中词语之发声的感知，或是对世界之景观的现时感知，意在相对化、弱化话语概念的权威，好让概念所言之外的现实，至少在瞬间，能够显现。这被重新发掘的现实，是亲历过的时间，是一个地点，是有限：因此，潜在地，也是我之前说的产生有限之思的那个意义。诗歌，一旦从言语中产生，便超越了概念系统，更超越了人们能制造的绝对化过程。它摧毁意识形态，至少是虚幻的意识形态，那幼稚的疾病，无法在它的词语中成形。

上述所说，真乃保罗·策兰的所思所想？他是否懂得，他的诗歌，不只是对精神不幸所做的单纯个人的反应？在历史的某一时刻，这种不幸成了他的武器，让他感觉到了一种必然。他是否懂得，他之所以是“犹太斗士”，是因为他首先是一位诗人，一位简单却完满的诗人？我从不怀疑这一点，他的生活可以作证。诗歌在最平凡的日子里被认识、被经历，经过那么多年的自我分离，熬过一系列惨剧重压下的日子，诗歌让他完成了自身存在的整合，犹太人的义务与个体对自身的加工混合在了一起。这样的加工在生命的所有面向上进行，包括那些看起来最不起眼的面向，比如他对田野中花朵的兴趣，比如长时间的空想：也就是，在成为受害者和斗士的经历中，被保罗视为他人之特权的一切。显然，他试图把这些四散的碎片再次聚拢到自己身上。他当然明白，他与头巾百合和匍匐风铃草[4]这些山野中谦卑生长的花朵产生的联系，不仅体现了他作为个体和诗人的命运，更包含了他对全人类的礼赞。

诗歌的这一美德，也让犹太诗人更接近其他种族的诗人，因为在诗歌中，他们最深层的经历与抱负达成了一致，且享有同等的能力。在我看来，保罗·策兰的全部存在都由一种欲望所支撑，那就是在诗歌的普遍性中实现独特的成果，并以他“斗士”的特性，在他者中达到更纯粹的自我存在。我以此来解释他来法国的决定、他的婚姻、他对宗教信仰的想法——这当然需要更多的讨论，它反映了诗歌的本质——甚至他对德语的精雕细琢，因为这项工作向词语发问，让它们与普遍性相调和。保罗——他的微笑说明，他有某种漫不经心的态度，顺从于任何单纯享乐的时刻，我相信，我很正确地观察到了这一点——保罗愿意加深与所有存在，也就是与自身的联系，这种联系开放且完满。他揭露反犹主义意识形态及其他恶行，在理论的外衣之下，它们不过是对相互信任的生活的深恶痛绝罢了。他期待权力，也能够梦想权力，因为他拥有诗歌，这通向自我的道路也可通向其他的人。

但顷刻间，诗歌也已陷入危机；在某些重要的场合，诗人显示出寥寥无几者的能力，他们是同类中仅剩的残余。在本世纪纳粹掀起的虚无的浪潮之下，新一波暗流已蓄势待发，这一次，其原因分散在现代生活的各处，没法定位，也没法修补；总而言之，反犹主义不过昭显了一种更大的恶，即对有限的恐惧，后者意图摧毁精神的自由，其方式比战争更难察觉，却同样有效。从内心深处知道诗歌为何物，并知道诗歌可给这千疮百孔的社会带来什么的人，将为此担忧，乃至绝望。

以上诸多解释了保罗·策兰在戈尔事件后隔三岔五便感受到的恐慌。在日常生活的举手投足间，在与亲朋好友的相处中，这种恐慌不停涌现。它毁灭了他最深爱的事物。甚至，到了明日，在世界各处，相互信任的生活模式也备受打压，它必须负隅抵抗，如同本世纪的犹太人一样？从此，对这真相与礼赞的世外桃源，他只能心生强烈的恐惧，正如他曾热切地期待自己，以他不停地设想的最单纯的形式，在此浴火重生。而他如何能在这般苦恼的关系中生存，若不毁灭其中最具价值、使之可能的东西，同时，又留有一丝希望，希望这艰难的时世终将转化，走向它的反面，把精神从噩梦中唤醒，并告诉它：纵有种种不利，也仍有理由相信奇迹？

2007年

[1] 玛尔泰·罗贝尔（Marthe Robert，1914—1996）：法国文学批评家，曾翻译歌德、尼采、弗洛伊德、卡夫卡等人的著作。——译注

[2] 鲍里斯·德·施罗泽（Boris de Schloezer，1881—1969）：俄裔法国作家、音乐学家。俄国贵族出身，十月革命后逃至法国，曾翻译果戈里、陀思妥耶夫斯基、契诃夫等人的著作。——译注

[3] 《蜉蝣》是玛格基金会（La Fondation Maeght）于1967—1972年出版的诗歌与艺术期刊，共计20期。——译注

[4] 参见策兰的《山中对话》。——译注

三角形的问题

［法］让·戴夫 文
丁 苗 译

对一段新的友谊来说，一种新的联系是意料之中的事。它不可避免地以一种新的秩序来发挥我们（保罗·策兰和我）将要使用的词语的作用，这些词语排列而成的形状对我来说并不陌生，我只能以最大的惊异来让自己熟悉它。这个形状带有其自身的乌托邦系数和偶然操纵性。它是三角形。它是三角化。

两个人一起，两个朋友一起，不再作为孤独的交换元素进入其中。关键不再是体验其强度，赋予其假象或外表，而是借助三角形，把它从永恒不变的东西中解放出来。这样一种相遇的形式显现出它的球状，即使它取决于一种三角旋转。旋转时，一个角忙于做一个不知疲倦的信使，我自己和另外两个角则被一种想要进入无限的欲望驱动着。

我不理解什么？我理解什么？我想理解什么？

从小，我就通过一个三千年的传统，学会了在一个三角空间内移动。我所展开的思考和移动都带有一种三元思考（pensée à trois）的特征。在我身上响起的言语为三而响。

为了弄清一个思想中有什么表明了“缺失的东西”，并对它加以衡量，我从一种三元思考中找到了属于我的象征世界的表达方式。

那么，存在着三种人类表象——**我**、**你**、**自己**——它们通过对**我**的体验分离开来，而**我**并非不知道投射的概念（**你**和**自己**）。

真理的获得取决于三角代理者的结巴，因为，就叙事而言，一个**我**假设了一个**你**；也因为，就叙事而言，一个**我**和一个**你**假设了一个第三者。这张叙事地图就是我所谓的一种想要进入无限的欲望，它由“缺失的东西”所绘制。而“缺失的东西”是三角化的要求。由此，就有了爱人自始至终占据的位置。由此，就有了爱人自始至终扮演的角色，以及爱人事实上被认为要引入或揭示的东西：融合，然后是根本的紊乱。

通往保罗·策兰的是一条路，将保罗·策兰引向他自己的也是一条路：一条挺进到边缘，但又没有越过边缘的路；一条不假定任何彼岸，但肯定了通行的路；一条在评估三角关系时克服了病态激情的路。这样一条路，总是受到保护，它不始于下降，却最终越过了一个名为“缺失的东西”的彼岸，且荒谬地调整自己，以适应所有被假定、被拆分、被跨越的基础。

“缺失的东西”，过去的苦难，充满了强化和积累，直至一条路的极限。这条路允许大多数人思考崩溃本身，认识罪责。

戈尔事件充当了一个命运，一个真相的存在，它澄清了对被掩饰的东西的揭示。这个由全部碎片发明的真相，永远不会停止，因为它是复仇之路，是作为惩罚之路的苦难之路。

“这个，的确，只有这个，才是复仇本身：意志对时间和它的‘它曾是’的憎恶。”（《查拉图斯特拉如是说》）[1]

复仇被命名为克莱尔·戈尔。“缺失的东西”复苏了这种没有罪责感的罪责，这种没有真正罪责感的罪责。“缺失的东西”是病态激情的食物。这是意志中的憎恶，保罗·策兰觉得无法克服，以至于他的罪责有了公正的外表。因此，没有一种可能之解脱的幻想。因此，没有一种可能之拯救的幻想，而尼采的目标是复仇的精神和复仇的解脱。保罗·策兰不得不在那里崩溃。为何？为何且如何？

在被他设想为一个据点的山丘之顶，保罗·策兰安排了一个三角行程。他会在乌尔姆街高等师范学院的德语讲师办公室里待上很久，那里，我们一待就是一下午或一整天，交谈、阅读或交流我们的诗歌、写作、翻译，有时则非常安静。他喜欢在康特雷斯卡普广场的拉肖普餐厅用晚餐，从那里可以看到钟和泡桐树。在他的要求下，我陪他到图尔内福街，到他租的工作室所在的公寓楼的前门。

乌尔姆街、康特雷斯卡普广场、图尔内福街：这是我们相遇形成的新三角形的三个停驻点，作为交换，他被迫离开他与妻子组建的家庭。就这样，被遗弃的朗尚街诞生出一个三角形，其用途是一顶不稳固的帐篷。“我必须扎下我的帐篷。”一天，在聊起位于埃米尔·左拉大道上的新公寓时，他对我说。他对是否入住犹豫不决，但之后还是进行了装修。

在“下雪了”（Il neige）这个句子中，真正的主语不是缺失了吗？在没有主语的情况下，向无主语前进、为无主语前进，不是惯用之法吗？主语的缺失不是位于三角形的源头吗？抑或，这个缺口与那个在沉默中被故意禁止、抛弃、略过的真正主语产生了共鸣？这个无人称的句子不就相当于表面上无人化的生活吗？例如，写“下雨了”与什么都没有关系，与谁都没有关系。有生活，但也有许多异议，反对以过去为基础来过这一生活：切尔诺维茨，被谋害的父母，纳粹德国，德语诗歌，火车站里的庆祝（演讲、鲜花和对拉比的欢迎），结婚，所有德国兵都行经过的朗尚街上的住宅。面对日复一日的痛苦，保罗·策兰一边虚张声势，一边保护自己，以无人化的生活所需的全部克制来保持警惕，他把自己锁在一连串三角形里，把三角化交给命运。在跃身之前抑制着。

下雪了。雪停了。圣热讷维耶沃–德布瓦的雪融化了。沃克吕兹的精神病院周遭宽阔的草地上闪耀着白色的踪迹。我不知道当保罗·策兰让我来拜访时，我会发现一个源于中世纪的世界。

我看着身穿溅了血的白大褂的人推着手推车在走廊上移动。是护士、病人，还是屠夫？是病人，还是护士？白大褂上沾满了血。一半是牛肉，一半是羊肉。桶里装满了舌头、肝脏。那是我第一次去拜访保罗·策兰。那是个星期天。1968年1月4日，星期天。一场肉的游行。

在这个冰冷的迷宫里，我不由自主向前移步，看着残暴得令人不安的黑暗场景，我被领进一个房间：又宽又深，光线充足，我走向长长的食堂桌子，从远处瞥见了保罗·策兰。他对我笑了笑。他挥手。打招呼。他在冲着门的桌子末端，他右边有一个直视着前方的女人，显然，他与正在发生的事情无关，他工工整整地穿着灰色的衣服。通常，保罗·策兰对约会的时间控制得都很精确，但这次他延长了时间，也许是他的妻子延长了时间，以促成这次会面。有人延长了时间。有人促成了这次会面。谁？为何？保罗·策兰懂得隔离或摆渡的艺术。会面不仅展开了，而且成形了，找好了位置，投射到了将临的时间中。"让·戴夫，你一定要去看看吉赛尔的版画。你应该去趟朗尚街。""你们一定要一起做一本书。让·戴夫，给吉赛尔一些你的诗。你们两个，用你给我读的诗，开始合作一本书吧。我会把这件事写信告知我的编辑罗贝尔·阿尔特曼（Robert Altmann）。"事实上，这些书将陆续面世：《在法的门前》（*Devant la loi*）、《四个言词的世界》（*Monde à quatre verbes*）、《四小时宫殿》（*Le Palais de quatre heures*）。

应该发生什么？缺失了什么？对谁？医院的图像。医院的气味。医院的场景。医院的生活。陪伴着一个如此出色地克服了病态激情的人，尽管这个人还是会多次屈服于病态的激情，并在一个晚上终结于病态的激情。

这种生活的本质是什么？言说的本质是什么？以及，如何毫不混淆地确定：你所说的一切能够被确定，如何被确定？如何评估要说的一切是该被说出，还是被拆分，抑或缄口不言，如何做到？不知疲倦的信使要走的是一条覆满泥浆之脑的路。突然间，关键不是要表明雪是否在下，而是要留意思想本身是否成了温暖肉体之中的一条路。我学会了让思想与泥浆之脑相容，与进入无限的那一欲望相容。言说并控制、定向、调节语词的行进。我知道，这份对我来说充满善意和疑问的关心，灌输着那要进入无限的欲望。

思想，超乎病态的激情，能在其临近之际抓住缺失的东西，省略，回避，沉默，不可估量的问题，最不经意的质疑，结巴。

在这里，所有思想的表达都是其牢笼中的囚徒。我们的每一次相遇，迟早都会被卷入保罗·策兰引发并激起的三角形。“你见到吉赛尔了吗？她说了什么？”或者：“你给吉赛尔打电话了吗？她有没有告诉你，我从德国回来后给她打过电话？”抑或：“今晚吃饭的时候给她打电话，告诉她我明天早上给她打电话。”甚或：“我委托你给吉赛尔带去这个消息。给她打电话，去见她！并把这个消息告诉她。明天早上给我办公室打电话！”

我不知道言说是否不相称地回应了无休止的追问。我不知道言说是否能在没有界限、没有回应、没有休止的追问中得以提出和安置。任何回应都不具备合乎所愿的清晰度。任何回应都不具有充足的意义，因为生命和时间同时得到思考，有时甚至以罪责的方式得到解释。一切似乎都越行越远，而三角形的力量总能够重新引入追问，总能够指示进入无限的欲望。根据所有可能的视角，根据一种永远不可确定的清晰度面前所有可能的歧义。

另一方面，在朗尚街，吉赛尔想要知道一切。“他说了什么？”“你们一起做了什么？”“保罗告诉我，你们整个星期天都待在一起翻译他的东西。”“我见到了保罗。他告诉了我你们的下一次会面。给他打电话。告诉他我们谈过了。”“过来看看我的新版画。我从保罗那里得知，你喜欢我上次给你看的那些。”“我们的书正在进行中。版画已经完成。我想把它们给你看看。”“你今天晚上要做什么？来吃晚饭吧。”

这样的三角形预示着什么？它表达了决定性的东西，因为每个人都听到了另外两个人的召唤，并证明了每个人都有能力实现的跳跃：跳跃，及一道目光所捕捉的东西。

保罗·策兰的目光没有错失另一个人目光中的任何东西。无所错失，哪怕是一颗微粒。没有什么是理所当然的，一切都被悬置在无情无义的“无”之中。

对于所有关系，不论它们是否被表达，是否被唤起，是否被孤立，他的目光都有着清晰的视线，封闭的视线。他的目光提供了一种忠实的看法，一种忠实的思想，其引人思考的东西构成的思想。他的目光渴望被思考，并要求一种忠实的思考。冒着引发破裂、爆炸、跳跃的风险。这风险有时很大。

我们认为每个人都是独一无二的。保罗·策兰认为每个人都是独一无二的，永远不会轮回。而我注意到，没有人是独一无二的，每个人都会轮回，直至精疲力竭，直至重新遇见每一道目光认为我们每个人最需要的那一证据：在隐晦的含沙射影和有时令人无法忍受的夸大其词中，罪责和复仇所需要的那一证据。

保罗·策兰错失了这一尺度，尽管他真诚地从中期待着拯救，但这个三角形无法给他带来拯救。克莱尔·戈尔必定是一个真正的幽影般的尺度。一个真正的复仇和耻辱的尺度。强有力地在那儿。为何？直到何时？

在奥岱翁十字路口旁，他提出了如下的问题："一位诗人应该能够用其自身语言以外的语言写作吧？"那天早上，沿着医学院大街往学院路的方向走，保罗·策兰用怀旧的方式唤起了里尔克的法语诗，其中不乏暗示。"但为何不是你？"对于我的问题，他痛苦地回答道，几乎压低了声音："因为伊凡·戈尔。在他之后，我无法用法语写作。"那天晚上没过多久，吉赛尔·策兰证实了我所听到的和我向她吐露的事："总是这个戈尔事件。无休无止。"

到了学院路，我们继续走。仍然是语言的选择。确定的和不可确定的选择。任何时候都能触及不可确定者的选择。这是我的理解。“但为何是伊凡·戈尔？到底发生了什么？”对于我的问题，他详细地进行了回答，时而停下来，时而用嘴或手强调某些语词：“克莱尔·戈尔说，我来美国医院看望她奄奄一息的丈夫，并把他累坏了，因为我让他用他仅剩的一点力气重复他的诗。她甚至说，我弯着腰，汲取他的诗，并且，我一直弯着腰，用嘴吸出完整的诗句，为了日后以我的名义发表。你意识到了吗，让·戴夫，我从一个奄奄一息的人嘴里，勒索了他的诗，为了以保罗·策兰的名义发表！相信我，让·戴夫，我告诉你的一切都是事实。”

我想到保罗·策兰，想到他的愤怒，想到所有那些写下并寄出的信，所有那些写下但没寄出的信，所有的请愿书，都朝着一个目的、一个执念汇聚：要表明他的清白，表达显而易见之事。恳求。乞求签名。证明他不是一个剽窃者。克莱尔·戈尔的侮辱如何从最深处击中他，甚至远不止是在最深处？通过克莱尔·戈尔的复仇，什么得到了表达？克莱尔·戈尔公然诅咒保罗·策兰死亡。克莱尔·戈尔亲手伪造了诗行，编造了所有的证据，设计了一种可怕的绝对，以表明：保罗·策兰是一位犯有剽窃罪的诗人。这个三角结构如何能对保罗·策兰产生致命的影响？

保罗·策兰就在我面前，站在街上，人行道上：真实，简单，苦恼，辛酸又滑稽，害羞且喜怒无常。为何？因为他隔着遥远的距离，顶着全部的威胁（他用这样的威胁来衡量难以置信的恐怖之恐怖），讲述了他所谓的不齿之事，同时保持脸上的微笑：他用嘴和手模仿那些场景。他为何或如何在戈尔事件上没有保持这样的距离？事实上，戈尔事件加速了某些事情的发生，其中夹杂着大量的罪责感，那是决定性的，也是悲剧性的。

我在安纳马斯进行了为期十天的工作，而伯恩哈德·博申斯坦邀请我去莱芒湖的另一边，在洛桑附近与他共度周日。午餐前，他让我参观他的公寓，这所公寓明显被书房侵占了：每个房间里，书籍和文件堆积如山。有张圆桌似乎比较重，上面放着一些纸稿，有别于其他纸稿。这是我的感觉。他的神情在某种程度上证实了我的疑心。他从众多文件夹的一个中抽出一份打字文档递给我，是德文的，没有签名，它证实了伊凡·戈尔和克莱尔·戈尔的一项收养申请计划。这份文档在伊凡·戈尔、克莱尔·戈尔和保罗·策兰之间建立起了类似于父子关系和亲子关系的法律关系。伯恩哈德·博申斯坦解释说："这份文档证明戈尔夫妇想收养保罗·策兰。"

我独自一人沿着湖滨走，我想象一个男人对一个女人的秘密请求。我想到了同保罗·策兰的对话中经常出现的妹妹形象。保罗·策兰唤起了那个妹妹的在场，卡夫卡的妹妹，奥特拉（Ottla）。他说："卡夫卡已经找到了他的天使。"但通过唤起她的在场，他不也想唤起她的真正缺席吗？我问自己，克莱尔·戈尔是不是很失望，她以复仇的名义挫败了这个梦中的妹妹，使其失真？保罗·策兰已经找到了他的黑暗天使。

我沿着莱芒湖走，心中只有一个持久的意念，那就是直面我对该三角形的全部理解，哪怕它会摆出一切否认外界的态度。我把这份资料放到我面前，我分析这三个受困于自身的人物，他们已被地狱般的三角化捕获：伊凡·戈尔、保罗·策兰、克莱尔·戈尔。三人迫切寻找一个可以互换或融合的位置。直到病重的伊凡·戈尔提出那无理的要求："当我不在的时候，在克莱尔身边取替我的位置。"

我铺开我面前的这份资料。什么？两位诗人相遇并认出了对方：一位出生于梅斯，体弱多病，同德国和法国、德语和法语都有渊源；他用这两种语言写作。另一位出生于切尔诺维茨，年轻有为，同所有语言和翻译都有渊源。他们关系密切。《罂粟与记忆》于1952年在德国面世。按克莱尔·戈尔的说法，保罗·策兰的这些诗剽窃了伊凡·戈尔1951年面世的那些诗。但这本书是《骨灰瓮之沙》的再版，后者于1948年在维也纳出版，旋即被保罗·策兰停止销售。证毕。

伊凡·戈尔与恶性白血病作斗争。他的状态需要长期输血。他写道："9点钟，克莱尔带着保罗·策兰和克劳斯·德慕斯（Klaus Demus）到来，他们想为我的第一次输血供血。"最后，只有克劳斯·德慕斯的血与他的血相合。但在此之前，保罗·策兰给克莱尔·戈尔带来了八支红玫瑰。受血者写道："是他送的，他住拉丁区，身无分文，穷困潦倒。"他是谁？

保罗·策兰是诗人，还是伊凡·戈尔的译者，抑或他假想的儿子？克莱尔·戈尔呢？按照她自己的说法，每当她要更改丈夫的诗作，她总是先跟五斗柜上丈夫的半身像商量一番。那尊半身像对她说话，授权她删或不删。伊凡·戈尔死后第二天，克莱尔·戈尔在致保罗·策兰的信里透露了他们之间的一个诗意约定。哪一个？该三角形内部的一切都提示着保罗·策兰在一封致勒内·夏尔的信里总结的根本断定："他们孤立我。他们贬低我。他们放逐我。他们使我无处安定。他们用那些从我的自我中拽出来的碎片砸我。他们清算我。他们清空我，因为谎言使它的造物永生。"

德国对一位被它认可、被它颂扬、被它加冕的诗人进行了第二次清算。战后德国的第二次清算与纳粹的第一次清算相呼应。德国在谎言、剽窃和恶名的帮助下进行清算。在德国右翼和左翼的帮助下，清算得以完成。

无条件投降的大德意志被逐渐灌注了一种神秘的力量。纳粹主义的崛起和第二次世界大战授权了灭绝和最终解决方案。战后，一个秘密的、神秘的、看不见的装置开动起来：那是第二次清算的装置，其幕后的作者正是"纳粹匪徒，遗留分子"。活在阴影中的大德意志采取了行动。

按照尼采的说法，神圣谎言的起源是权力意志。谎言是一种新的真理概念。保罗·策兰在反对它时获得的唯一答案是谵妄。神圣的谎言击穿了他，诗人与诗一起亲历了他自己的崩溃。担任圣职的物种绝对理解不了至善。神圣的谎言并未发明新的幸福，也没有发明人性的善。

我相信思想是一个来源，而言说是另一个来源。衰颓是什么货币的第三峰值，用来交换什么？保罗·策兰的衰颓似乎是敌人所期待的反应，敌人显然来自一个完全别样的领域，不过就像对称的一样，它也呼应着克莱尔·戈尔的衰颓。她是过错。她激起过错，发明过错，制造其戏剧性，为之添油加醋。并把过错带给他，分担它，好像过错是真的一样，因为它必须被驳斥到底，没有喘息的机会。甚至在克莱尔·戈尔死后还在继续。一直要解释。一个需要不知疲倦地面对的过错。那里也有鉴别：无法解释，却真实。

人格化的犯罪形象绝不会存在。它太多样，太矛盾，太歧义，太隐蔽，过于神秘，至高无上地在那儿。保罗·策兰相信，诗无所不能，它摧毁邪恶，并在否定的力量上建立人的主权。

否定的力量会影射一种主权状态，其强大程度不逊于普遍的破坏行为，不逊于死尸的状态。

他不知疲倦地追赶来自左翼和右翼的“纳粹匪徒”谎言，直到有一天，他面对着一位养母所煽动的最下流的谎言。尼采写到，空间的诞生催生了空虚。被拒的欲望同样催生了复仇的谎言，其力量堪比“大海所匮缺的那一滴虚无”。匮缺赢得了保罗·策兰的心，而罪责感也不由得加强。

生活本身是悲剧性的，因为生活在德国——从国外，也就是从巴黎来看——就是悲剧性的，而永恒轮回的生活本身正是悲剧性的日常代表。从日耳曼的毁灭意志中，罪责和绝望不仅发现了病态的顺从，而且病态本身就通过直面撒谎的语言，周而复始地发展起来：无限积极又令人不安的病理学。

生活不过是已死之物的灰烬。生活不过是已死之物的知识。若不意识到这点并予以展示，又如何继续下去：空间发现了空无的空间？

克莱尔·戈尔是谁？保罗·策兰有办法知道她是谁吗？她是约瑟夫·艾施曼（Joseph Aischmann）和马尔维内·菲尔特（Malwine Fürther）的女儿。她于1890年10月29日在德国纽伦堡出生。她有一个哥哥，尤斯图斯（Justus），三十七岁去世，与她非常亲近。他保护她。他保护她，就像伊凡·戈尔将来保护她一样。暴虐的母亲。她把她的女儿克莱尔打得流血。她带着毫不掩饰的快乐使用惩罚工具，像对待仆人一样给女儿计时。在资产阶级的外表下，隐藏着一个少女的殉道。马尔维内·艾施曼被送去特莱西恩施塔特，然后与她的妹妹亨丽埃塔（Henrietta）一起于1942年9月19日被驱逐到特雷布林卡。第一段婚姻：她嫁给一个打她的男人。生下女儿多萝西娅-伊丽莎白（Dorothea-Elizabeth）后，她将女儿交给丈夫照看，如此才得以分开。1917年2月10日，她遇到伊凡·戈尔，后者宣称："你是我的命运。"她回应说："你不是我的命运。"1917年10月19日，克莱尔·施图德与伊凡·戈尔交换了金戒指，象征性地结婚。1918年冬，她在慕尼黑再次遇见赖内·马利亚·里尔克。第一天晚上。诗人给幸福的利利亚纳（Liliane）送去了诗作《兄弟姐妹》（Die Geschwister）。受急性白血病的影响，里尔克于1926年12月29日去世。在此之前，她父亲于1923年去世，她哥哥于1924年去世。1931年至1939年，她游情于伊凡·戈尔和保拉·路德维希（Paula Ludwig）之间。她在《追风》（*La Poursuite du vent*）里写道："戈尔和赖内·马利亚·里尔克让我成为漂浮在泡沫上的梦幻公主。"1939年8月26日，伊凡·戈尔和克莱尔·戈尔封存了"克莱尔–伊凡约定"，前往美国。1945年，伊凡·戈尔得知自己患上白血病。1947年自美国返回法国。1949年11月，他们遇到了保罗·策兰，后者带着阿尔弗雷德·马尔古–施佩贝尔的介绍信前来。

伊凡·戈尔请保罗·策兰把他的作品翻译成德语。他于1950年2月27日去世。起初，哀悼的时间并没有让保罗·策兰和克莱尔·戈尔的关系变得更紧密。保罗·策兰已经结识了吉赛尔·德·莱特朗奇。然后，克莱尔·戈尔超越了死亡的折磨，决定让自己献身于伊凡·戈尔的记忆。冷漠之后是愤怒，愤怒很快便以信件、挂号信的形式变成永久的抗议。谎言占据了克莱尔·戈尔的整个头脑，戏剧性的谎言。1960年，在一份慕尼黑杂志的支持下，她决定向读者揭示一切。她指控保罗·策兰剽窃——这至高的指控压垮了他，把他卷入与日俱增的悲痛过程。

克莱尔·戈尔挑起的新闻攻势让保罗·策兰目睹了一件确然之事，并成为此事的受害者：战后德国正生活在反犹主义的复苏中。战后德国证明了纳粹主义并未被消灭。一张非常著名的照片显示，1952年四七社（Gruppe 47）的成员在柏林开会。在桌子周围的那些人当中，有英格褒·巴赫曼和保罗·策兰。但保罗·策兰对自己诗作的朗读被比作戈培尔演讲的语调。在克莱尔·戈尔引导的新闻攻势下，保罗·策兰让德国的左翼和右翼凑到了一起。四七社对保罗·策兰的语调所持的立场揭示了当时的政治气候。

被引入德语世界并超越其边境的是另一种逻辑，其中，非理性的东西自然而然地在理性之外找到了一席之地，并带着其难以捉摸的全部决心，得以发展和实现，直至瘫痪古老的真理世界，后者从此不再赞同任何东西。面对纳粹主义择取的新路径，一切都脱节、走调了。1962年1月写给让-保罗·萨特的一封信包含了富有远见的敏锐措词。保罗·策兰写道："几年来，尤其是去年以来，我一直是一场诽谤攻势的对象，其规模和影响远远超过了人们乍一看会以文学阴谋来称呼的东西。毫无疑问，我要告诉你的事情会让你吃惊：这是一个真正的德雷福斯事件——它当然自成一体，但特点鲜明。"我接着读这封信，并加以简化。戈尔事件揭示了德国的一面新镜子，以及一些纳粹主义的路径，其真实性堪比某些左翼与相当数量的"犹太人"所达成的势力和共谋。他最后写道："除此之外，数月来，还有一个真正的'心理行动’，其目的是破坏我的心理。”

三角形的问题发展了一个过程，该过程可在一个后来被人遗忘的过去事件的决定论中得到观察。而在使之重演的重复的压力下，那一事件以位移的形式归来了：这便是相似性的位移，是其难以解释之显现的位移，对此，三角化有时会予以说明，有时又加以遗漏。

要补充一点：当保罗·策兰说纳粹主义择取的新路径被左翼和相当数量的“犹太人”重现时，他强调，是恶让兄弟姐妹的阴谋得以结晶。

最后要补充一点：当克莱尔·戈尔作为一个相似体出现时，她便给保罗·策兰注射了罪责的幽灵——罪责意味着怀疑的确立。保罗·策兰的拼死反抗，激烈自卫，不懈防御，如果不算一种绝望的尝试，要把分散的元素聚集为一股能够抵抗生命的狭隘自戕的强大力量的话，又该如何来理解呢？

很快，保罗·策兰身上的罪责被辨认为独一无二的创伤（除了纠缠不休的原初使命，还有另一个执念：他的父母死了，因为他没有救下他们），除此之外，再无可以设想的创痛。一个女人，以三角化的名义，借真实的原则，以相似为由，顺利地把灾难的义务传达给了其整个存在。

我思考，我书写，我言说，因为我希望那些彻底被忘的事件从此可为记忆所触。整个生命一旦展开，就像完全陷于失忆，被影像和创伤的碎片所打断。为了反抗遗忘，我已诉诸一种客观真理的理想和一种神话真理的理想。因此，一个事件的书写及其口头传播形成了一种固定。但同时，言说或书写的创伤被暴露出来，以供变形和篡改之用。这一切都平平无奇地进行着，而我的无意识心甘情愿地接纳了干扰，或许也练习了掩饰，因为——向来——在适当的时刻，伪造的感觉并不回避一个女人。

尤尔根·瑟尔克（Jürgen Serke）从未掩藏他协助披露的克莱尔·戈尔的这句话或自白："我杀过三个人：我母亲、库尔特·沃尔夫和保罗·策兰。"（Ich habe drei Menschen getötet: meine Mutter, Kurt Wolff und Paul Celan.）

克莱尔·戈尔的性，不管是真实的还是幻想的，只有基于文学的融合才存在，换言之：随着伊凡·戈尔的死，崩溃使得融合的文学生活要由包括谎言在内的一切手段来追求。克莱尔·戈尔，在1960年，七十岁的年纪，为之不懈地努力。直至她去世。十七年之后。

克莱尔·戈尔煽动的新闻攻势，对于一个在《追风》（1976年）中承认自己在七十六岁时有了第一次高潮的女人来说，也许，很可能，具有高潮价值。十一年后她便死了。

"答应我，在我活着的时候绝不读这本书。"吉赛尔·策兰让我保证永远不读克莱尔·戈尔在保罗·策兰去世六年后出版的《追风》。一本从头到尾都谵妄、下流的书。从头到尾都在扯谎的书，其材料属于病理学范畴。有两页写到了保罗·策兰。第274和275页。不过，有某种东西从这三角化中散发出来。伊凡·戈尔对保罗·策兰的要求：“别留下克莱尔·戈尔独自一人……”收养的想法。

日日夜夜，否定得以实现，对罪犯兼病人的否定。他们同为世间的神，并以神权的名义，把受害者送入灭绝。

面对腐坏的精神，保罗·策兰屈从于错乱，从中，他抓住了自然及其伟大的法则，乃至于梦想那个分担世界的虚无理念，梦想那个分担罪行的虚无理念。否定的精神继续滋养死亡的机器，把保罗·策兰推向他的极点。

一旦投身于仇恨和复仇，重复就变得无限，就像设法延长存在的致命焦虑，延长酷刑，延长同一个体遭受的次数更多的谋害，直至尽头。这是1950年代和1960年代德国的日常生活和视界。毁灭的长期影响在人身上找到了一种失序，生活的失序。余下的是不可能的犯罪：诗的犯罪。友谊的犯罪。难以实现。怎么会？因为诗人总让悲痛轮回。让混沌轮回。直至尽头。直至尽头，诗的语言。

对保罗·策兰来说，他杀和自杀有区别吗？他难道没有意识到这一从属关系：其中，他杀和自杀不再有区别，一个人的腐坏判决了另一个人的死亡？自杀让所有看起来不再像真实生活的处境合乎常规。

他会是谁？

我们会是谁?

为何我们每个人都是一个宿命?

时间，时间的宿命，会翻开读者手中的书。

《保罗·策兰：昼与夜》（*Paul Celan. Les jours et les nuits*）

2016年

[1] 参见尼采，《查拉图斯特拉如是说》，孙周兴译，上海：上海人民出版社，2016，180。——译注

Es wird etwas sein, später,
das füllt sich mit dir
und hebt sich
an einen Mund

Aus dem zerscherbten
Wahn
steh ich auf
und seh meiner Hand zu,
wie sie den einen
einzigen
Kreis zieht

13. XII. 69
Avenue Emile Zola

保罗·策兰，《会有某种东西》（Es wird etwas sein）手稿，1969 年 12 月 13 日

关于保罗·策兰的访谈

［法］伊拉娜·舒梅丽
［法］洛朗·科昂 文
张 博 译

引 言

卡夫卡的作品既属于文学世界，同时又立即超越了文学世界。与卡夫卡一样，保罗·策兰的诗歌如今已然身处无数哲学、历史学甚至神学（也许这是更本质的层面）论辩的中心。

在法国，只有保罗·策兰的评论者们了解伊拉娜·舒梅丽。对于诗人而言，她既是一位女性朋友，同时，用《圣经》里的话来说，也是锡安的女儿。他们都出生于切尔诺维茨，在当地犹太隔离区令人难耐的岁月中交往密切。随之而来的便是分离，被置于流亡与回归的双重标志之下：对策兰而言，它将首先意味着维也纳、巴黎和诗歌创作；而对伊拉娜·舒梅丽来说，则是以色列的土地，对希伯来文化复兴的热情投入，以及与此同时一段作为犯罪学家的职业生涯。

直到1965年，他们才在巴黎再次相逢。不久，他们开始了一次重要的通信，重点是历史、对话、以色列和犹太性。这些信件目前正在德国筹备出版，它们构成了一份正确理解策兰作品最终部分（所谓“以色列”部分）不可或缺的文献。事实上，许多诗作都附在了策兰写给舒梅丽的信上，直到1976年才以遗作的方式出版。1999年，舒梅丽在以色列出版了一本关于策兰的“笔记”，其中就收录了一些通信片段。

科昂：策兰的作品中充满了各种地理坐标。巴黎——这个他度过了生命中最后二十年的地方——便是其中之一。您如何看待这座城市在其作品中的影响？

舒梅丽：我的看法既有正面的，也有负面的。不过，在确定巴黎在其作品中出现的位置之前，我认为，必须思考在切尔诺维茨时期这座城市对他来说已然有何意味。我认为，当时这座首都在他眼中是一片应许之地。事实上，他在图尔学医期间[1]第一次来到巴黎。但医学并没有让他真正发生兴趣。他产生了别的想法：正是在巴黎，这座属于诗人、艺术与光明的城市——至少他年轻时是这样想的。策兰是一个浪漫的男孩。我姐姐经常跟他出入同一个马克思主义地下小组。那是一群犹太少年，给自己强加了许多奇怪的戒律。这群人的典型，就是他，策兰：他英俊、儒雅、忧郁、苍白，既优雅又疏离。当时我们几乎不认识对方。我们之间的友谊要到很久之后才建立起来，当时已经是纳粹时期——他们接替了苏联占领者——开始收押犹太人。策兰两年前已经从图尔回来了，开始在切尔诺维茨大学学习文学。在他父母被捕后，他本人被“征召”进了塔巴莱斯蒂[2]的强迫劳动营。此地由无情的律法管控，与此同时，灭绝“劳工”也不是“程序化的”。这里不是奥斯维辛。每隔一段时间，策兰和其他“劳工”甚至可以回切尔诺维茨待上一段时间，然后再返回劳动营。他们在那里一遍又一遍地掘土……挖掘也成了策兰笔下的一个关键主题，直至逐渐成为挖空囚犯人性的代名词……然而，即便在当时，他也很少谈论这些。他拒绝在谈话中讨论这个问题，他认为这是“亵渎”。事实上，集中营的生活经历并没有占据言说的领域，而是令诗歌行为变得不可避免。

科昂：在切尔诺维茨，苏联人曾经试图确立具有严格正统性的意识形态标准。然而，吊诡的是，他们的离去标志着一个野蛮的时代开始了……[3]

舒梅丽：就是这样。尤其是那里存在过一种可憎的暴行，在此期间，纳粹与他们的罗马尼亚帮凶一起，接管了一些收容老人和精神病人的机构，以便把他们关入一栋单独的建筑。然后全体犹太人都不得不聚集在铁丝网后面，那是犹太隔离区的时代：四十多个人挤一间公寓，食物严重短缺，昏迷……就在当时发生了第一次大规模驱逐。紧接着，由于与预先的计算不一致，纳粹允许隔离区进行扩大。从此之后，它就变得更像是一个犹太社区，而非严格意义上的犹太隔离区。正是在这种情况下，从1942年冬天到1944年3月，策兰和我的关系亲近了很多。他的父母之前已经被抓走了。事实上，他是我第一个真正意义上的法语老师。我们知之甚少，当时，尽管条件很糟，但在某些犹太群体中却流行着一种巨大的文化热情。我加入了一个年轻人团体，策兰也和他们保持着联系。我们努力学习，制订各种“计划”，当然是和志愿教师们一起。例如，女诗人罗丝·奥斯兰德（Rose Ausländer）就是我的英语老师。我还初学了小提琴、意第绪语，甚至犹太教哲学。策兰比我年长。除了法语之外，我们还用德语进行长期阅读，德语让我们彻底心驰神往。其中当然包括里尔克和特拉克尔，但同时也有卡尔·克劳斯[4]，他那种犹太人的反犹主义当时在我们看来完全是次要问题。要知道，当时在我们中间存在货真价实的克劳斯信徒……因此，我们崇敬德语——在任何时候，我们都没有想到其中荒诞的一面，想到那种骇人的矛盾：德语有着令人陶醉之处，却恰恰是杀人凶手使用的语言。而我已经说过：在外人看来，策兰教过我法语，他已经深入掌握了这门语言。事实上，我们主要学习兰波与维庸。在我们眼中，诗歌已然是一件极其严肃的事情。当时，策兰开始给我朗诵一些他的诗作。对我而言，重要的是明确指出我们当时依然保留着有朝一日重获自由的希望。我们甚至敢于制订各种计划。回到您最开始的问题，正是在这个时刻，巴黎作为一座幻想之城开始发挥作用。例如，策兰曾和我描述过拉丁区[5]，讲了很久，他让我感觉似乎他在第一次走过那里之前就已经对其了如指掌了。我记得有一天，在一种极度天真的情绪推动下，我们决定“战后”在巴黎重逢。不得不说，这恰恰就是真实发生的事情。

科昂：但那是“战后”，你们的道路已经分开了漫漫二十载……

舒梅丽：是的。我知道我父亲想去以色列，想把我们都带去，而策兰则有完全不同的计划——这些计划把他与欧洲紧紧联系在一起。就我而言，我从抵达以色列开始就投身于席卷犹太人居住区的文化复兴运动。它直接影响了希伯来音乐与歌唱领域。这是一种新迦南[6]的气息，其以色列的意味明显比犹太的意味更浓。所有这些都让我无比着迷。说真的，我直到1960年代初才收到了一些关于策兰的消息，当时我们的共同好友赫尔什·西格尔[7]离开罗马尼亚前往以色列定居。赫尔什是一个非常儒雅的人，一个意第绪语诗歌专家，把曼杰和斯坦巴尔格[8]视为知己。正是他教会了我代数的奥秘，就像别人教授某种深奥课程一样！不管怎么说，我知道策兰当时人在巴黎，正在写诗，但正是赫尔什给我带来了更丰富的消息。尤其是我得知策兰正经历一段艰难的时期。趁此机会，赫尔什还给我带来了策兰创作的各类作品。那时候，我感觉某种东西苏醒了，我很想再见他一次。这不是出于对切尔诺维茨的怀念，完全不是。是不一样的东西。过了一段时间，我去欧洲旅行，在那里我再次见到了保罗，时间短暂但强度极高。他刚刚从德国回来，“戈尔事件”在那里呈现出新的公共维度。我还记得，第一次重逢时，我们从下午五点一直聊到了清晨六点——在巴黎街头漫步，或是待在市中心的舞厅里。我对希伯来语的熟练掌握尤其激发了他的热情。必须注意到，在那个时期，策兰的诗歌已被许多希伯来语词汇萦绕。在夜半的某一刻，我们穿过新桥。策兰要我往水里丢一枚硬币，同时许一个愿望，不过他禁止我向他透露内容。

科昂：是不是您回到以色列之后，你们才开始通信？

舒梅丽：是的，不过非常慢。直到1967年，策兰才在一首诗作《想想这》（Denk dir）中吐露心声，这首诗后来成为诗集《线太阳群》（*Fadensonnen*）的收官之作。这首诗涉及一段历史，必须意识到这段历史才能接近全诗：我们刚经历完六日战争[9]，策兰希望，通过这些词句和我们站在一起。这就是他涉足以色列经验的方式。尽管相距遥远，却与我们一同思考。诗作如此开篇：

> 想想这：
> 马萨达[10]的沼泽战士
> 学会这个国度想要说出的话，最
> 不可遏制地
> 抗拒
> 金属丝上的每一根倒刺

科昂：这种在信件里附上诗作的习惯是你们通信的特色之一。总而言之，这些奉献给您的诗篇将构成策兰作品中的"以色列"系列，并在他去世六年后，在《时间家园》中出版。然而，这些诗作构成了对话的延续性，它们源自一种关系，其中涉及的恰恰是犹太性的本质。在您的著作中，您引用过策兰对您说过的一些话，例如："我想要提醒你——同时提醒我自己——去克服我们自己。不过，我在你的脸上看到了犹太性，就像我在耶路撒冷或者内夫阿维维姆[11]看到的那样，我已然知晓：把我们团结在一起的东西来自太初，来自太初之前……"

舒梅丽：我相信，我们的通信——策兰给我写了五十多封信以及你之前提到的许多诗作——表现出不止一种特点。首先，对他来说，那是一个极度不安定的时期。也许，他比以往任何时候都更加清醒地认识到那种把他与巴黎知识界彻底切割开来的疏离与格格不入。他的孤独激化着他去追寻真正的人性对话，追寻真诚的友谊。犹太性深深吸引了他，正是在其奥秘的标记之下，不仅我们的通信，还有他与内莉·萨克斯、弗朗兹·乌尔姆[12]的通信，以及他与爱德蒙·鲁特兰[13]等人的友谊，都需要得到重新定位。不过，如果他发现了犹太教的知性世界，那么他的身份也将其不可避免地重新引向“大屠杀”——而这是一个他从未说出口的词汇。即便在1967年之后，当时以色列——以及后来他试图前往以色列定居的乌托邦计划——对他而言扮演了一个重要的角色，策兰始终处在一场令他无法摆脱的葬礼之中：对他父母和逝者的记忆，工业化的罪行，欧洲犹太教在灾难期间遭受的遗弃——所有这一切在一本又一本诗集中无处不在。还有当时震动德国的新纳粹现象以及左派的反犹主义，策兰都从“戈尔事件”中惊恐地察觉到了……这些都说明他当时非常孤立，疾病缠身，奋起反抗——同时，又对话语和交流保持开放。在他写给我的书信中，有很多关于流亡的探讨，以及由此引发的诗歌诉求。策兰向我讲述他正在撰写的作品，而诗歌就这样释放着他最珍惜的事物：其对话性的内容。1960年代末的以色列也历历在目。策兰对这个国家中正在发生的一切都很感兴趣，我跟他详细谈论了自己当时在社会学与犯罪学领域进行的各种院校学术活动。我认为我们的通信表明了策兰究竟是多么不拘一格，多么独立。因此，我无法赞同那些简化的观点，它们试图将其固化到一些定义明确的类别当中：例如“大屠杀诗人”，尽管这方面的主题在其笔下出现的频率极高；又或者，根据齐奥朗（Cioran）的名言，作为一个犹太人，他被一种近乎于正统的纯洁性萦绕。策兰从不加入任何潮流。相反，他愈发狂热地试图破译的，是犹太人的他异性问题：在世界上，穿过许多世纪，在上帝面前。

《大屠杀历史杂志》（*Revue d'Histoire de la Shoah*）

第176期，2002年

---

[1] 1938年，策兰前往法国图尔学了一年医学。——译注

[2] 塔巴莱斯蒂是位于罗马尼亚与乌克兰之间的一座村庄，历史上该区域的统治权频繁在奥匈帝国、沙俄、罗马尼亚和苏联之间变更，今属摩尔多瓦。——译注

[3] 1940年6月，苏联向罗马尼亚发出最后通牒，迫使其割让了包括切尔诺维茨在内的几片北部领土，并随即出动军队进行了实际占领。1941年，随着苏德战争爆发，罗马尼亚出兵收复该地区，并在当地实行纳粹式统治，大肆迫害犹太人。——译注

[4] 卡尔·克劳斯（Karl Kraus，1874—1936）：出生于奥匈帝国的德语作家，具有犹太血统，但对犹太资产阶级和犹太复国主义进行过猛烈抨击，因此有时被指责为反犹主义者。——译注

[5] 拉丁区是亨利四世中学、路易大地中学、索邦大学、巴黎高等师范学院等知名院校所在地，是巴黎左岸的著名文化街区。中世纪时，拉丁语曾是学校里的教学用语，因此以“拉丁区”代指这个遍布学校的区域。——译注

[6] 迦南是地中海东岸一片平原地区的古称，大致包括今天的以色列、约旦与埃及北部地区，犹太人的先祖曾生活于此，在《旧约》中被称为“应许之地”“蜜与奶之地”。——译注

[7] 赫尔什·西格尔（Hersh Sigel，1905—1982）：出生于奥匈帝国西里西亚地区的新斯特里利夏（今属乌克兰）。毕业于切尔诺维茨大学数学系，之后开始研究意第绪语文学。1962年起定居以色列。——译注

[8] 伊西克·曼杰（Itsik Manger，1901—1969）与艾力泽·斯坦巴尔格（Eliézer Steinbarg，1880—1932）均为知名意第绪语作家。——译注

[9] 六日战争即第三次中东战争，战争从1967年6月5日开始，一共进行了六天，结果埃及、约旦和叙利亚联军被先发制人的以色列军彻底打败。——译注

[10] 马萨达"massada"在希伯来语中意为"堡垒"，是以色列东部的一座古堡，曾经是罗马帝国统治时期犹太人反抗罗马总督的起义据点。——译注

[11] 内夫阿维维姆（Neve Avivim）是以色列的特拉维夫在1960年代完成的建筑群。——译注

[12] 弗朗兹·乌尔姆（Franz Wurm，1926—2010）：捷克犹太诗人、作家，1960年起成为策兰的好友。——译注

[13] 爱德蒙·鲁特兰（Edmond Lutrand，1908—1987）：德国犹太作家、译者，他曾在六日战争爆发时自愿奔赴以色列，后与策兰结下友谊。——译注

回忆保罗·策兰

［罗马尼亚］妮娜·卡西安 文
尉光吉 译

朗尚街，1965 年

当时，我在日记里写道：“我再次见到了保罗·策兰，那个最悲伤的人。”

1957年，在间断很久之后——策兰在1947年离开了罗马尼亚——我们恢复了通信，并且我们的书信往来增多。

我从彼特·萨洛蒙的书《保罗·策兰：罗马尼亚维度》（*Paul Celan. Dimensiunea românească*）中引用一段：

> 从保罗1962年寄给罗马尼亚友人（阿尔弗雷德·马尔古-施佩贝尔、我自己和妮娜·卡西安）的众多书信中能推断出什么？首先，在一个充满敌意的世界里遭到孤立的强烈孤独感。由于他身为一名诗人的荣誉正被践踏，保罗忍受不了精神的痛苦，把他的目光投向了遥远的故人，不顾一切地抓住他们仍然完好的图像。策兰唤起了“我们故乡的山丘和山毛榉树”，它们曾把他永远地“定在”喀尔巴阡山上。在苦涩幻灭的压力下，诗人重新发现了他的出生地布科维纳，把他饱受折磨的灵魂的渴望虚弱地引向那里。对其失落的祖国的理想化流露

出感伤的弦外之音，并与他对其周围新环境的强烈否定并行。策兰抖落了西方十五年生活的黑色头皮屑。在他寄给施佩贝尔和我的信里，他激烈地抨击一种文明，在他看来，那一文明建立在虚假的价值之上，因此正在法西斯复苏的边缘危险地摇摇欲坠。

1965年，我终于来到巴黎这座我梦想已久、令我着迷的城市。当我给保罗打电话时，他的妻子吉赛尔接听了，但让我痛苦且没有想到的是，她告诉我，保罗没法见我。我无比震惊，开始哭泣，想必还发出这样的喃喃自语："我没法相信……二十年后……我在巴黎，却没法见他。"吉赛尔告诉我再等等。几个月后，她给我回电话，邀请我次日赴宴。

我陷入了狂喜。我即将再次见到策兰，那个在铁幕落下、野蛮的审查制度确立的前夕离开罗马尼亚的人；那个"取得成功"，在一种被广泛阅读的语言中成名的人；那个生活在我所梦想的巴黎（如果不是真实的巴黎）——因此必定快乐的人！

他并不快乐。我只与保罗共处了几个小时。他没有完全变老，但一种悲哀的神情不知怎的加厚了他高贵的容貌。他肉眼可见地病了（这就是他试图避免与我相见的原因），但从他的哀伤里，我察觉不出任何不一致。他当然提到了克莱尔·戈尔对他策划的"阴谋"（后者曾指控他抄袭了其丈夫伊凡·戈尔的诗）。他还说起他周围的冷漠，且他的每句话都以一个呼气的"是的"收尾，那是一声说到一半就止住的叹息，不懈地向我倾诉着这个世界的难以忍受。他的话音低沉，声调连续、坚定，但当他向我问起一个我们共同认识的人，而我不假思索地回答“噢，那人？他是个失败者”时，保罗爆发了：“别再这样说了！只要他还活着，你就没法做出裁定。”

他说得没错：只要一个人活着，他就可以从平凡之辈一跃成为出众之才（反之亦然）。出乎意料的事情总有可能，尤其是我们知道通向完满的艺术道路是多么神秘……尽管保罗陷于深深的沮丧，他还是有力气来抗议一位作家同侪可能遭遇的不公。

这是我同巴黎灰白色天空的初次相遇，也是那么多年来我同保罗的第一次重逢。如此的初遇和重逢让我深思“侨民”和“异化”，人性的温暖和保罗对朋友的依恋。事实上，那样的依恋也在他的信里表露无遗：“但我很久以前就有一些诗人朋友了：那是在1945—1947年的布加勒斯特。我绝不会忘记。”

埃米尔·左拉大道，1969 年

那是11月，保罗独自生活。我们一起吃了晚餐，简单的火腿加红酒。他平静，面露笑容，但头脑的略失清醒也给他蒙上了一层阴影。我看着他椭圆的面庞，听着他独特的声音——然而，我绝对料想不到，这是最后一次。恰恰相反。我们的友谊进入了一个理想的阶段：我已开始着手翻译他的诗。我记得我问他：“当你用ansteckend一词时，你更愿意我把它译成molipsit还是contagios？”（这两个相似的罗马尼亚语表述都指“传染的”。）

不管怎样，那一晚，我们只是两位诗人，两个朋友，我们把酒言欢，看着彼此，最后一次。

“我们会回来，到那上面，在家中淹溺”

这是保罗用罗马尼亚语写的一首题为“情歌”的诗的最后一句。在一封致彼特·萨洛蒙的信里，保罗说：“《换气》的第68页类似于某种对曼加利亚的回忆。”

关于保罗，我拥有的一段最为惊人的记忆就发生于曼加利亚，黑海海滨（本都–尤辛努斯地区）。为了更好地理解那一时空，有必要做些许说明。在巴尔契奇的度假小镇被归入保加利亚之后，曼加利亚凭借其美丽的风光和如画的居住环境，以及清真寺和鞑靼妇女提供的异域感，吸引了许多一流的画家。伴着战后初期那鼓舞人心的期望，曼加利亚成了罗马尼亚作家、作曲家、演员和波西米亚艺术家的度假胜地。我享受我在曼加利亚的逗留，那里云集了这么多甚至更知名的艺术家，在我看来，战争的结束也标志着我从十六岁起就亲身参与的共产主义运动变得合法了。监禁对我来说不再是一个威胁，就像一位诗人伙伴说的，“我们的所有秘密都在街上被大声地谈论”。

年轻的保罗·安徂尔刚从布科维纳过来。在经历了他父母死亡的悲剧和苏联的统治之后，他对我们的热情有所怀疑：即便他并不真的想要或敢于“让我们睁开眼睛”，他显然也跟我们不一样，绝不会投身于“新世界的重建”。

不过，我们并不觉得他内心反对众多人文主义的理想。事实上，在多年后的一封巴黎来信里，他声称，“我的心一直在左”；他还在致彼特·萨洛蒙的信里提到“我由来已久的共产主义的内心”。不管怎样，诗歌把我们所有人囊括于它的荣耀。

在一个壮丽的黄昏，保罗和我坐在海边的岩石上，听一位共同的朋友念叶赛宁诗歌的译文，保罗由此点燃的热情（后来，他自己也翻译了叶赛宁）远远超过了我的兴致。同一个夏天，保罗统治着一个海水与爱情的王国；他离开了丽娅（Lia）（他曾经常称她为“乔娅”），迷上了邱奇（Cuici），那是一个像黑色丝绒一样神秘的女人，一位有着出色的内心化能力的女演员。我怀着一丝嫉妒，见证了这场移情别恋，但也忍不住维护这对新的情侣：一种秘密的忧郁巩固着他们的结合。

在曼加利亚与保罗分手多年后，丽娅又经历了一系列失败，她溺水身亡了（虽然她是一名专业的泳者）。而邱奇在保罗离开后，也尝试离开这个国家，但没有成功，她被拘禁了一年。她如今生活在纽约。

丽娅的死亡深深地触动了保罗。1962年，他给彼特·萨洛蒙写信：“我不知道你是否听到了这消息：丽娅在地中海的水域里溺亡了，这离仍未忘却的一切是那么远——离我的心又是那么近。”1967年：“丽娅，溺毙，溺毙……”

1970年，我到布加勒斯特参加一次国际诗人会议。一晚，欧仁·吉尔维克（Eugène Guillevic）给我带来了保罗跳入塞纳河自杀的消息。震惊之余，我傻傻地低声抱怨，一遍又一遍：“巴黎，你对保罗，我的朋友，做了什么？”

四年后，我写了一个短篇故事，题为“死亡作为主旋律”（Moartea ca laitmotiv），以隐喻的方式，提起了保罗的曼加利亚之旅，他的爱情与两次溺水之旅。

我和保罗曾一起谈过他该用什么样的笔名。我建议用他姓氏“安切尔”（Ancel）（这是“安彻尔“［Antschel］的罗马尼亚语写法）的易位构词，并提供了在我看来更法语化的名字：“塞纳尔”（Cénal）（就像埃皮纳尔［Épinal］或雷纳尔［Rénal］夫人）。另一个选项是“策兰”（Celan），它听起来其实很像罗马尼亚语的称呼。在我俩看来，“保罗”（Paul）明显意味着一种国际化的事业。我觉得笔名得是法语的，而他选择了第二个变体。后来，他在德语世界里成名，又溺亡于法国的塞纳河……

《帕纳塞斯》（*Parnassus*），1988年，第2期

关于保罗·策兰的访谈

[德] 汉斯·迈尔
[德] 尤尔根·沃特海默 文
梁静怡 译

（保罗·策兰与汉斯·迈尔第一次会面是在1957年伍珀塔尔的一场学术会议上。他们第二次相遇是在1967年。）

迈尔：我和策兰就是在那场会议上第一次见面的。事情是这样的：两个犹太人看见并认出了对方。后来，正好10年后，1967年，罗沃尔特（Rowohlt）出版社在我60岁生日之际为我出版了一本纪念文集，出版社也请保罗·策兰（当时他是我的客人）贡献了一篇文章。《白色声音》（Weißgeräusche）这首诗就在这本纪念文集中。[1]我读到这首诗的时候就明白了，它完全和策兰其他那些抒情诗同属一类，具体而言，如《图宾根，一月》（Tübingen. Jänner）、《科隆，阿姆霍夫街》（Köln. Am Hof）或《苏黎世，鹳旅馆》（Zürich. Zum Storchen）这些诗，它们皆从过去的某个时刻描述了一簇星丛（Konstellation）。

那是一首有关两个犹太人的诗，他们通过——精神意义上的——经文护符匣（Verschlüsse der Gebetstriemen）、通过关节（Gelenken）[2]认出了彼此。我理解：作为犹太人，人们必须坚持自己的身份，否则就会再次落入虚空。“白色声音”是什么？瓶中信（Flaschenpost）又是什么？我无法作出进一步的解释，于是后来——我觉得是在巴黎——我问了策兰，他向我投来具有责备意味的目光，因为这对他来说是不言自明的：“在伍珀塔尔的时候，我们就一起谈论过作为瓶中信的诗歌了！您当时讨论了阿多诺的‘一首诗可以是一封瓶中信吗？’的论题。‘白色声音’就是那张桌子上来来去去的纸页。”

沃特海默：在您看来，比起密封诗人（hermetischer Dichter），策兰更接近一位在具体的意象中思考的抒情诗人？

迈尔：是的，策兰一再对我说，当人们讨论密释学（Hermetik）的时候，他那里的一切都是十足具体的、能够解释的。当然，人们需要在帮助下进行理解，因为人人都有他自己的联想。首先，在任何情况下，策兰都不希望做一位密封诗人；其次——这也是一个他自己的基本审美问题——在任何情况下，他都不希望做一位独白式诗人。他乐意当一位贝恩反对者（Anti-Benn）；当然，我们经常谈论贝恩的马尔堡演说《抒情诗的问题》（Probleme der Lyrik），他还对我肯定了这一点：且不论策兰当然知道贝恩是毕希纳奖获奖者，他的那篇演说，毕希纳奖获奖辞《子午线》就是对贝恩演说的回应；一位毕希纳奖获奖者回应了前任获奖者。

沃特海默：您如何解释策兰对对话的强烈偏好呢？

迈尔：我认为这首先是受到马丁·布伯的影响。这个关系中的、倾诉关系中的“你”（Du）的问题在马丁·布伯那里居于核心。对策兰来说，反独白是关键。策兰在《山中对话》里明确提出了那个积极的“你”，“那位伙伴，那位倾诉对象在哪”的问题。人们越是深入策兰，这种指向具体之物的、反独白的基本态度（它表现为对贝恩诗学的厌恶）就越发清晰可辨。

沃特海默：那毕希纳呢？

迈尔：在1960年代，我身处西方，多次受邀去巴黎做客座讲师。而在1930年代，我就已经以非正式讲师的身份在巴黎高等师范学院讲过课了。1964年，毕希纳是教师资格考试的内容，我在那里作了一次讲座，主要讲了丹东、罗伯斯庇尔和革命的问题，还有《棱茨》中所谓的文学对话。

《子午线》中的几乎所有引文——那些我当时也有引用的引文——都是改写过的。策兰坦言，他对毕希纳基本一无所知。如果他到场的话，那场讲座会令他十分振奋。我有一本题词版的《子午线》，策兰在那里提及了“我们的”谈话。

沃特海默：您还想追忆哪几次和策兰的见面？

迈尔：大概还有两个小插曲。第一次是在图宾根拜访他，那是一次同马克斯·赖克的意料之外的会面；我们同赖克进行了友好的交谈，赖克离席后，策兰讽刺地评论道：

“我觉得我令他失望了。他期待我写犹太诗。”

那天晚上，策兰在图宾根的储藏楼（Pfleghof）参加朗读会。他一手托着头，坐在那里翻着书页，静静地读一首又一首诗，没有对观众作任何解释；读得差不多了，他便停下来，离开了那里。从一开始，就有一种引人入胜的沉默，人们是否理解那些诗并不重要，这不是问题的关键，那里有一种诗意的氛围，人们自知身处一个诗歌的世界，其他任何东西都会被认作干扰。后来我在一个更大的群体中再次体验了这种感觉，那次是在汉诺威，我在一个很大的报告厅里听策兰在我们的文学研讨会上发言。完全相同的姿态，完全相同的仪式：大礼堂中突然出现了一个巨大的诗歌场域。

然后是我们最后一次见面，1970年，斯图加特大学的荷尔德林研讨会。直至今日，每当我想起荷尔德林学会那些急于求成的荷尔德林专家时，那次见面都仍令我感到愤怒。那些专家把荷尔德林的每一个逗号都当成自己的教师资格论文的研究对象，而现在，这里有一位诗人，即策兰，他朗诵了他的朋友安德烈·杜·布歇的诗（他也翻译过这些诗）。还是同样的仪式，但丝毫没有诗意的氛围。取而代之的是不耐烦、傲慢、漠不关心。许多人在朗诵期间便散漫地离席走开了。后来有传言说策兰对此深感震惊：这一点儿也不真实。朗读会一结束，我便见到了策兰，他全然客观冷静，对此不为所动，他当时讲话比较简短草率，我们匆匆约好见面，他便去录制广播节目了。那是我最后一次见到他。

沃特海默：策兰同自己的文本保持着距离吗？

迈尔：我认为是的。他甚至基本上把给他妻子吉赛尔的情诗当成出自他人之手的陌生文本来阐释。其克制的评论试图令一切去主体化。我还记得策兰对他一个痴迷于“抒情主体”（lyrischem Ich）的学生的问题的尖刻回答；策兰冷静地说：“您想说的应该是这位诗人的抒情主体。”

（1997年3月11日）

《阿卡迪亚》（*Arcadia*），1997年，第1期

[1] 后被收入策兰的诗集《线太阳群》。——译注

[2] 参见《白色声音》一诗中“影子关节”（Schattengelenken）的表述。——译注

两个满口的沉默

［法］马克·珀蒂 文
尉光吉 译

沉默，煮熟如黄金，
在烧焦的
手中——[1]

从一开始，我就觉得这些诗句的作者不只是一位伟大的诗人，更属于那些极为难得的人：在其死后的很长时间内，我们都会视之为指引我们脚步的神秘的忠实伙伴。荷尔德林、里尔克、特拉克尔，这些遥远的星辰早已属于俄耳甫斯和塔利埃辛（Taliesin）所在的非现实王国。至于保罗·策兰，他当时还在世，就住在巴黎，甚至在我刚刚考入的乌尔姆街45号高等师范学院担任德语外籍教师的平凡职务，负责辅导学生们的口译。艺术的真理和社会生活的现实之间的这一落差令我心生疑惑。在那一时期——1965年前后——除了我的朋友让-克洛德·施奈德（Jean-Claude Schneider）和让-多米尼克·雷（Jean-Dominique Rey），以及《蜉蝣》杂志编委会的未来成员和少数作家外，法国鲜有人知道保罗·策兰的诗歌作品。能接触到原初文本的人更少，而在德语国家，1952年诗集中发表的《死亡赋格》的声名，则有让其作品本身的存在黯然失色的趋势，其丰富的作品已包括三部重要的书，它们曾经是并且一直会是：1955年的《从门槛到门槛》，1959年的《话语栅栏》，1963年的《无人的玫瑰》。

幸运的是，德语专业的见习需要让我很快就离开了“鱼缸”。我去海德堡留学，得益于这段距离，我鼓起勇气，以闲谈的名义，给这位陌生人写了一封信，只有附言还算重要。我从未收到诗人的亲笔回信——他甚至没有以外籍教师的身份给我一些我所期盼的建议。我很快得知，策兰遭受了严重的困扰，他的病情刚刚剧烈复发，后续的诊断还不确定。就这样，曾击倒荷尔德林，让他再无可能与那些爱他的人进行交流的恶疾，也威胁着把这个人与他的作品、他的读者孤立开来，使他们从此，在死亡的光芒下，暴露于彼此的缄默：

被盲目
说服的眼睛。
他们的“谜，
纯粹的
涌现”——他们的
记忆，关于
荷尔德林的塔楼，漂浮，在
振动的海鸥当中。

在这些潜水的
话语周围
溺毙的木匠来访：

如果他来了，
一个人来了，
一个人来到世上，今天，带着
族长们的
光亮胡须：他只能，
如果他说起这个
时代，他只
能
结结巴巴，
一直，一一
一直。

（“帕拉克什。帕拉克什。”）[2]

*

“保罗·策兰回来教课了”：我在日期标注为1968年10月的手写笔记里读到。“人变胖了，肩颈缩在层层衣服里，对眼下的季节来说，那些衣服过于暖和。他面色发黄，脑袋微微倾向一边。他嘴角露出一个温和的微笑，既忧郁又嘲讽。他漫不经心地含着片剂，也许是他的药……他身上有某种明显维也纳式的东西，极度的客气，格外的热情，就像一种额外的防御物，一条看不见的长围巾，把他与外部世界的可能攻击隔开。他身上的一切都表明，他是一个有教养的人，却与人际交往的现实保持了距离，因为他一丝不苟地遵循礼节，又无处不在地流露着一种审慎的嘲讽，后一态度毫无疑问适合那种要玩味并掂量每一个词的翻译练习……”

一天晚上，惯常的口译训练课结束后，我发现自己意外地在教室里独自面对着保罗·策兰，我想，他跟我一样，正在收拾东西。

“珀蒂先生！”他突然叫道。

听见他这样跟我打招呼，我惊讶得说不出话。

“我想告诉你……我收到了你的信。抱歉我没有给你回信……（一阵沉默。）我要感谢你在信里跟我说的话……”

我惊呆了。我在两年前就寄出了信件，显然早已不再期待任何回音。我们面对面，彼此说不出一句话，就这样保持了几秒，几分钟，也许是永久？最后，我们相互点头告别，而我再也没有机会坦率地跟保罗·策兰说话了。

*

问题仍然是：保罗·策兰为何自杀？人们难免要问，但谁都没权回答。齐奥朗执着于此谜团，作过一个口头评论，令我记忆犹新。他说，如果策兰没有跳到塞纳河里，他会作为一个虔诚的犹太人结束他的日子。这就是他正成为的：一个虔诚的犹太人……

*

在你眼睛的源泉里
一个被绞死者勒住绳索。[3]

对于两年前我在图尔大学讲解《话语栅栏》的课，记忆已所剩无几——我只记得自己，相当滑稽地，在黑板上画了正“划向高处，/释放一道目光”的“纤毛生物眼睑”，我希望那目光来自一头豹子，而非一位苦役犯。没人知道这样的信息如何被获取。诗的最后一句是：“两个/满口的沉默。”

我早已忘记了我所讲述的场景——策兰回应我寄信的场景——但有天，那一影像在我脑中重现，就像一艘遗失之船，鬼魅又清晰，如同卡夫卡的奥德拉代克（Odradek）。这么多有待重写的瞬间！纠缠了我们整整一生，寻求偿还的一切！我用两种语言，在纸上投下这些诗句，如往水中掷下一块石头：

一言不发
我们站着
面对面

一个尚且
无言
另一个
已经失语

那

在我们之间的

也在此地

谁的嘴

封住

不言的

可怕母语

在其当中

我们栖居

上帝不在的

唯一地点

他天空的天空

《欧洲》，第861-862期，2001年

---

[1] 出自《炼金术》（Chymique）一诗，收于《无人的玫瑰》。——原注

[2] 出自《图宾根，一月》（Tübingen, janvier）一诗，收于《无人的玫瑰》。——原注

[3] 出自《远之颂》（Éloge du lointain）一诗，收于《罂粟与记忆》。——原注

寻访保罗·策兰

［奥］雨果·胡佩特 文
许敏霏 译

1966年12月26日，当我前往朗尚街78号，也就是保罗·策兰生前在巴黎的倒数第二个寓所拜访他时，我认识我的这位朋友已有大约二十年了——最初是在1947年的维也纳。他的诗集《换气》刚刚以精装本的形式，连同他妻子吉赛尔·莱特朗奇[1]精选的几幅彩色的晶体插画一起发行。或许是因为他那间寒冷而宽敞的顶层公寓里很少有说德语的访客出现，策兰向我提出了一个激动的请求，读那本诗集中一小部分呼吸一般无形的诗句，在我大声朗读的同时他动着嘴唇，默念着这些字眼。"不可名状的抽象，"我告诉他，"无与伦比的灵性。"面对这种抒情表达时而舒缓、时而律动的片断中显露的某些精神转变，我无法掩饰内心的激动。策兰回应道："我很高兴你说'抽象'；而且'灵性'也很恰当。大概你和我一样，并非个人内在生活'社会化'的支持者。我希望我诗中的信息是属灵的。昔日，在维也纳，我尝试着与灵媒交流。那时我正在隐喻的背后捉迷藏。如今，在内外世界之间挣扎了二十年后，我已把'像'这个词从我的工作坊中驱逐了。我有一首诗，《话语栅栏》，它充当了一整部诗集的标题。你觉得一道'栅栏'能是什么呢？在那本书中，几乎是最后一次，我在这四行诗里用了'像'这个词：

如果我像你。如果你像我。
那么，我们岂不曾站在
一阵信风之下？
我们是异乡人。[2]

那是我对这个不可靠的‘像’的告别。对我的读者而言，我处于时空的另一端——他们只能‘从远处’理解我，不能把握我，而只能抓住横亘在我们之间的栅栏杆：

闪光动物的眼睑
向上投出
它的一瞥。[3]

我的诗就是这样。而且这道穿越栅栏而释放的‘一瞥’，这种‘远距离的理解’是宽容的、有益的：一次和解，或许是希望。没有人‘像’另一个人；所以一个人应尝试去看另一个人，即使是通过栅栏。这样的看遍布于我的‘灵性’诗，如果可以这么叫的话。”

“那么，你怎样解释你抽象的措辞呢？”我问道。

“这遵循一条类似的轨道。我的抽象是一种经过加工的自由表达。词的复原。你了解‘具象诗’吗？那是一个世界现象；但既不具象也不诗性。头脑浅薄的语言滥用。与词背道而驰的罪恶。只要这种胡闹被称为具象，我就会称自己为抽象，即使我清楚地知道，从现象学的角度说，我与‘为艺术而艺术’意义上的抽象艺术几乎毫无共同之处。”

准备小茶点的时候，策兰坦言这间公寓很难供暖，他的妻子和年幼的儿子早就动身南下到地中海地区度过这寒冷的几周了。接着他带我参观了他妻子的工作室，里面摆满了各种用来印制钢版画、铜版画和石版画的设备。“这种——我称之为法国式的——版画风格的智性的精确给我留下了非常深刻的印象，并且我深受其影响，”策兰开口说，“同样，它只是外在的抽象；其晶体学特征是一些变得可见的分子式——仍然是感性的、有生命力的、富启发性的，就像丢勒的木版画一样，但在欺骗性、斗争性和矛盾性上也不亚于它。理性的控制已在此留出充足的反复试验的空间。我支持可理解性；但这些被切割了的印版，用法国话来讲就是‘陈腔滥调’[4]，不能总是扮演同一个类型……”

“莱特朗奇夫人这些精致而锋利的轮廓线，”我接着说，“似乎与您（自己）的语言加密正相反，策兰先生。”

“这是个关系到特定技巧、风格习惯和写作过程的问题。我不与雕刻工具为伴，即使是在词语的比喻意义上。我也不再沉迷于音乐了，就像我在臭名昭著的《死亡赋格》时期实践的那样——那是一首接受众人捶打以至于现在烂熟于各类选集的诗。现在我在音乐和抒情诗之间作出了严格的区分。如今我与绘画更亲近；同样，相比于吉赛尔，我运用更多的阴影，为了细微差别的真实，我有意模糊曲线，忠实于我自己的精神现实主义。至于我所谓的加密，我想用另一种方式描述：无需掩饰的歧义性正好符合我对语义交叠和关联重叠的感觉。你或许对干涉现象（的发生）有所了解，那是相干波彼此相撞产生的结果[5]。你知道发展与倒退的辩证法——转向相邻，转向交替，甚至转向对立。在某些具体的枢纽和联结处，这与我对歧义性的运用相通。它还包括测算所有物体的边缘，其‘抛光面’，其能显示出自身并被观察的多重角度，以及各种‘破碎’与‘断裂’，它们远不只是纯粹的‘表面’。我试图，至少在语言层面上，从事物的频谱分析中撷取片段，从多个方面、按多种排列，同时予以展现：它们的关系、顺序与对立。遗憾的是，我无法面面俱到地观察物体。

“我的做法是保持基本的感应能力，永远不要假装‘超感应’……那将有违我的天性，一种故作姿态。我拒绝把诗人看作先知，‘神谕传达者’，通灵家或者占卜师。在这方面我希望你能明白为什么我将我所谓的抽象性和实际的歧义性看作现实主义的时刻。至于那种肿胀的‘具象诗’，在我眼中它不过是冒牌货，毫无意义的骗局。我们不应该过分高估这样结结巴巴、哼哼唧唧的诗，也别给它注入（不存在的）价值……一种无人言说的语言是反诗性的。我摒弃所有预言。”

根据我从这次交谈中得到的信息（晚些时候，我在酒店客房里将它们扩充、整理成简洁的笔录），我感到策兰并不排斥当代诗中存在的一种“形式上有意为之的语言”。当我读给他一篇带有这种特点的作品，一首出自海因茨·皮翁特克[6]不久前出版的《明码》（*Klartexte*），题为“回忆”的十八行诗时，策兰在那个午后第一次发自内心地笑出声来。诗是这样的：

亚当·斯坦尼茨。卡西米尔
斯坦尼茨。
安妮卡，生了格鲁克。

腓特烈·威廉大街[7]
（洛科维茨的韦德米勒）

勒贝雷希特·罗曼·斯坦尼茨。罗西娜
丹齐格。
苏珊娜和米柯

农夫和农场主，
萨金特。

约格·奥波尔卡，弗里茨[8]（私生子）
驯兽师，瓦卢什。

玛丽，丽兹维塔，露维斯姐妹
保林琴，海伦娜，
霍顿斯（奥申斯基）。

但是露维斯嫁给了
普兹米塞尔。

普兹米塞尔一家。

我像一个公务员一样，不带任何声调地念了这首“额外的挽歌”。策兰对《明码》印象十分深刻，并立刻超越了其诗作单纯诙谐的面向：“多么有意识地保持距离，充分地成熟且完善的诗啊！”他极为赞同地惊叹道。“所以我心爱的被诅咒的切尔诺维茨应该被永远铭记。没错，就是这样：‘但是露易丝，然而露易丝，好吧露易丝，唉她还是嫁给了那牧师。’这难道不够迷人吗？这是上西里西亚[9]所有家族的注脚，写满了他们的反抗与忠诚，断裂与乡愁，还有模拟的客观性。皮翁特克的挖掘是长时段的，涉及那些大约还在说‘水上波兰人’[10]（你听说过这个词吗？）的祖父们，或者将他们的名字拼写成‘皮亚特克’，意为‘星期五’[11]……”

我惊讶于策兰对这首诗的反应，因为皮翁特克——不同于，比如，波勃罗夫斯基[12]——以一种散点聚焦的、拟声的（声音摹拟的）、近于普鲁士的风格，描绘了他那代波兰裔德国人的生存状况；在《明码》中，他放下了所有明确地关乎社会价值，更不用说政治价值的立场或姿态，撇开了与之相关的隐含意义。当我发表这些保留意见时，策兰不同意我的观点，我们的对话忽然间急转直下，要变成一场政治辩论。

幸好，在那个关键的时刻，电话铃响了；策兰转过身，用法语接听电话，这显然使他的心情愉悦起来。过后不久我就告别了，“到来年的秋天”，“到你下一次为维也纳的朋友们举办期待已久的朗诵会”时再见。

我们再也没见过面。一年半以后，成群的听众在维也纳帕尔菲宫一个拥挤不堪的房间里经过漫长的等待才得知，保罗·策兰在最后一刻取消了他在奥地利的巡回朗诵，并且没有任何明确的缘由。我也在那晚失望而归的人群中。《无人的玫瑰》时期被缚于深渊的诗人所摆出的嘲弄姿态在我看来是一个遥远的报警信号，预言着一个超拔的灵魂势不可当的陨落。我写信给他，声明我意图拜访，但没有收到答复。他已在巴黎换了住处。1970年4月的一个深夜，他选择在塞纳河的流水中结束他的生命。

我们曾是
手，
我们挖空黑暗，发现
那个使夏天攀缘而来的词：
花。

花——一个盲词。
你的和我的眼：
它们照看
流水。[13]

从未有谁的沉寂在我内心引起了如此深不可测的无言。这太疯狂了，就像步入一个狭窄的山隘，无路可逃。这位诗人甚至还不到50岁。有一次他告诉我："我是O型血，跟原始人和怪兽的血型一样。我是非此非彼之人。"在那年的春末，我阅读了他最后的一些诗作，其中就有这样的诗句：

触发地雷在你左边

卫星，土星。

碎片密封的
轨道在那外头。

是时候了
为一个正义的
降生。

以及：

致一位亚洲兄弟

这自我美化的
炮火
升向天空，

十个
轰炸机打哈欠，

一次速射开花，
与和平一样肯定，

一捧稻米
如你的朋友一样消失[14]

还有如下这些难以忘却的绝对黑暗之词：

满载倒影，满载
天空甲壳虫，
在山中。

死亡
你仍欠我的，我
将它
还清。

1971年12月，在列宁格勒举办的涅克拉索夫[15]节上，一位俄国文学研究者与策兰专家，以严肃而毫不哀恸的语气对我说："你必须承认并接受这位诗人是一个未曾治愈的精神分裂症患者的事实。但这意味着什么呢？贝多芬在他最后的岁月里大概也是精神分裂者。很显然克莱斯特也是。想必还有斯特林堡。这还不足以说明问题吗？"

1973年

---

[1] 吉赛尔·莱特朗奇（Gisèle Lestrange，1927—1991）：法国版画家，1952年12月与策兰结婚。1965年，收录有策兰21首诗及吉赛尔8幅铜版画的精装诗集《呼吸水晶》（*Atemkristall*）发行，此后二人又以此种形式出版诗集《暗蚀》（*Eingedunkelt*）。二者的作品具有强烈的互文性，构成彼此灵魂的"互译"。——译注

[2] 参见娄林，《策兰的现代栅栏》，载于《上海文化》，2019（1）：84。——译注

[3, 13-14] 参见策兰，《灰烬的光辉：保罗·策兰诗选》，王家新译，桂林：广西师范大学出版社，2021，85；95；403。——译注

[4] 策兰在此使用了双关语。“Clichés”既有铸版、制版之意，也用来表示陈词滥调。——译注

[5] 相干波是指频率相同、振动方向相同、相位差恒定的两列波。两列或两列以上的波在空间中重叠从而形成新波形的现象，被称为干涉现象。——译注

[6] 海因茨·皮翁特克（Heinz Piontek，1925—2003）：德国诗人，1976年获毕希纳文学奖。——译注

[7] 腓特烈·威廉大街是柏林中心的一条街道，1940年为纪念普鲁士国王腓特烈·威廉一世而得名。从19世纪中叶到1945年，这里一直是德国行政中心所在地，纳粹统治时期希特勒的帝国总理府也位于此。在这首诗中，皮翁特克有意借此进行历史讽刺。——译注

[8] “Fritz”一词除作人名外，也常意味着外国人对德国人的一种带有贬义的称呼，即“德国佬”。——译注

[9] 上西里西亚是位于西里西亚东南部的一个历史悠久的地区，最早属于波兰皮亚斯特王朝。自中世纪以来，上西里西亚的政治地理归属就处于不断变动之中。1742年，普鲁士国王腓特烈·威廉二世在奥地利王位继承战争中夺得上西里西亚的大部分地区。第一次世界大战后，波兰复国，从德意志帝国手中重新赢回上西里西亚的领土权。“二战”前期，苏德重新瓜分了波兰，直至1945年“二战”结束后，上西里西亚地区才真正被划入波兰国土。——译注

[10] “水上波兰人”（Wasserpolacken），原指17世纪以来居住在上西里西亚并以在奥得河上放木排为生的波兰人，后被用来专指受普鲁士统治的上西里西亚波兰人。——译注

[11] 波兰语中“Piatek”意为星期五。——译注

[12] 约翰内斯·波勃罗夫斯基（Johannes Bobrowski，1917—1965）：德国诗人、小说家。作为战后最重要的德语作家之一，波勃罗夫斯基的诗多探讨德国人在现代世界中的生存与精神问题，具有哀歌性质。——译注

[15] 尼古拉·阿列克塞耶维奇·涅克拉索夫（Nikolai Alekseevich Nekrassov，1821—1878）：俄国诗人。涅克拉索夫的诗多以现实主义手法表现俄国社会底层和农夫的日常生活，抨击沙皇政府和上层权贵的残暴行径，他被誉为“人民诗人”。——译注

邂逅保罗·策兰

［法］埃米尔·齐奥朗 文
王 振 译

《解体概要》（*Précis de décomposition*），我用法语写的第一本书，由伽利玛（Gallimard）于1949年出版。我出版过五部罗马尼亚语的作品。1937年，我从布加勒斯特法语研究所得到了一笔奖学金，来到了巴黎，而后我一直留在法国。1947年，我考虑放弃我的母语。那是一个突然的决定。在三十七岁的年纪转换语言不是一件容易的事。事实上，那是一次殉难，但也是一次收获颇丰的殉难，一次把意义借给存在的冒险（存在急需意义！）。我推荐每一个经受巨大压抑的人去征服一门外国习语，借由词语，重新激励自己，彻底更新自己。如果没有征服法语的动力，我可能已经自杀了。一门语言就是一片大陆，一个宇宙，每一个学习外语的人都是一个征服者。还是让我们言归正题……

《解体概要》的德语翻译被证明困难重重。出版人罗沃特（Rowohlt）聘请过一位不合格的女译者，带来了灾难性的后果。不得不另觅他人。一位罗马尼亚作家，维吉尔·耶伦卡（Virgil Ierunca），热情地推荐了策兰，策兰的早期诗作就发表在他战后主编的一份罗马尼亚语文学刊物上。策兰，我只听闻过他的名字，和我一样住在拉丁区。接受我的提议后，策兰开始工作且进展很快。我经常见他，而他希望我在他翻译的时候，坐在一旁，一章接一章地念，以提供合理的建议。那个时候，我并不熟悉翻译所包含的令人眩晕的难题，我远远无法评估其程度。或许有人坚定地热衷于翻译，但这样的想法在我看来太奢求了。我体验到一种彻底的逆转，并在多年后，将翻译视为一项非比寻常的事业，一种几乎等同于创造工作的成就。如今，我确信，彻底理解一本书的人，只是那个不辞劳苦翻译它的人。一般来说，好的译者要比作者看得更清楚，因为作者受制于他的作品，无法了解作品的秘密，也无法了解作品的弱点和局限。对策兰来说，词语是生死攸关的事，或许，他在翻译的艺术上沿用了这一态度。

1978年，克勒特（Klett）重印德语版的《解体概要》（*Lehre vom Zerfall*），我被要求更正可能存在的任何错误。我自己做不了这件事，我也拒绝雇其他人做这件事。谁都不能更正策兰。在他去世前的几个月，他曾告诉我，他想要重阅全部文本。毋庸置疑，他会做出许多修订，因为，我们必须记住，《解体概要》的翻译可追溯至策兰的译者职业初期。真是一个奇迹，一个并不精通哲学的人，如此出色地解决了我书中彰显的那些过分甚至挑衅的矛盾用法所固有的难题。

与这个被深深撕裂的人建立关系并不简单。他坚持他对一个人或另一个人的偏见，并保持他的怀疑，而如此的偏见和怀疑，随着他对被伤害的病理性恐惧，以及一切伤害他的事物，愈演愈烈了。最轻微的，甚至无意的失礼，都对他造成不可挽回的影响。他警惕地提防可能发生的事情，并期待别人给予同样的重视，他厌恶巴黎人——无论是不是作家——所普遍持有的那种随意的态度。某天，我在街上遇到他。他怒气冲冲，近乎绝望，因为X邀他共进晚餐，却无缘无故放了他鸽子。没什么大不了的，我对他说，X就是那种人，他随随便便的态度尽人皆知。你只是错在把他当回事儿了。

那时，策兰生活十分简朴，运气也不好，没有一个像样的工作。很难想象他会跑去办公室上班。由于他病态的敏感，他几乎丢了他唯一的机会。有一天，我准备去他家，和他一起用午餐，我发现巴黎高师有个德语教员的职位，而教师任命即将临近。我试图说服策兰积极地向德语专家表达诉求，那很重要，因为决定权掌握在专家手里。他回答，他不会为此做任何事，那名专家冷落过他，他会白白地任自己被拒绝，在他看来，那是肯定的。坚持似乎没什么用。回到家，我想起来给他传了一封短讯，直截了当地说让这样的大好机会溜走太傻了。最后他给那位专家打了电话，麻烦几分钟内就解决了。后来他跟我说："我错怪他了。"我并非在暗示，策兰看谁都像潜在的敌人；然而，他确实生活在沮丧或彻底背叛的恐惧中。无力超然物外或愤世嫉俗让他的生活变成了一场噩梦。我永远无法忘记我陪伴他的那个夜晚，当时一位诗人的遗孀，出于文学的嫉妒，在法国和德国发起了一场无耻至极的反对他的运动，指控他剽窃了她丈夫的作品。"世上没有人比我更加悲惨了。"策兰不停地说。自尊心平息不了愤怒，更何况绝望。

他的心一定很早就碎了，甚至在厄运降临到他民族和他自己头上之前就碎了。我记得一个夏日的午后，我们身处他妻子的迷人的乡间住宅，离巴黎大约四十里。天气非常好。

一切都让人感到轻松、快乐、虚幻。策兰，在躺椅上，怎么也开心不起来。他似乎局促不安，仿佛没有归属，仿佛灿烂的阳光不是为他准备的。我能在这儿期望什么呢？他一定是这么想的。事实上，这个为不快乐感到内疚的人，注定在任何地方都找不到他的位置，又能在那个天真的花园里寻求什么？说我真的感到不安也不对；事实上，关于我这位东道主的一切，包括他的微笑，都染上了一层痛苦的魅力，像是预感到了自己并无未来。

印有厄运的标记是一种特权还是一种诅咒？兼而有之吧。这双重的面容定义了悲剧。所以策兰是一个人物，一个悲剧的存在。为此，某种意义上，他对我们来说不止是一个诗人。

《口音》（*Akzente*），1989年，第4期

关于策兰的笔记

[法] 埃米尔·齐奥朗 文
尉光吉 译

1966年1月5日

昨晚，我在跟人吃饭时得知，保罗·策兰刚被送入精神病院，因为他试图杀害他的妻子。后来回到家，我陷入一阵名副其实的恐惧，辗转难以入睡。今早醒来，我又遇见同样的恐惧（或苦恼，如果可以这么说的话），它并没有消停。

这个不可能的人拥有巨大的魅力，他不善交际，让人猜不透，但只要忘掉他对所有人表现出的不公的、有失理智的怨气，就可以原谅他所做的一切。

1967年2月6日

保罗·策兰好像自杀了。这个还未得到确认的消息对我的震动难以言表。数月来，我也被这“难题”弄得心神不宁。为了逃避对它的解决，我试着破解其含义。

1968年1月3日

我刚碰见了策兰，我已有一年没见过他了；他在一家精神病院待了数月，却没提起这事。他倒不必如此，因为如果他提起这事，他就不会表现得那么局促（当一个人掩饰大家应该都知道的某件重要的事情时，往往就会这样）。

要谈论自身的危机确实不容易。怎样的危机啊！

1969年6月16日

23点。在街上遇见保罗·策兰。我们一起漫步了半个小时。他一直很优雅。

1970年5月7日

保罗·策兰跳进了塞纳河。上周一，有人发现了他的遗体。

这个富有魅力的不可能之人，凶猛又带有一丝温柔的亲近，我爱他，但也躲着他，怕伤到他，因为一切都伤到他。每次遇见他，我都小心翼翼，时刻留心，以至于过了半个小时，我就精疲力尽了。

1970年5月11日

难熬的夜晚。想起策兰的明智解决。

（策兰已一走到底，他穷尽了其抵抗毁灭的可能性。某种意义上，他的存在没有任何的破碎或失败可言：他得到了完满的实现。

作为诗人，他没法走得更远；在其最后的诗歌中，他打造了词语游戏的涡纹。我没见过更加悲怆或更不阴沉的死亡。）

1970年5月12日

蒂艾公墓。保罗·策兰的葬礼。

1970年9月24日

刚刚，离开家门，在我穿过拉辛街的那一刻，我突然想到了策兰的坟墓。就在那时，我明白他已经死了，也就是说，我再也见不到他了。

（这就是“意识到”某人已死的意思吧。因为我们并不是在我们得知他已不在并参加其葬礼的时候才明白他已死了，而是在我们突然想起他的时候明白的，那样的想念并无任何明显的必要，可能是在数月或数年之后。

我说不上特别喜欢策兰——他的敏感易怒往往让人讨厌他，而且，某些情形下，他的举止，在我眼里，还不怎么好看，他甚至会变得凶猛——但不管怎样，他面带笑容，那是我见过的最美丽的笑容，如果刚刚，我在突然想起他的时候产生了某种类似于情感的东西，那是因为他为我存在过。）

1970年11月20日

今天下午，策兰会受人纪念，在德语学院。他拥有魅力，这点毫无疑问。但他是怎样一个不可能的人啊！同他待一个晚上，你会精疲力尽，因为你必须克制自己，不说任何有可能伤到他的话（而一切都伤到他），最终你什么力气也不剩，并对他还有你本人，感到彻底的不满。要怪就怪我们太懦弱了，一直迁就着他，到最后都没发过脾气。

向策兰致敬，在德语中心。有演员念他的诗，我想让那些在法国念诗的演员都来这儿看看诗该怎么念。

我惊讶地发觉，就连策兰，有某些话要说，也被语言的问题困扰。词语是他身上的迷恋——而作为应得的惩罚，他诗歌中存在的不那么真实的部分属于他不得不玩到底的这套言语杂技。

当前的诗歌毁于语言，毁于其对语言的过分关注，毁于这致命的偶像崇拜。

对语言的反思甚至会杀死莎士比亚。

对词语的爱，没错；但不是执迷。第一次激情产生了诗；第二次，诗的戏仿。

1971年4月8日

策兰的《密接和应》：被简化为骨架和呼喊、被简化为言语痉挛的《杜伊诺哀歌》。

1971年4月28日

我有一种特别的嗅觉，能从我周围的人中识别出凶猛。

（保罗·策兰就是这样一个凶猛的人，同时又十分温柔。他的凶猛源于疾病，因此情有可原。）

1971年5月6日

难熬的夜晚。清晨4点，我比白天时还要清醒。想起策兰。在类似的夜晚，他想必下了突然了结的决心。（不过他内心应该早就怀有这样的决定了。）

Über dich hinaus — par-delà de toi

liegt dein Schicksal, gît (se tient) ton destin,

aux yeux blancs,

weißäugig, einem Gesang échappé à un chant

quelque chose se joint à lui

entronnen, tritt etwas zu ihm,

das hilft et aide

au déracinement des langues,

beim Zungenentwurzeln,

auch mittags, draußen.

même à midi, dehors

—

9. mai 1969

rue d'Ulm

保罗·策兰，《在你之上》（Über dich hinaus）手稿，1969 年 5 月 9 日

公开朗诵

［瑞士］让·斯塔罗宾斯基 文
张　博 译

听完他的诗歌朗诵[1]，我匆匆记下：

既不是作为词语之主宰的嘴，也不是由可靠神灵授意的言辞。然而，一种严厉的律法，支配着一切。

一切安全感都被移除了。呼吸由令人窒息之物的恩典所赐予。或者更确切地说：仿佛诗篇诞生于目光充满焦虑的亮色，诞生于苦涩的温柔。

谁是担保人？应该等待一个担保人吗？疼痛，缺席？这依然是一个过于安稳的来源。也许，对于说出口的每一个词汇，其依据都可以在撕心裂肺中找到，这种撕扯把词语从深埋的矿脉中提炼出来，使其从诗篇短暂的在场中现身。我感觉几乎在词语边缘看到了断裂之痕迹，正是这种断裂使词语得以离群索居——碎片与成串的碎片正在寻找某种全新的凝聚力。

然而，还有尖锐的手法，音节的顽固旋律，音色与声调的神奇布局。这种旋律是古老和弦的残迹吗？记忆中跳动的，是一个曾经话语至上的世界发出的回声吗？又或者是它在欢庆自己的诞生，唤醒一种只能歌唱、超越一切剧痛的发明。动态平衡法，对称法，反衬法：把呼吸和眼泪像水晶的几何形状般收束。哪怕话语再也无法栖居于世，哪怕诗人再也无法栖居于他的话语。

缓慢，无比节制：诗篇的那些词语，嗓音要求它们拼命吞下时间，辛劳地实现向白昼的攀升。词语的现身颇有分寸：它们流逝得飞快，而它们的意义在我们面前展开的画面则出现得更快。（在这次朗诵中：声音的缓慢，意义的加速。）

诗篇被托付给了声音：所以它被易逝性折磨，任其流动，被引向它的终点，注定它的灭亡，一边拖延，一边提前：拿死亡的必然性玩火。处于受害者状态的诗篇。

书写的页面对我们隐藏了起来。必须用朗诵它的声音去阅读。以如此方式呈现的诗篇迫切地成为有声之物。我感觉自己听到了，就像诗人最开始聆听的那样：根据字词的穿插调节呼吸，穿透这些字词，黏合它们，缠绕它们，间隔它们。呼吸被词语阐释，同时又阐释着词语，让它们经受重复。对观众而言，留下的印象涉及话语的某种光泽。来自哪种光？出自何种源泉？我能否认为话语是半透明的，可以任由一道来自某个更遥远空间的光束穿过？不过，黑色的石块同样闪耀光芒——比如煤精，无烟煤——凭借它们表层光滑的黑暗。

受害者在他的声音中遭到暴露（而非得到武装）。颤动的音节无比纯洁，毫无防护，暴露在世界巨大的敌意之中，暴露在虚无的阴险攻击之下。纯洁，就像一根绷得太紧的琴弦发出的声响，在失败与断裂中幸存下来。讽刺草拟出一次反击。沉默造成的压力在四周增长，沉默是古老的盟友，无法征服的对手。

有人会说，一旦一切都已失去，声音就会变得经久不渝：但它立刻为来自更远处的新生威胁所苦。

说着切尔诺维茨语言的声音：这些犹太人使用的德语被来自德国的大师们摧毁了。幸存者的声音。

声音一边远离那个说话者，一边努力让自己变得自由、陌生。但它从未停止把自己从养育它的痛苦中挣脱出来。根始终深埋在那不得不被勉强称为“生活”的东西里：命运，出卖给暴徒的历史。这条根唯有死亡方能切断。

《日耳曼研究》，第99期，1970年

《美文杂志》，1972年，第2-3期

---

[1] 1970年3月21日，为纪念荷尔德林诞辰两百周年，策兰在图宾根举办了一次公开朗诵。——译注

一次呼唤

[法] 雅克·杜潘 文
张 博译

自1950年代初我与他第一次相遇开始，我就有一种感觉，而今天这种感觉比当时更加清晰，那就是我们都来自同样遍布石子的荒芜丘陵，而我们已分别从那里走了下来。我相信当保罗向我伸出手时，他也感觉到了。他对我只字不提。我们发现了彼此，经常见面，但很少倾诉。我们保持张力，既携手同行，又区分鲜明，关于对语言的追问，关于语言的不稳定性。同样地，在这个枯水期，关于词语的悬垂。既扎根其中，又连根拔起，在我这边是断裂与损伤，在他那里则是悲痛中的背负、迷失、征服与统治——一边融入那些令他增强的力量，一边将其摧毁。这就是为什么他在人生的挖掘中，在诗意空间的探索中走得如此之远，同时身上还带着那种从地平面俘获深渊的磁力。

我们经常见面，常常缄默不语。有时候，在一些无足轻重的谈话中会冒出一个关键性的词语，有如昆虫的刮擦声，石块的碰撞声。当他和几个作家朋友一起近乎反潮流地筹办《蜉蝣》杂志的时候，我和他定期会面。在安德烈·杜·布歇、伊夫·博纳富瓦、路易-勒内·德·福雷、米歇尔·莱里斯以及我自己身边，保罗·策兰的出现，他的贡献和警醒都至关重要。[1]

在生命的最后一年，他同意翻译我的一系列诗作。他选择了一些让他感到亲近并意欲翻译的作品。但是它们的标题：夜色愈深[2]，之后在我看来，似乎汇入了他本人深深的困扰。他的家离塞纳河不远，我在那里和他一起工作过好几次。我们俯靠在他的桌子上。他尽力让我参与到他关于语言的工作中去，而他努力在双重语言中寻得一致性和对等物，直至晕头转向。对我来说，那是令人震撼的时刻，他敏锐的聆听与提问，那些必要的偏移，词汇在对应天平上的分量，还有对音色与节奏的捕捉，这一切都迫使我去为他重新阅读、重新发现、重新写作那些几乎已然烟消云散的诗篇。

一天傍晚，为了一个排版方面最后的可笑问题，我给他打了个电话。他接了。他听着我说话，一言不发。他把我一个人丢下了，任由我独自说了整整几分钟。这让我担心，不能自拔，我提出和他碰个头，给他提供一些帮助。声音在虚空中含混不清。最后是挂断电话的声音，聆听切断了。那是四月末的一个傍晚，1970年。[3]

《立方玫瑰》（*Rosa Cúbica*），1995—1996年冬

---

1 《蜉蝣》杂志由雅克·杜潘、加埃唐·皮孔（Gaétan Picon）、伊夫·博纳富瓦、安德烈·杜·布歇、路易-勒内·德·福雷共同创办。1968年加埃唐·皮孔离开编委会之后，保罗·策兰与米歇尔·莱里斯加入其中。——译注

2 《夜色愈深》（La nuit grandissante）是杜潘在1960年代创作的组诗，后由策兰译为德语（Die Nacht, größer und gröBer）。——译注

3 策兰于1970年4月底——据推测是4月20日前后——在巴黎投河自尽。——译注

保罗·策兰

［法］伊夫·博纳富瓦 文
杜 卿 译

说话吧，
但别区分是与否。
——保罗·策兰[1]

我相信，保罗·策兰选择自戕，是因为在诗歌和流亡的矛盾所占据的一生中——说矛盾，是因为再悲戚的诗，也流连于不可能到来的欢庆，也留有至少寥寥几位亲朋相伴的渴望——词语与存在之物终于交汇到了一处。请注意，写作并非诗人自身的目的，何况，比起任何诗人，保罗都更适合让我们说出这么一句话：他的词语无法囊括他的经验。首先，词语并不相似于他小时候所喜爱的天空的颜色、脸孔或嗓音，总之，它们无法百依百顺，总留有陌生的意涵：他写作的语言，以及他所穿渡的文学，都在偶然中才成为他的所有物。其次，从更深入的精神层次，从更残忍也更直接的角度而言，这些字句无法令他说出他在极限中经受的恐惧——极限成了他必须停留之地。词语俯拾即是，却不够有效，它们既封闭，又内在，即便在最严谨的符号化过程中，也布满谎言。透过书写的暴力，保罗·策兰无疑逼迫着它们，他的写作愈发有张力，愈发省略简洁，深入言语杏仁状的内核——

在他探索而出的“曼多拉”[2]里，他瞧见了一幅被擦拭殆尽的壁画，上帝并不在自己的宝座上——总之，以他的心之眼望去，人显然更难达到对于自身的在场，即我们所说的“言”（Verbe）。诗人原来视书写为根本，却又体会到，书写仿佛一条漫漫无际的河水，一道从概念的河岸生发，又把概念吞没的岔流。不，没有任何真实可以真诚地回应这道流水，可以在绝对中具备指涉的价值。仅仅除了这条河流：夜晚，在泥泞不堪的巨大寂静中，它能从（越来越迷途的）自身中积攒出与如此缺场相对应的唯一所指。诗的界限，就在超越了被拒之物与崩溃之思的那阵静穆当中；若是如此，这道界限反而表明——拒绝任何反对地表明——诗歌并不是真实，正如我们今天所说，对符号的建立而言，再也没有无懈可击的终极指涉。在保罗·策兰笔下，言语被尽可能地肢解，它们不过是一片幽暗、凶猛的理性之思，一切都分崩离析，只剩下虚无中的回响。即便如此，河流，只要有自戕一般的行为使之变得宽广，使它毗邻所有探索生命的场所、所有寻求自身的思想、所有的希望、所有的回忆，那么，如现实空洞一般的河流便会上升而成一个答案，它从最后一个词语的悬置中获得命名，在这没有遮拦的叙述中承担现实。诗歌必须退位，因为它只能如此，但它依旧指明并完成了自身的功能。兰波放弃写作并非因为恼恨或是冷漠，而是为了用符号（这最后的句点）再次传递意义，这符号既指向了他者的虚空，又紧紧攥住了粗糙的现实，只要它依旧作为符号而存续。同样，保罗·策兰之死是他诗歌的延续，是为了在最后，为其寻得诗之所欲：长句与零星的存在之结合。长句中本无此存在。或许我们可以说，这是绝望之举：相较于——在句子内部——结束希望的一切理性而言。但在否定中，在抛弃了占有身外之物的烦恼后，他的死亡依旧留存，并实现了他自身的希望，作为其真正生命的希望。

如上所述，我们必须回到我刚刚一笔带过的诗之意欲的问题上来，这也符合此举的潜在意义——这一死亡的符号；我们必须在历史中——即便这历史即将完结——再度明确地声明：这苛求的、抽搐的、被我们称为诗的意识，永不会降临于化为肉身的有限之形式，永不会降临于有违其存在、与血肉为敌的否定之举：出于使命，诗的意识同时寻找场所与样式，换言之，它寻觅的是穿透一切、承受一切的意义。我们时代的一些作品，与其说是悲剧，不如说仿若梦游，它们隐没了诗歌的这一角色。如今，人们用理性，或者说，用出于天真信念的理性，轻易破除了意义的客观性、自我的超验性等幻觉，那正是尼采的宣言意图摧毁的一切。但请务必警惕，随着尼采与现代批评消逝的，更是一种研究模式，而不是为这一模式敞开的经验场所。试想，言语与意义依旧可能，正是因为我们再也无法忽视从最愉悦的语言之反面回应它们的河流，这河流愈发宽广，在夜晚的堤岸旁，它与被剥离出语言的人之苦难交汇，彼此是一样地空无。是啊，我们的一字一句都有恒定的、积极的意义吗？我们举手投足间都有潜在的和谐吗？我们心中的每一个请求，都会换来他人知心的回应吗？——一条河流将流经这一切，卷走它们，迷乱它们。所谓的宇宙，我们向它抛出的架构便是语言，但说真的，这架构不过是一团乌云罢了。人最完满的经验仅仅如信封一般空洞，而厄运就用手指感受它被撕裂的模样。因此，若是仔细聆听地底与四面八方的水流，聆听它们不间断的、有规律的声响，存在之物的行事便不会走进幻觉的死路，而是变成诗歌至今对着寂静所能发出的最包罗万象，因而也最明澈的问题。对着虚无的天空又恨又惧的精神，求助于我们时代的修辞学，与之相反，我们应当记住——这是迈出的第一步——那样一种意愿，即去体验、去联合、去倾听分秒的欢愉和时间的威迫，在说话的同时去存在，这是为了达至最深处而进行的寻找与认同。对我来说，诗歌的作用，在于欢庆。这意味着：把自身奉献给场所，奉献给时刻，即便它们全是空无，因为它们的深处有着一切。这一切还不是空空如也，它就是空无，但怎么说呢，你若接纳了它，它就会给你带来音乐的迷乱。在经验与集合的核心，总流淌着一条河流。但这一回，它终于变得明晰与澄澈。生命之书被翻开了，为了一无所是，在世间万物中，我们力所能及之事拥有一份潜存的现实，即超越词语之空洞的那一句话所显出的现实。

为了用这样的方式谈论天地万物，我们必须出生在生命之书——这是传统所知的——未遭撕毁之时。我仍能听见，某天下午，我们来到我的住处谈论绘画与罗马式建筑时，保罗·策兰对我说："你们［他是指法国的、西方的诗人］住在自己的居所，住在你们的语言与指涉中，住在你们的书籍、你们喜爱的作品之间。而我却在外面……"我知道，保罗·策兰，他正当地渴求着幸福：幸福不是暂缓挫折，也不是悬置悲剧，而是在苦难的地平线上，闪耀出意义的光亮，哪怕只有一次，却普照万物。若是他生活在外部并承受了外部的一切，那么，他的苦痛更在于，他觉察到，他所忍受的境遇不过是一场意外，而这意外仿佛是阻止他完成最高使命的桎梏。此般的不公，不只在欺骗性的词语层面，更在苦痛经历的晕眩中，被强加于他。他是外人——犹太人，那是个在战争期间（及战后）无法说出的名字，一个在巴黎说德语的人——人们总是知道如何让他想起这个事实。某个晚上我又见到了他，我们一起从鲍里斯·德·施罗泽家里出来，之前我曾多次向他提起鲍里斯，他也期待着能与之相识。交谈中，一种文化的不可估量的因素得以重组，总的来说，那几乎算是他的文化，而他也因此放松了下来——在俄国思想的边界上，人会更热衷于灵魂的追求，也会更友善、更好客——然而，在街头，当他想起多年前所受的一次诽谤时，他突然崩溃流涕，我本以为时间早就抹平了他的伤口。我记得这些让他深受其害的攻讦的起因，就今日而言，攻讦的内容已无关紧要。正是在我的陪同下，他看望了那位疾病缠身、与他一样被迫流亡的老人[3]。我再未与之相见，但保罗一直带着深情与关怀，相伴老人左右，不想之后却看着这一切给别人落下诬蔑的口实。起初的漠不关心，或漫不经心的个性，挽救了他。流亡中，他最苦涩的感受无疑是，对于犹太人，他者的奠基之语常驻其身。从“我”向“你”进发之时，他必须在西方语言固有的无人称性当中生存。基于一本假借而来的书籍，西方的语言只把肉身化视作自相矛盾。这种反差是多么地可怕，又多么捉弄人呐！我们的语言懂得无穷无尽地描绘自然万物，而他最先依靠的，却是对话的精神。虽然眼睛未被遮蔽，但保罗·策兰不由自主地以为自己无法看清头巾百合与匍匐风铃草，仿佛《圣经》里的上帝，虽然身处茫茫荒漠，虽然忧心人类，却未曾赐名于万物。这也成了另一种偷走他词语的方式。反之，“我”与“你”、“我”与“我”：当他自语时，他感到这些词的荒谬，当他闲聊时，它们像是手杖敲打石头的声响。然而，与人相遇是他的需求，也理应是他的权力。他所梦想的交流中，既没有让彼此赤裸的大发雷霆，也没有事前发难、相互指责的暴风骤雨。即使他常常掩饰苦痛回忆的侵袭，他的微笑依旧是柔情的表示。特别是在维也纳之后的那几年——学院路的房间、大学餐馆、带有希腊神庙柱廊装饰的古旧打字机、一贫如洗的时光——他的举手投足都显得漫不经心。热烈的夜谈后，当他陪着终须一别的朋友，沿着盛夏的街道漫长地步行时，他的头会优雅地向肩膀摆动。在那之后，他对人的不信任爆发了；此次或下回，他的疑心从不放过任何一人，但这也不过是他对信任的需求被撕扯坏的反面。这么说的证据在于，时而不公正的暴怒过后，他会恢复纯真的感情。如果说我更能读懂他的诗作，那是因为我相信，在最阴暗的轮廓、最尖锐的锋芒背后，我们可以重拾那份只以孤独为根的热情。他简略的书写，虽常伴有超然、反讽的阴影，但我们若是从中看到背离人群的渴望、少言寡语的需要，或是生猛之物所显出的言语的冷峻，那就大错特错了。他的简略所意味的，是生存的瞬间：当他因为言语的过量、无法言说的悲恸而窒息，当不可调和的事物浮现而出——“称颂你，无人”；而这抽搐的愤怒，不过是交流的渴望最终采取的最有效的极端形式而已。

此外，我认为，在生命的最后几个月里，他的苦痛平息了。我被他身上的纯真和重又恢复的漫不经心所打动，与初到法国时相比，我感到他更开放，或许也更随和。甚至在他谈起药物使其经历的煎熬时——药物令他在准备研讨会或聚精会神时痛苦不堪——信任之心的恢复似乎让他融入了他从前惧怕的街头的热闹与天空的颜色。我们一再谈起那些久远的岁月，当时，很多事对他来说还充满着可能，那段时光也决定了他的生命。我们还曾计划花一天的时间重访图尔：1940年前，他曾在那里学医，离我上中学时经常走的路只有几步之遥。我们一定曾在街头擦肩而过。从这些遥远的日子里，我们不停地，透过岁月，偶尔追忆起一些缥缈的形象，而我更是牢牢抓住不放，因为那是我的城市，对他，则意味着诗，在我看来，这如此接近的距离是我永远失去的珍贵机会——至于意外和临时取消，我真的说不出什么。保罗此前从未回过图尔，而当回归的心愿成形时，他一度容光焕发。他的生存在他的眼前渐渐闭合，成为一种宿命，我想，这已向他表明，从他对自我的忠贞中，至少诞生出了一缕幽光、一丝意义：闪光的河流把水汇入另一条河流，而他刚刚在那岸边定居，但没有下定决心在屋子里放置他的纸稿和书本。两周后，在这小小的旅行预计出发的前一天忽降大雨，我们在电话里决定把它推迟至下个月。之后，他又去德国最后一次小住，因此，旅行时他那刻意装出的平和，成了我对他最后的印象。深夜，我把他留在了重建的、阴森的街道一角，从未想过一切将没有任何后续。

《美文杂志》，1972年，第2-3期

[1] 出自《你也说吧》（Sprich auch du）一诗，收于《无人的玫瑰》。——译注

[2] 曼多拉（mandorle），指耶稣在最后审判时所戴的杏仁状光环，策兰曾以此作诗。——译注

[3] 指伊凡·戈尔，参见博纳富瓦的《保罗·策兰之所惧》一文。——译注

词语的记忆

[法] 埃德蒙·雅贝斯 文
尉光吉 译

我从未谈过保罗·策兰。谦逊？无法读解他的语言？然而，一切都让我接近他。

我爱这个身为我朋友的人。并且，在差异中，我们的书相遇。

同样的追问将我们连在一起，同样受伤的言语。

我从未写过任何有关保罗·策兰的东西。今天，我冒险这么做。我并不独自作出这个决定。

第一次，为德国的读者，书写策兰，这吸引了我。

第一次，书写策兰，并把他的语言、他本人的言语所敞开的场所，作为目的地，赋予我的文本，这已说服我说“是”——就像一个人对自己说“是”，沉默地，或孤独地。然而，当我想起已逝的朋友。仿佛，第一次，静静地，我在那儿陪伴他，在那儿，我们从未一起，深入语言的心脏：他如此激烈地与之搏斗的语言，而非我们用于交谈的语言。

对谁言说，当彼者不复存在？

场所空空，当空占据一切场所。

保罗·策兰的声音，在我房中，为我，朗读他的诗；声音，从未沉寂。我听见了，在这一刻，笔在手中，我听见我的词朝他的词走去。我在我的词中听见他的词，就如一人，在他从此站立的影子下，听见未曾离去的彼者的心跳。

这声音，位于我对其诗歌发起的阅读的中心；因为我只能在译文中阅读保罗·策兰；但凭借我赋予自己的接近其文本的方法，在诗人难忘的声音的帮助下，我时常意识到，我没有背叛他。

保罗·策兰本人便是一位出色的译者。

一天，我告诉他，从我眼下拥有的法语译本里——1968年，译本还很少——我很难认出他给我朗读的诗，他回答我说，总体上，那些译本让他感到满意。

“翻译，”正如诗人菲利普·苏波（Philippe Soupault）在其《伊戈尔王子》（*Prince Igor*）的序里写道，“唯当它如摄影一般，意图重新生产现实时，才是背叛。那意味着它提前决定了，一个文本既没有起伏，也没有和音，没有色彩，尤其是，没有节奏。”

诚然；但，原初的文本发生了什么？

策兰对已经或即将发表的译本所表达的满意，令我不解。“很难做得更好了。”他补充说。难道是因为，在心底里，他比别的任何作者都更清楚，他是一个不可译的作者？

在保罗·策兰的语言背后，是另一语言的回声，从未熄灭。

如同我们，在穿越白日的某一时辰之前，沿着光影的边界行走，保罗·策兰的言语，也在两个同等大小的语言——弃绝的语言和希望的语言——边缘，移动并肯定自身。

贫乏的语言和富饶的语言。

一边是明澈；一边是晦暗。但若它们混合到如此的地步，又如何把它们区分？

光辉的清晨或哀伤的黑夜？非此亦非彼，而是——无以言表的痛苦——迷雾笼罩的无边荒野，在时间内外，无法独自表达自身之物。

那么，既非昼，也非夜，而是，通过它们混合的声音，未经定义的空间，遭受褫夺的语言在被重新发现的语言中心的撤退所留下的空白。

仿佛这言语只能在彼者的废墟上立起，伴着它，又没有它。

尘埃，尘埃。

沉默，没有一位作家会否认，它允诺对词语的听闻。在一个既定的时刻，沉默是如此地强大，以至于词语只表达它自己。

这沉默，足以倾覆语言，拥有它自己的语言吗，不可溯源的，无名的语言？

不可听闻的，秘密的语言？

那些曾化为沉默的人，对它最为了解，但他们也清楚，只有通过其践行的语言之词，他们才能听见它，领悟它。

从沉默到沉默，从词语到词语：无间断的过渡。

但问题总在提出：沉默的语言，是拒绝语言的语言吗，或者相反，是回忆最初词语的语言？

我们不知道吗？由字母和发音构成的词语，保存着课本的记忆，或别的任何一本书的记忆，那本书，有天，在向自己揭示它的同时，也向我们作了揭示；同样，它也保存一切声音的记忆，在岁月——甚至世纪——的进程中，将其说出并散播的声音。

词语，被陌异或熟悉的双手，被遥远或邻近的声音，昨日的声音，甜蜜于耳的声音，或冷酷畏惧的声音，发掘并流传下去。

此刻我确信，不存在言语的历史；只有每个词语叙述的沉默的历史。

词语只说这沉默。它们的沉默，我们的沉默。

追问一位作家，首先意味着，追问其记忆的词语，其沉默的词语；挖掘其言词的过去——词语比我们更老，文本没有年纪。

对于保罗·策兰，德语，虽是他所浸染的语言，但有段时间，它也是那些声称要保护它的人禁止他使用的语言。

如果德语确是他引以为傲的语言，那么德语也是他深感羞辱的语言。既然没法立刻将他交于死亡，有人不是用他忠诚的词语，试图将他从自身中撕离，并弃于孤独或漂泊吗？

突然发觉自己成了世界的外人，并全心投入一个排斥你的国度所用的语言，乃至于独自索要那门语言，这显得有些矛盾。

仿佛语言，真的，只属于那些人，他们爱它胜于一切，并与之订下永恒的婚约。

奇异的激情，只为它，拥有自身激情的勇气和决心。

斯特凡·摩西（Stéphane Mosès）分析《山中对话》时，

曾指出，在这首诗中，策兰使用了某些从犹太德语中借用的表述，这在他看来，大可成为对刽子手的一个挑战。

于我，这并不显然。

对刽子手的挑战在别处。在其诗歌的语言里。一种由他升至顶点的语言。

每一位作家向词语发起持续的战斗，迫使它们将其至为深切地表达出来，对此，没有人如保罗·策兰一般，从肉体上，如此绝望地亲历；加倍地亲历。

懂得赞颂杀死我们的词语。杀死拯救并赞颂我们的词语。

同德语的这般爱恨交织的关系，促使他，在其生命的尽头，写下这些诗句，从中我们只能读到撕痛。

由此就有读者径直接近它们的困难。

在最早的诗歌里，保罗·策兰由其思想和呼吸的语言之词所承载：其灵魂的语言。

他需借助这样的语言活下去。在其书写的语言里，他的生命，连同其生命本身的词语一起被写下，还有死亡，那也是一个词。

在最后的诗歌里，他对此抵抗的激烈达至顶峰。死在其爱的中心。

在说它之前，摧毁试图被说之物；仿佛此刻，唯独沉默，有权立足：这沉默，在词语之前和之后，这沉默，在词语之间，在两种语言之间，语言彼此倾诉，却允诺同一命运。

他的诗歌不过是对一个现实的探寻。一种语言的现实？真实即绝对。

面对其刽子手，以他们和他共有的语言之名，令他们下跪。

这是要放手一搏。

如果翻译，确然，意味着背叛，那么我敢承认，为了让人更好地理解保罗·策兰，我已经踏上了背叛之途？

但任何个人阅读，自身何尝不是背叛之举？

无法直接阅读德语，我借助各类译本阅读保罗·策兰；法语，英语或意大利语。都可接受。都不完备，但允许一种对原文的更好领会。一个译本所缺的，另一译本帮我更好地把握。

我阅读这些译本，而不失对德文的洞察；试图从中发现节奏、运动、音乐、中顿。受保罗·策兰标准的声音指引。他不已告诉我这一阅读的诀窍了吗？

我所知的一切语言都助我进入他的语言，我所不知的语言。就这样，经过这奇特而不寻常的迂回，我尽可能接近他的诗。

我读过保罗·策兰吗？我曾长久地聆听他。我聆听他。每一次，他的书，都更新着我们的对话，我不再记得它从何时开始，但此后，什么也不会把它打断。

沉默的对话，穿越词语，轻盈如自由的冒险之鸟；世界的全部重力都在空中；如石头，被感伤的幽灵，置于不存在的墓冢；世界的全部痛苦都在地上；如漫长的恐怖之日的灰烬，徒留暗红之烟的无以忍受的图像，从数百万烧焦的尸体上升起。

“虚无的玫瑰
无人的玫瑰”

Ein Nichts
waren wir, sind wir, werden
wir bleiben, blühend:
die Nichts-, die
Niemandsrose.

“一个无
我们曾经是，我们现在是，我们
仍将是，绽放，
虚无的玫瑰，
无人的玫瑰。”

《法兰克福汇报》（*Frankfurter Allgemeine Zeitung*）

1989年4月22日

回忆保罗·策兰

［法］埃德蒙·雅贝斯 文
尉光吉 译

那一天。最后的。保罗·策兰在我家中。坐在此刻我的双眼久久注视的位置上。

言语，亲密无间，交谈。他的声音？轻柔，多数时候。然而，今天，我听到的，不是他的声音，而是沉默。我看到的，不是他，而是空无，或许是因为，那一天，我们彼此，不知不觉地，围着我们自己，残酷地绕圈。

1984年

漫步，对话

［法］让·戴夫 文
杜 卿译

1

他们肩并肩走着（主教与另一人）。他们右侧是幽暗的河流。他们跨过梯子、桌子、椅子、桥梁，顺着房屋的门面、栅栏，另一些房屋的门面、墙，另一些墙，前进。两个声音，一个低沉，一个微弱。很多有活力的手势。会心的目光。微笑。良好的默契。他们在一片泡桐树下逗留，后又来到了一片栗子树林前，隐没其中。夜晚。月亮。他们谈话。他们狂喜。“启蒙”，“被悬挂在内部的尸体之上”，“对人而言有两种理想的状态：极度的纯真与极度的教养”。阅读布告：“只有一个存在”。他们垂眼望着湿润的落叶。他们奏出飒飒的声响。他们向钟摆之夜前行。不可见之物。

主教

但这难道不是……符号！

另一人

符号。当您的目光与我相遇。

主教

当我的目光向您的目光询问，您的手指在刀刃上滑动。

另一人

当我们被二楼的恐怖分子细细欣赏的时候吗？

主教

是的：谵妄之刃。经历过那么多次狂喜后，我很了解它。泡桐树与栗子树的谵妄。

另一人

东方与北方的谵妄。

笑。疑惑。屋顶在树木之上掠过。手的游戏。前倾的面额。世界的重量。他们的恐惧。他们的言语。他们的彷徨。一种完满。一种倦怠。在无从定义的终点边缘。一场可怕战争的内部。句子与月亮的碎片。丢失于夜晚的字节。某种野蛮之物。某种黑暗之物。突如其来。“一切突如其来，仿佛内在的记述：衣物、枝条与花园的记忆。”

主教

经过。相似之物是否是世界的通路，场所、深渊，或是世界的死亡？树木都如此相似，谵妄，河流。

另一人

一切与坚持。

主教

坚持与虚无。

夜晚。无法抵达的夜晚。永远无法抵达。某种简单的事物。某种锐利的事物。单纯，他们声音的夜晚。缚紧坟墓与独特之物、无穷无尽之物与词语。骰子的划分。我们的划分。“我的眼睛。我的眼睛。”呻吟。他们融入了向下的人群，融入了树木。在人群中。远离。不可战胜。孤独。像基础的计划。

主教

经过：要不要保管被摧毁之物？

脚步。疲惫。两张寒冷的嘴。夜里的两条黑色的树根。没有身体。没有白色的阴影。在他们之外，没有任何东西铺展开来。他们的面孔背后，出现了他们身体的底部。充斥着盲目样式的形式。

主教

人呢？要提防人。您知道：人向人喝倒彩。

他用手推开不可见的存在。斗争。抽搐。对事物的敌意。家庭的敌意与让人羞耻的侮辱。他呼喊法律。“愿它为我作证”。他移开幻觉。被占用的夜晚。他占用整个晚上与夜晚。以无法解读的符号之名。威胁性的动作。他真的被威迫到了。

主教

当我在房门下看见上帝时，我在伦敦的一间旅店的客房里：一缕光，光的投射。

另一人

有时：上帝。有时：虚无。坚持是目光所添上的。

主教

目光所添上的：在女贞树里添上橘子。

另一人

或为死者添上一种蔬菜。

主教

为死者添上一种蔬菜？讲讲吧，告诉我蔬菜的名字。

另一人

坟墓的蔬菜。

主教

我和您说过很多次，我重新找回了我的报纸，它被我留在家里，放在我想要洗刷的坟墓之前。那些不再读报纸的人把它们留在墓园里，数量如此之多，您从未被困扰到吗？注意：我用的是“留”这个字。

另一人

死亡的文本。

主教

文本与死亡。

另一人

在衣物的记号下。

主教

……

他说。他隐遁。他阴影的双手。他黑色的手，沾满泥土的指甲。倦怠：一个尽头或那个尽头。但脚步是至上的，凯旋的。他行走。他前进。没有尽头。在那之上。双手抽搐，集结不同的事物，安抚夜晚。他说。再一次，他的双手。手指寻找着脉搏。他计算着：“时间，坠落的击打声。”没有尽头。

主教

您看，精神错乱——唯一的精神错乱——并不能吞并死亡。它通向了语言的弃绝。承受天空的雷击。是的。谁受惊了？承受无法交流的身体。不。对话，对话的执念，对话的急迫：一种疯狂。

张开的嘴。他们张开的嘴里只过滤出了嗫嚅与埋怨。被拔出的指甲发出微弱的咒骂。喊叫：几乎是的。喊叫催眠了对所有出路的隐藏。

另一人

或是对所有出路的指明。

主教

叫喊：是智慧吗？

他想：我是上帝的一声叫喊。探寻的咕哝声。摇晃。缓慢。迷惑。另一次阅读。

另一人

我想，叫喊是声音的选择姿态。声音被自身驱逐，被狠狠地击打，羸弱，极度地，不停地被剥夺，羸弱，无法成为乐音。醉意的、蜷缩的声音。而亲身所见的……

主教

几何的叫喊。

在一只脚上，然后在另一只脚上：没有失眠。压抑。浑浊。困难。感知的爆裂。夜晚。两条轨道。叫喊。平行线上的词语。夜晚。两颗流星。最后一根枝丫，最后一棵树和复回。阴影旋转又复回。复回？复回。

2

天亮了。城市布满灰烬，被掏空，下着雪。天空低矮、沉重、白晃晃。见证者在行走，寻找着另一人。或许他们在相互寻找。或许另一人在寻找见证者。他们当然会在街道上重逢，街道旁的房门（人行道）把互相寻找的人挡在外面，让他们相遇。下着雪。一道强光把我所称颂的雪地里、头脑中的白色带回给我。我称颂它。裘皮下，我感到寒冷。我在骨子里感到寒冷。发狂着喊出的、震人心魄的堕落，跑遍了灰色与黄色的墙壁。我们谈话。我们吃饭。“雪是死亡。”“白色是死亡。”“如果大脑在左边，就像……”“如果雪下在左边：死亡？”“死亡在何处？”他在吃撒满了雪花与盐的蛋糕。他用左手吃着。“腐坏的蛋糕。”我们沿着（我们相互揭示的）一条路线前行，我们的路程如同他的螺旋画出的线一般成为生物。我们彼此放逐。我们让自身放逐。墙壁、门面、石头、屋顶，如他的迷宫一般铺展开来。法沃里滕街、摩洛哥人小道、上多瑙街、赛伯尔斯泰特街。我们转弯，词语，词语的白色停止并坚守着话语，它们交付出无用的、速朽的、层叠的知识。死亡与白雪同时被赞颂，这碰撞了他的寂静吗？“我曾寻找贫瘠的裸体，而我找到了腐朽的知识。”

主教

有两种枝条：人类的枝条……

另一人

……和不存在的枝条。

主教

不存在的枝条是什么？

另一人

我不能净化的枝条。

而我想：树丛上、A之上——他根本的脚步。

主教

挥之不去的枝条。它属于哪一棵树？

另一人

属于左边的树。属于留下雪与死亡的那棵树。

主教

上帝可以净化不存在的枝条吗？

另一人

上帝不行，东方也不行。

而我想：北方也不行，绿色也不行。

主教

我愿意。

另一人

死亡或是纯真？

主教

最纯真之物。

另一人

死亡之后？

主教

在死亡的白雪之下。

另一人

我曾想：他已不在那儿了。我曾想：我们不能说出树木的主顾，不能看见枝条的客人。

我们行走。我肿胀，仿佛我在消失。我们行走。我膨胀，我躲到不存在的枝条的命运里。日子、雪与脚步。我呼吸：可憎的诗歌。我感到冷，感到害怕。我失去了词语的深处。寂静。没有词语。我们像无法诉说之物一样转弯。分子与空气的重量让某种中性的天使之物若隐若现。空气如松脂般。我遥远的目光。我望向公园的篱笆上方，那儿，那些再也不能保护我，不让我看到的一切伤害我的事物，又向我归来：巨大的乌鸦不知疲倦地掏空着垃圾箱，被它们翻出的报纸堆成了灰色的小垛，它们就藏在那里面。“它们在隐蔽处阅读。”它们集结那些紧追我不放的词语。它们建造那些逃离我的词语。不适。我害怕。乌鸦们重新布局，依据错误的、错误的、错误的格列高利分类法。最不可见的向我走来，指派给我一份报纸里的字母K——（根本的脚步）——重新开始它的阅读：“中性的天使在书的沟渠中”。我听见：

主教

词语是白蚁的巢，是性与礼拜仪式的螺旋，像朱代卡岛或日式洗浴。带着它的曲折、它的弥撒、它的弃绝、它的睡眠。

另一人

我行走，我不再倾听。我嗫嚅：雪，白净。持续的话语，在我之外，纠缠不清，在词语之外。我说：有着手淫一般功效的词语，仿佛一只深处的手，那儿，螺旋……雪之下的绿色屋檐，氧化了的、一动不动的屋檐，屋檐憩息在雪之下，在词语疾病之下。词语：逗留的、不断重复的主体。散成碎屑的字母的螺旋。不知疲惫的屋顶的线条，仿佛目光。

主教

无上帝的大脑中无比复杂的螺旋，词语与我。

另一人

我曾想：根据晦暗的方法，与疯子和骑士一起。

主教

是的。

另一人

是的：螺旋与（最神秘的）：词语与我。

主教

调整一下：无比复杂的线条，没有大脑，也没有上帝。

另一人

我经常变换声音，用别人的名字称呼我自己，而我，用全部的眼睛，注视着雪，把它看作最纯粹的外在。事物的机制。成堆的雪旋转、坠落。

主教

缓慢的黑暗的高潮。

另一人

华服。

主教

散成碎屑的世界的秩序。

另一人

像光一样持久。

白色的土地上升，重又落下，弯曲，好像我迈出半步的膝盖。雪过滤了屋顶的线条，绘出了无数白色的圆圈。

螺旋是一种消化。

《场景系列的游戏》（*Le jeu des séries scéniques*）

1976年

viel von den Wahrheitszwängen, der Selbstevidenz und der weltoffenen Einmaligkeit großer Poesie. Und ich glaube mich unterredet zu haben mit der gelassen-zuversichtlichen Entschlossenheit, sich im Menschlichen zu behaupten.

Ich danke all dem, ich danke Ihnen.

Tel-Aviv, am 14. Oktober 1969

Paul Celan

保罗·策兰，《在希伯来作家协会的演讲》手稿，1969年10月14日，特拉维夫

在生命之路上，保罗·策兰……

［法］亨利·米肖 文
潘 博 译

在生命之路上，保罗·策兰找到一些大障碍，非常大，好几个几乎是无法逾越的，最后一个真的无法逾越。在这个艰难的时代，我们已经相遇……在没有相遇的时候。有人曾说话为了无话可说。这对他过分严重，严重的情形。他不曾允许有人穿透。为了停下来，他有一个微笑，经常，经过很多失败的一个微笑。

我们假装首先有一些触及言词的问题。

在一张雪床上，在他的悲痛的、令人失望的和值得赞赏地冷酷的雪床[1]上，这位古怪的诗人休息并且将以一种奇异而特别的方式使在完全的休息中守卫不舒服的那些人永远地休息。

来自书写的疗法不够，不曾够过。无用的跳跃。总是在充斥叫喊的大厅里，被锁在折磨人的乐器里。墨色愈发凝重的天空。每一天都以敲击结束。

他走了。选择，他仍然能够选择。结局可能不会那么漫长。沿着水流，舒适的身体。

《日耳曼研究》，第99期，1970年
《蜉蝣》，第17期，1971年

---

[1] 出自《雪床》（Schneebett）一诗，收于《话语栅栏》。——译注

保罗·策兰之死

[以] 耶胡达·阿米亥 诗
丁 苗 译

我在伦敦听闻此事，他们说，是自杀：
同样的绳索轻轻勒了下
我的脖子。
并非一条绳索：他
死在水里。
同样的水、水、水。

最后的明喻：
生如死。
（同样的水、水、水。）

《新德语批评》（*New German Critique*）
第91期，2004年

纪念保罗·策兰

［俄］捷纳狄·艾基 文
尉光吉 译

草夹竹桃——在“一切”之后

纪念保罗·策兰

只有白？……——

（没有我）——

只有白……

1982年

久而久之：入絮语入窸窣

再次纪念保罗·策兰

絮语，窸窣。仿佛风正渗入一间寒冷的储藏室，而面粉正在某处洒落。或是——稻草正在一个彻底废弃的院子里颤动。窸窣乃是某片土地的生成。

“做一只鼠。”那位诗人[1]说。做一只鼠。晕眩。水波。后来他们说那是毒药。半-个-波兰人。半-半……仿佛衣物的絮语背后有一道切口。来自屠宰场。而窸窣里藏着——血。哪怕只是人-衣服。独自，独自——伴随酷刑的液体。

但先-先生，纵由万物构成——由这个和那个——你仍如此成一体——污泥，一本被撕坏的书，血——哦，几乎就是透明——街上的冬舞，破烂的夹克，人-雪堆（因为到处是贫困的汗水——甚至在稻草里：那里——风中，还有一把飘洒的面粉）。

生命，先生。

然后——这里。这面容……无所不包。仿佛你正穿过城市，而处处都是“我的”，每一个角落。晕眩。然后——水波。哪怕只是：一座花园（这一切都是面容，在面容中）在那里被挥霍——难以靠近。它弹回了，痛苦——像从杯中。而——你无法挤入。“一座花园——只是一座花园。”如一曲小调。无底。而且——近在咫尺。

而这怎么在声音中发生——某个底被藏了起来。而我们用词语交谈吗？风。无底。你不能命名它——哪怕是用符号。

而这个人来自匈牙利[2]。只是——友爱的坟墓，仅此。他们把他挖出——连同其他所有人（这才是最重要的）见了天日，而突然——就有了祖国。问题解决了。连同其他所有人（这最重要）。

“上帝”——不是正确的表述。只有：“上帝呢？”永远，永远。

然后——那些旅程。漂-漂泊不定。为了奖项。还有演说。都没错。为了致敬。都——看似：浮-在-空-中！仿佛它游-遍天地：痛苦-语言——独自——为了天地。皆空。放弃鬼魂——蜷缩起来——只有痛苦。语言？——宇宙的风。

哦，多么简单。这个“简单”，在语言中找不到位置。（你可以试试。径直会有——某样东西。“简单”——如此的自由——对比它：精神带来崩溃。）

水波。简单，晕眩。

哦，絮语，我的衣服。稻草。废-品。哦，窸窣，我的皮肤。我-祖国，我-如此-衣服-和-血肉。带着絮语-皮肤。

水波。

但无人喊出。那-是。不是我。“我”是黏性的。有别的东西（在絮语——背后。在这窸窣背后）。

而这法国人的目光在水里行走。腐-腐肉。这是什么——本质？——衣服？一体。

忘记。哦，当那时。忘记。并且——纯 粹 开 始。

并且。

水波。带着所有的污泥——来自折磨。

没有回浮。

没有-洗礼。

没有-哦。

1982年

---

[1] 指波兰犹太诗人亚历山大·瓦特（Aleksander Wat，1900—1967）："二战"期间他在苏联占领的利沃夫遭到监禁，后被流放至哈萨克斯坦；1959年移民法国并定居巴黎。——译注

[2] 指匈牙利犹太诗人米克洛斯·拉德诺蒂（Miklos Radnoti，1909—1944）："二战"期间他作为犹太人被军队强行征用为苦力，最终遭到杀害并被抛入乱葬岗。——译注

祈祷文：献给保罗·策兰

［法］阿兰·苏耶 文
尉光吉 译

无人为证人作证。
——保罗·策兰

1970年4月，保罗·策兰跳入塞纳河。

20世纪最伟大的德语诗人（还包括其好友，获诺贝尔奖的内莉·萨克斯）结束了其在巴黎冰冷的流亡岁月。死者的文学友人一起发誓，“他是个病人”，“他不在我们的沙龙上说话”，“没人读得懂他的诗或翻译”。

“维尔迪兰”[1]们从不尝试“读懂”。

保罗·策兰，1920年出生于切尔诺维茨，经历过杀死其父母的纳粹集中营。他的诗歌历险打上了这灾祸的难以磨灭的印记，就像一串刻在胳膊上的秘密数字。是时候在其悲剧现代性的强光下重读他的作品了。它在其他许多作品结束的地方开始——言语之镜的另一面。

无限的追问，这声音在一个回答面前消逝。它发自黑夜，但黑夜不结束于升起的白日，而是结束于更内在的黑夜，精神的黑夜。我们世纪的黑夜。人类境况的黑夜——在我们的举止、我们的希望中，我们承担着这境况的全部印记——我们言语本身的黑夜。

在一部又一部诗集里，保罗·策兰扯下了语言的一副副面具，以找回赤裸的词语，说出其不可能的现实。早年的一首像《白杨木》（Peuplier）这样的诗（收于《罂粟与记忆》）讲述了集中营（“我母亲的头发从未变白”），其意蕴几乎直截了当。年复一年，策兰——就像亨利·詹姆斯或卡夫卡笔下的主角——开始玩起意蕴，直到抵达死亡的几乎无意蕴的沉默。

这沉默的言语的极限体验总在述说集中营，但不再以直接的方式。不可见的、缺席的、发不出声的主题。在沉默中回响的原始的言语。

一首像《他们体内有大地》这样的诗，按贝特兰（Bettelheim）如此卓越的分析，唤起了囚徒的自我抹除，对母亲大地的回归，倒退，但也保留了一丝希望的火花。早期思想里如此本质的“我”与“你”在此仍是一场可能之对话和一种本质之差异的同义词。

再后来，《密接和应》不再留有集中营的经验，只剩死亡和消失的方面——词语和存在的方面。“密接和应：赋格的一部分，其中只能遇到主题的一些片段”（《利特雷词典》）；“密接和应：赋格的一部分，在尾声之前，其中主题的起奏增多并交叠”（《拉鲁斯词典》）。

词语的死亡，存在的在场-缺席，“圣书的子民”在意义消失后幸存。

“你”不复存在之处，“我”无法生存。

答案确凿之处，问题不再能被提出——生命和言语是同一个东西，正如希伯来语的“达瓦尔”同时意味着“词”与“物”。

保罗·策兰最后的几部诗集将见证书写的稀化，它把位置让给纸页的白，雪的白，个人死亡的白。如果语言只是表象，或许有必要遣返它，好让每一个回声成为语言的表象。如果言语只是虚幻的镜子，或许有必要把它无可回避的首要位置还给对象，还给世界。

身为这个世纪的人，保罗·策兰已用其肉体亲历了这个世纪最黑暗的折磨，集中营里难以言表的非人性化。而他父母的死亡在其作品中溅成了千块阴暗的碎片，那是人类境况凶残神秘的象征，出生与死亡混杂难分，相互依赖，就像符号和语言——就像记忆的伤口上遗忘的刀刃。

如同弗洛伊德的“原初场景”——他已在死亡的考验中予以重温——他的诗歌为我们打开了一个本质的视野，关于我们，关于我们遗忘了人类的言语。我们负着全部责任。“回答”只在于对他人的聆听。

近乎沉默，近乎言语，“无人为证人作证”。

聆听他异之物——在我们身上。

死亡本身：“被绞死的人勒住他的绳。”[2]

作为他者之冷漠的见证者和受害者，诗人重审一种致盲和毁灭，而非照亮和创造的语言——或至少不是言说创世的语言。

但他首先把他自己置于被告席。

如果生命是死亡的一次考验，死亡难道不是朝向生命和沉默的一次净化，等待着一种真正人性的言语？

一种会顾及他者之沉默的言语。

一种属于难以言表者的诗学，事实上，只有它在言说。

一面破碎的镜子，世界的声音就从中涌现。

*

有时，对某些人来说，言语是投向自身的唯一目光。“我”其实是另一个人，但也像一面从自身中映照其对象的镜子。在那里，同者服务于他者。在那里，同者加入他者只是为了朝向自身，就像一个声音只能在其回响的混扰中被听到。

相反，保罗·策兰的诗，在其进程中，传达的言语就如其自身投向言语的目光。

冗长，重复？非也，而是一种让对象不再发生的对象性的誓言。人在其不受欢迎的缺席里经受的物质之考验。

一种言语，最终是那个打破了人类声音界限的人的作品。

因为在保罗·策兰的诗里，声音思考了声音，震颤于其自身的回响。在一片无回应的沉寂里，一个存在实现了其对物质的这独一无二的胜利，物质已不再约束他。

言语的言语，仿佛人类声音在其自身的使用中必须拒绝各类表象。为了在生命的全部理由都被否认，甚至消失于世界历史的时候，活下去。

言语是为了追上咬住我们的遗忘，并把一声呼喊还给其回响：不过，言语已成对象，像是面对着言者，它毁坏，掉头而去。

言语里，正是其对象沦为滥用。那么言语所发源的白色大地会是有待重新发现的位置，在“这张雪床”上，眼睛还没有向世界睁开。

唯有“横轨”充当了道路，像是全部考验的缩影，最密集，最集中的重量，来自一个单独的词，一个“缺陷”，它超乎我们所及地在至深的黑夜中铭写我们白昼的目光。

但若考验在继续，白昼就从容地成为黑夜，而与之相反的每一个对象都找到了归宿。我们就这样读到：你因守夜而做的冲撞的梦[3]；一次“石头书写”的“影子”；“打断呼吸”的词语：而厄运似乎促成了相遇，庆贺差异的碰撞。愿其以自身之名被击倒！而一首诗说“釉陶反抗死亡的游戏能够开始”[4]。

斗争有助于生命，但斗争的对象无以挽回。一旦遭到挑战，这个对象就回撤，缩小，诱使人跟随它进入其寡淡的激情，进入会使之窒息的迷津。

在这场与其自身悖行的旅程中，人，艰难地，想要找回能接纳他的起源。唯有一场“相遇”已让他“面对着他自己”（《子午线》的文本如是说）：这是旅程为之打开的切心的丰沛。

象征与符号在此成结，夹杂同样的人性含量，对象最终加入，但它索要生命。在无言符号的秘密和无形之物的领域里，占卜的沉默并不回应不停反复的问题。必须不顾一切地返回一种关乎终极事实的言语，保罗·策兰的诗歌，难以通达地，无非是：“世界已逝，我不得不背着你。”

世界已逝，必须追上其面容，就像在所写的“方形阴影”里，某个人“闪着微光，浮现，浮现，浮现”[5]。那么必须把其自身的重量，他者的失度，背向自身：言语最终意味着一次回归，而言者（至少对保罗·策兰来说）还未把那样的回归打发给遗忘和符号的冷漠。

在其自身的重量下加入的言语推迟了起源；言语，投向言者的目光，渐渐模糊。死亡会是唇间的音乐，等待的果实，独自呼喊的果实。没有一个民族能够从中壮大的古老祷告。

只有“高处”（“他被留在低处过活”[6]）的一阵呻吟，当喉咙和词语在为之命定的灰烬里融为一体。

只有“死亡赋格”，这“密接和应”，诗中的言语让它为我们无尽地回响至今。

*

“一场相遇让我面对着我自己。”（保罗·策兰，《子午线》）

诗人和犹太人在这一点上共通——至今未改——在世存在的痛苦——身处绝对的差异——那是感知真实界的人的人性。

他们不得不把其身份体认为“不安的陌异”：原始的差异，难以辨认的熟悉。同者的内在体验是误解的深渊，而他者的亲身体验是受难的深渊。

一切从“一场相遇”开始，它可以说是交换。“面对着我自己”：这个他者不再是“陌生人”，而是在其差异本身中，变成了我之所是。

诗人寻找不可言表之物，也就是言语的对象，但它位于另一语言当中：真实他者的语言，其切心的体验是意义的深渊，对象的质问已在那里。同者的梦幻体验是不可能性的深渊，言语的考验姗姗来迟——谁想命名它，确认它——并靠这漫无目的的非相遇活着。

“在这最基督化的世界里 / 所有诗人都是犹太人”（玛琳娜·茨维塔耶娃，《终结之诗》）。言语的俄狄浦斯子嗣，面对着那喀索斯的浪漫主义，在一个没有回应的世界里寻找对话。在一个幼稚症的社会里，投身于独白的意识形态，陷入战争的赌局，怀揣对他者之拒绝的恐惧。策兰，一下子进入意义的顿挫，介于奥斯维辛的空无和言语对象发出回响的虚无之间。

策兰，一下子进入时代所回避、所查禁之物的中心：矛盾，生者所裸露、所展现的运动神经，从粒子到无限，从可见到无意识，从不可能的言语到其涌现，从荒芜的真实界到其原始的炼金术。面对着奇迹，面对着丧失。

策兰，一下子质问我们——从我们自身话语、自身矛盾的内部。无言的质问——在眼珠之白中——来自纸页。质问中言语重新打结——缺席。在别处，别样地——言语本身。

*

在原初自恋里，新生儿把母亲混同为他自己。在继发自恋里，他忍不住吸纳被高估的“客体影像”，它们构成了对分离之痛苦、对罪恶的防御。

荷尔德林的诗歌承担了这第二阶段的印记。保罗·策兰的诗歌则有可能从第一阶段的角度来阅读。像《他们体内有大地》这样一首为集中营关押而写的诗，就包含了（贝特兰在其文集《幸存》[*Survivre*] 里指出）一种对母亲（大地）的暗示，它也是离弃的能指，从中可以找到被关押的囚徒和逼近的死亡，那不可能之物，那位于诗歌体验中心的无以命名者。

策兰的演说《子午线》这样开始："一场相遇让我面对着我自己。"

时代向我们提出的难题在此找到了其最艰涩的表达。是该弃绝自恋还是歌颂自恋？是该听从"拥有"母亲的幻觉还是予以舍弃？

保罗·策兰的作品上覆盖的问题起源于人类身份的核心。

倾听着言语的言语，生存之矛盾的诗学，这样的作品似乎只想领我们去质问我们自身对语言的使用。一首诗说："世界已逝，我不得不背着你。"这里说的不是世界的终结，而是我们今天所过的人类时刻，我们不再认得世界，身处其广阔、开放的外部，过于关心时代的地狱骚乱所促成的一种"自我之爱"，关心一个唯利是图的不公社会的自私封闭，精神濒临分裂。不再有什么支撑我们，"我背着你"是为了让你顺利地抵达生存，超越共同的沉默。

言语审问着言语，质疑我们同他者的直接关系，保罗·策兰的诗歌属于一个被历史打伤了肉体的人，一个来自"寒冷"和集中营的人，一个再也不能"为自身"说话的人，除非是作为"证人"（"无人为证人作证"）。他者的言语，另一种言语……这就是为什么，诗人会说，一场相遇让他面对着他自己，面对着自身：死亡之"雪"覆盖的就是这个"自身"，在那洁白的纸面上，记载着一场相遇、一次希望的黑色闪电。

无声的诗歌，声音的诗歌，保罗·策兰的作品在没有道路的地方前行，探寻诗歌行动的根基。世界彼岸的记忆。这个世纪的诗歌如此神秘地从可见中缺席。已来自另一头。保罗·策兰的诗是世界之缺席–在场、可见–不可见、可言–不可言的游戏：在此我们能“撞见［……］一场梦”，听到“荨麻的声音”，成为一个他者……

如果“我”是“一个他者”，世界就能够说“我”。失去了“我的”身份，我把言语还给世界，我把自己从语言的迟钝秩序中排除：我把诗歌还给神秘，正是神秘引起诗歌的涌现。

雪的诗，夜的诗，但也是他者的诗。不再说一种“口头”的幻觉——而是，相反，祈唤一个失去的乐园：人同世界的原初对话。

*

诗人揭示了居于人类历险中心的自恋式过去。历险？不如说是一个处境——死亡与时间的不可磨灭的标记，禁忌的符号。

被过去（神经症）所困的诗人是和其他人一样的人，却挣脱了法则，挣脱了生产的模具——（自我）言述的时间。

兰波的通灵者：因为他看见了某个禁止看见的东西，或许只是他自己，在一次可怕的面对面中……或者，畏惧并颤抖着，那是原初场景的烙印？

“那喀索斯，”一位分析家写道，“死于把他的倒影错当成身体。”通常，我们确定自己看见了倒影吗？

一个表象，一种偏见。但我们知道我们爱的是谁吗，我们知道与我们并行的是谁吗？

诗人的目光穿透了表象的铅印。

“成为，这世间的，盲者”[7]，保罗·策兰写道。

“是的，他还是有点怪，”保罗·策兰自杀几个月后，一位巴黎的诗人告诉我，“他参加我们的晚宴一句话也不说。”

而另一位，从诗人的葬礼上归来，说“他是个病人”。

他看见了别人看不见的什么？

保罗·策兰亲历了最重大的一场诗歌冒险，一场反抗语言、超越言语的冒险。

直面我们历史的盲目沉默。

受逐：策兰诗中一个被人误译的词。在一首关于集中营关押的诗里，这个词从不在其原意上被使用。

迁移：诗人有时也会见到其被不言地说出……

那么，当他不说受逐时，他在说什么？

他恳请读者走向他，在意义丧失、言语有待重新发明之处，再度致力于意义。

保罗·策兰的诗歌就是在这秘密里说：我们无法说些什么。

而这样的不可能重审了诗歌的对象：述说世界，但话语让我们与之远离。

集中营的流放：策兰所亲历的这场带走其父母的极权戏剧是其个人的秘密，其原初场景的难以把握的碎片，它尤其不可翻译……因为言语不来自这个世界：它总是尚未到来。

明天是另一个日子。明天是他者的日子。言语即诺言。

受逐，失所，遭到审查。看不见的，必须试着将之说出："沿着水流，舒适的身体"，亨利·米肖已经写道。

说不出的，必须对之改扮？

保罗·策兰迷失于找寻——真理。

其实是诗歌。

匡定了我们又令我们窒息的语言之铅印的碎片言语，让声音和字词摆脱了话语的极权式沉默。

以抵着城墙的裸手，诗人把目光抬向一片难以破解、不可见的禁忌视野。

诗人自己，实则是在这迁移当中。

迁移的无人：在一个表象的生产体系中亲历存在的流亡。

外在于权力，外在于语言，外在于法则：批判一切没落体系的诗人。

通灵者，其实来自我们集体的盲目。

诗歌批判：如何尝试用缴械的武器，词语，接近不可言表之物？

必须重启言语的游戏，扭断诗句，磨碎视觉。

必须让诗追问为之奠基的言语。

对象征一丝不苟，并把符号带入圈套，策兰从另一边，他者的一边，诗歌对象的一边，经过。

> 你能，用一盘雪
> 宴请我。[8]

当诗句在存在中摇曳之际，死亡的雪，作为死亡的雪，超出了种种确信，不再是一个象征，它可以食用。

“犹太人，有什么不是借的？”诗人在他的《山中对话》里问。

一无所有的人还拥有他的死亡吗？

那喀索斯破碎的镜子属于谁？

犹太人，他（诚然是他者）只拥有死亡，没有幻觉，没有倒影。

保罗·策兰在言语底部打开了一扇门，它首先露出死亡的沉默。

然后，在这极端的沉默，这双重的喑哑（自身永远裂成两半的父母）尽头，有一种基本的、原初的言语。

一种与自身结为一体的言语。一种人性的言语。它总有创造性。死亡面前自身的创造者。

那喀索斯，同样，面对着他自己而看不见自身，吸血鬼；因此看不见死亡。

身为现代诗人，策兰同诗人所假装或真实的自恋（兰波与其母亲，克尔凯郭尔与其父亲）决裂，并对我们说（而不对我们说明）诗歌是一面无瑕的镜子，照向心之呼吸的绝对赤裸。

面对一个格外嗜血的时代的无意识，策兰，身为先知，也就是诗人，恳请我们最终看着社会镜子里的自己，以有朝一日看见他者，看见他者，也就是我们自己的苦难与死亡。

“上帝即社会。”（涂尔干）

我们近了，主，

近了，可以抓住。

［……］

抓入彼此，仿佛

我们各自的肉曾是

你的肉，主[9]

“夜骑着他，他已清醒／孤儿的罩衫是旗帜［……］”[10]保罗·策兰的诗如是说。置身我们时代的极权黑夜，在一个坍塌的旧世界和一个仍被夜幕包围的伊甸园之间，必须策马“跃得比自己更远”（达德克尔森［Dadclsen］）。

在1970年冬夜，他纵身跳入的塞纳河的镜子里，闪着什么样的反光?

镜子背后，一无所有。

而这样的消逝，就是诗歌本身。

厄洛斯，混沌之子，欲望之火，无视死神，不屈地耗尽自己。

在词语的丧失中，述说世界，在死亡真理的瞬间，述说世界的创造，这就是诗歌本身。

---

1 “维尔迪兰”（Verdurin）夫妇是普鲁斯特在《追忆似水年华》中虚构的人物，他们常在家中举办沙龙。——译注

2 出自《远之颂》（Lob der Ferne）一诗，收于《罂粟与记忆》。——译注

3 出自《你的梦》（Dein vom Wachen）一诗，收于《换气》。——译注

4 出自《风景》（Landschaft）一诗，收于《换气》。——译注

5 出自《所写的》（Das Geschriebene）一诗，收于《换气》。——译注

6 出自《山中对话》。——译注

7 出自《变盲》（Erblinde）一诗，收于《换气》。——译注

8 出自《你能》（Du Darfst）一诗，收于《换气》。——译注

9 出自《暗祷》（Tenebrae）一诗，收于《话语栅栏》。——译注

10 出自《夜骑着他》（Ihn ritt die Nacht）一诗，收于《光之迫》。——译注

保罗 · 策兰不见了

［法］让·戴夫 文
尉光吉 译

一段回忆：保罗·策兰在埃米尔·左拉大道附近寻找一家杂货店。他买了一只电灯泡放在大网兜里。他带着装灯泡的网兜君王般行走。沉甸甸的网兜。

当他从伦敦回来时，保罗·策兰告诉我，他看见上帝在门下面："我旅店房间里的一束光。"

（五月风暴）走在乌尔姆街上，保罗·策兰对我说："昨晚我隐约听到了炮击一样的声音。"

读着卢森堡广场水池周围的布告："唯神独存"，"我们都是德国犹太人"，"不准禁止"。保罗·策兰露出嘲弄的笑容。

"世界无人居住，"他坐在先贤祠的露台上说，"月球已经如此。"

埃米尔·左拉大道：他住了一礼拜空荡荡的公寓。浴室里，他俯身向浴盆，左手浸入水中：一条内衣漂浮。洗涤剂。“你介意我用完我的洗涤剂吗？”面带笑意。

他披着一件灰色大衣穿过皇宫广场。突然他在漫天飘舞的雪中停下。像在寻找方向。他转头继续赶路。他会穿过塞纳河。

我看着他。他没有看到我。

黎塞留街：“别忘了，朋友是第一个朝你发出嘘声的人。”他告诉我。

说到上帝：引用卡夫卡。
“有时是，有时不。”

精神病院。圣热讷维耶沃-德布瓦食堂的长餐桌。

保罗·策兰低头走路。抬头像是为了给某些地方做记号。比如在主教广场附近抬头并望向公共浴室。

回忆：保罗从伦敦归来。“我看到了上帝，我听到了上帝：我旅店房间门下的一束光。”后来：“有时是上帝，有时是虚无。”保罗想起了卡夫卡的公式。

永恒在乌尔姆街到场。在办公室里。在花园里。在水池旁。

永恒是灰色的（保罗·策兰）。

永恒是无用的。它名为世纪途中的车站。

保罗背着手走路。

记得一个共度的周末。乘公交闲逛至歌剧院。圣拉扎尔区。剧场。然后进入一家咖啡店，保罗在人群中注意到一个坐着的女人。面容已变样。苍白。他后退，像受了惊吓。他推我走。我们挤出来。到街上，他告诉我："那张脸让我想起一位已故的友人。"

我该谈谈保罗不再是什么样的人。医院里的相遇。食堂的长餐桌。吉赛尔与我与健谈的保罗。

保罗的妻子，吉赛尔。对戒，戴在他们手上。

圣热讷维耶沃–德布瓦的精神病院。

食堂，宿舍。属于保罗。

食堂，走廊，装轮子的白色金属病床。

风，风，风筝。

根本上，没有目光。街上，没有目光。

“让·戴夫，你的任务是什么？”在盖-吕萨克街，地理研究院附近，他问我这个问题。沉默。久久的沉默。我们过了马路。我们到了另一条人行道。他把手放进口袋。天气温和。秋天。是的。秋天。“你的任务，让·戴夫！”

没有回答。目光充满温柔，充满关注。

乌尔姆街是据点和地标。

在皇家先贤祠并肩翻译《密接和应》。在他右边。

策兰葬礼上，车内。吉赛尔的手。她的戒指。

她湿润的眼睛。她的嘴唇。而人群中，高高的，一个戴黑帽的男人：约尔格·奥特纳[1]。

桂冠。（他膝上）一只朴实完美的花圈由克劳斯·德慕斯[2]从维也纳运到巴黎。

震惊，他的离世突如其来。我“看见”了向着塞纳河的纵身一跃。我能看见。我再次看见他的双手在彩陶下搅拌埃米尔·左拉大道浴盆里浸泡着内衣的肥皂水。优雅又坚决。

空公寓。空地点。空书架。空。

一场行进中的言谈。在圣日尔曼大街和圣米歇尔大街的交叉口，上行。五月风暴的人群。保罗看着他从未见过的面孔。仿佛——这实在是不言之意——人群应变得熟悉，总是一样。

——他们从洞穴里出来，却不知道他们再也回不去了。

——在事件之后？

——是的，之后。

保罗·策兰——他在朗尚街的小房子里自杀失败。鲜血和吉赛尔的镇静。保罗的快乐在朗尚街。保罗的快乐被冰封在那里。每日的报纸，每日的邮件，每日的不幸，关于德国，关于他，关于德国。德国和德国人。

在巴黎亲历德语。在一座岛上，总之也许会被送往一部打开的大书，同吉赛尔一起，然后又失去了她。

没有戒指。

他在街上写的诗通过公共电话告诉了她。

我想象《话语栅栏》里的诗就这样在塞纳河边写下，就这样在电话中传达。

当我遇到保罗·策兰时，他已写完《话语栅栏》（1959年），言说的不可能性长久以来让我的生命显得不可能：栅栏，语言。没有词语，也没有意象，而是把世界放回到一个栅栏，以将之澄清。

翻译的游戏使我眼前浮现一个栅栏。就像一个谜底慢慢地向我们到来，能够到来。

栅栏应如何抑制精神错乱?

表达背后之缺席的不可能性让我陷入一种生命——非生命。一切意味着推断，而栅栏以无上的方式使其归位。

语言开始如灯光般变暗，而我行走在一月清晨的雪中，那时我遇见了两个女人。

栅栏禁锢的苦难会在戏里痉挛地扭动。

栅栏该如何担忧被它浸入最后一片乳液的语言的所在?

句法折磨着词语无法解开的叙述。

总有一个故事或一个念头要说。故事是前行，是折磨。

词语转动就像太阳。镜中的圆让词语失明。

诗歌诞生于病痛。

话题与交谈：丑闻（《死亡赋格》："很快，我就成了反犹主义的靶子……不对……我成了所有德国人的靶子"）——纳粹——集中营关押——丑闻：剽窃风波，他的创伤："那是个阴谋"——木匠齐默——荷尔德林的塔楼——不妥协——有罪——被背叛的友谊——安彻尔，安切尔，策兰——内卡河——劳改营——布科维纳——剽窃风波："一场侮辱"——奥斯维辛和诗歌："不管有没有阿多诺，人都会继续说话，人都会继续作证"——集中营（两个队列，左边一列，右边一列，队列互换）——公开阅读——吉赛尔——尼古拉斯·德·斯塔埃尔[3]——贾科梅蒂（"有时候得像贾科梅蒂一样世俗"）——《蜉蝣》——安德烈·杜·布歇——埃兹拉·庞德——卡巴拉——埃克哈特大师——罗莎·卢森堡——巴黎——塞纳河——康特斯卡普——卢森堡公园漫步——铁壶街——图尔内福街（台阶上的一贯表达："我就不让你进门了，因为我的保洁女工今天没有来"）——"我想翻译你：我想译《白色小数》[4]……没错"——海德格尔——他来库契耶尔街拜访我："这才是诗人住的地方"——朗尚街——柏林——埃米尔·左拉大道——苏联革命——曼德尔施塔姆——彼得·汉德克——布拉格——荷尔德林——克劳斯·德慕斯——维也纳——特里斯唐·查拉——五月风暴——我们都是德国犹太人——内莉·萨克斯——丹尼尔·龚-本迪[5]。

二十年后的今天，我对保罗的记忆是什么？

在医学院大街那家希腊餐厅最里头的桌子旁，策兰正在写他的笔记。一碟鱼子酱，纸和叉子。在桌子一角，写着。冷漠又封闭。他没看见我。他没发觉我的到场。我离开了。

栗子树。栗子。细雨洒在我们之间，叶子之间。他告诉我，他在等一封来自德国的电报。怀着悲伤，怀着疲倦。

他没有告诉我的一切和我从吉赛尔口中得知的一切。一个男人和一个女人的全部秘密私语，悄悄地传递。

描述其面容——紧张——微笑——忧伤——仗义——高贵——慷慨——怀旧——急迫——紧张——高明——童真——朴实。

保罗打电话给我。他已译完《白色小数》。他在圣诞假期工作。他希望我说明某些词的意思。他请我解释“转动的声音”，最终——“陈述”：“陈述意味着什么？”

这个词仍未翻译。

从这个未翻译的词开始，我遇到了约尔格·奥特纳，他问我：

——陈述意味着什么？

我们在孚日广场见面。保罗·策兰已经离世。

埃米尔·左拉大道，我们在他的大桌子上工作。他十分专注，十分细心。他喜欢词语。他涂改词语，好像它们应该流血。

最后一次通话：嗓音忧郁，撕裂，低沉。其实是在颤抖。恐惧进入我体内。

——让·戴夫，我再也见不到你了。为什么？

几乎是在呜咽。我们说话。我们应见彼此。我们相约在埃米尔·左拉大道。两天后，一无所见。无人。保罗·策兰失踪了。

1970年4月20日周一清晨，吉赛尔打来电话：

——让，你周日见到保罗了吗？没有？我很担心。我没有消息。保罗失踪了。

我的悲痛随后而来。绵绵不绝。一个月的空虚，心碎。脚下失根。绝对空虚的日子。他的死亡来到我心里就像一次同人世的决裂。同语言的决裂。

我能想象夜晚，塞纳河，或许还有米拉波桥，毫无疑问（这桥已在他诗中得到命名）。一个周日。

然后是吉赛尔。日复一日的等待，失踪，出走，远离，杳无音信。

日复一日。以泪洗面，我的生日。在瓦格南德。这里和别处。在保罗的死亡中迷路。

一晚，吉赛尔：

——我要去太平间辨认保罗了。

又过了一晚，吉赛尔：

——我认不出他。面孔又黑又肿。

而片刻前，吉赛尔：

——让，保罗的遗体已从塞纳河中捞出。在最后一个水闸。

保罗失踪期间吉赛尔对我说：

——保罗把他的手表留在床头柜上。所以保罗死了。

——啊！为什么？

——保罗一直把手表戴在手腕上。他说过：哪天我摘下手表，我就下定决心去死了。

所以吉赛尔知道。

吉赛尔刚通知我保罗不见了。她的声音极其焦虑。她想要见我，对我说，告诉我，跟我解释。

“叙述折磨句法。”阿兰·凡斯坦[6]来圣叙尔皮斯广场看我，我在那里重读《当代作品词典》里的条目。他带来了正被《法兰西信使》（*Mercure de France*）审读的手稿《乔纳塔》（*Giornata*）。他看到了我的不安：

——怎么了？

——保罗·策兰不见了。

沉默。

——我能做点什么吗？

我又看见了葬礼。我想象他在棺材里的身体。他在看。我们的目光。他看她的目光——泪光。她在车内的鼻子，挺直，细长，切开空气。她散发，她携带一种香气。而他总在那里。他注视着。他注视着。我的牙龈出血。什么也不会停下。当然。他注视着。含泪的激情，湿润的嘴唇。

保罗去世几年后，有一晚，在圣米歇尔大街，约尔格·奥特纳翻阅一本他刚找到的书，他给我看了里尔克生活过的宏伟场所。一切都是诗人与其空间的关系。事实上，诗人写作。他是他所占据的那个房间的黑热病里的一根稻草。

保罗，守夜者。

在白色客厅的清凉里，我寻思是否存在一种成年礼，而保罗·策兰跳入塞纳河是否传达了一个跨越门槛的想法。正因天空不再向人敞开，人才跳入水中，刨开土地。这里也有构成一次蒸发的不同方法。

深处敞开了。

一个冬日的礼拜天。下着雪。我刚过塞纳河，就远远地看见保罗披着他的灰色大衣，斜着穿过皇宫广场。一段距离，一个雪的空间，分开了我们。雪中遗弃的相遇。我转过身。他站在空荡荡的十字路口中央。空荡荡的场地上，我清楚地看到两条轨迹如何现形。我再次转身。他不见了。

雪的信。缺席的信。相遇受阻的信。我们背后，今日的雪和白色的塞纳河。

从太平间回来后，吉赛尔向我描述了尸体："保罗黑了。他的脑袋全黑了。"我脑中立刻浮现出"荆棘丛里救世主的黑脑袋"，因为他的到场里有某种被强烈的灵性所捕获的东西。这灵性世界的到场根据表语、影像、生命、阅读、记忆时刻、信息、时事、日子的性质，简言之，根据它所产生并引发的一切正在发生的偶然之事的性质，控制着诗歌的感光乳剂。

苔藓和青草的图案。草丛和路面的图案，我们脚下一条不间断的线，书写的线，或誓言的线，或翻腾的线，它把我们引向我们的彼岸。先于我们。超过我们。

——这条青草的线预言了我们……让·戴夫……请记住。

它会追随我们。它穿过了我们。

我想象他覆着青草的黑色头颅……我在黑白中看见这颗黑脑袋，还有吉赛尔的泪水，也在黑白中。编织出的彼岸，无疑还有黑白中的解脱。一次解脱。

不间断的线穿过我们又分开我们，书写的线，预言了我们的终结。保罗·策兰终结于巴黎的塞纳河。三年后，英格褒·巴赫曼终结于罗马，被发现死于她的床上，死于火烧。怎么会？

我再也睡不着。他死亡的事实愈发真切地困扰着我。四月的蓝天，然后是五月的日子，让记忆化为空气。吉赛尔日夜询问：什么也逃不过她，每一个细节都被考虑，被史诗一般地讲述（我想到了保拉）。她预见了悲剧，也就是自杀。她搭建了场景，并特别地述说了她的推断：他进房间睡觉，他摘下手表，他起床，他下楼梯，他穿过大街，他翻过米拉波桥，他跳进塞纳河。

我见到了吉赛尔。她的泪脸令人震惊。她哭泣，但她又振作起来。她身上有股强大的力量。不可动摇。

如何谈论保罗·策兰——真正不可预料的——死亡和吉赛尔的泪水，也就是这潜在的对话，它陪伴着我，还时而不懈地，化作评论和小标题，尽管我察觉不出其需求或方法。保罗和吉赛尔各自坚持不懈。白天，是保罗和言语。晚上，是吉赛尔和另一言语。不懈又神秘的时刻，不懈的神秘。一条打开的通道，连接起了乌尔姆街和朗尚街。一座架起的桥，让人不时地觉得像一条飞行、滚动、说话的地毯。黑太阳照耀，我爬了五层，我想象自己升到泡桐上方，并从那儿找到一张由街道和痛苦织成的网。对于疲倦的人，我有个想法："保罗在四面围墙之间追逐天空。"

《在穹顶下》（*Sous la coupole*），1999年

---

[1] 约尔格·奥特纳（Joerg Ortner，1940—2011）：奥地利版画家，策兰和戴夫共同的朋友。——译注

[2] 克劳斯·德慕斯（Klaus Demus，1927— ）：德国诗人、艺术史家，策兰的好友。——译注

[3] 尼古拉斯·德·斯塔埃尔（Nicolas de Staël，1914—1955）：俄裔法国画家，战后抽象表现主义的代表人物，1955年自杀。——译注

[4] 《白色小数》（*Décimale blanche*）是戴夫1967年出版的法语诗集。——译注

[5] 丹尼尔·龚-本迪（Daniel Cohn-Bendit，1945— ）：五月风暴的运动领袖之一。——译注

[6] 阿兰·凡斯坦（Alain Veinstein，1942— ）：法国作家和诗人，曾与伊夫·博纳富瓦共同创办《蜉蝣》杂志。——译注

保罗·策兰的手表

［法］马塞尔·科昂 文
尉光吉 译

1970年4月19至20日的夜晚，诗人保罗·策兰在埃米尔·左拉大道6号三楼摘下他的手表，把它放到一件家具的显眼位置上，然后从离他住所几十米远的米拉波桥上，纵身跳入了塞纳河。

这块手表，连同亲友赠送给他的一本由莱比锡的岛屿（Insel）出版社出版的蓝皮精装本《浮士德》，是保罗·策兰自切尔诺维茨的童年时代（1919年，切尔诺维茨所属的布科维纳，奥匈帝国的一个古老省份，被划入了罗马尼亚）以来就一直保管的全部物品。1933年，也就是策兰十三岁那年，他的父母送给他一块手表，作为成人礼的纪念。

1942年，保罗·策兰的父母遭到驱逐，先后死于罗马尼亚和德国的集中营：他的父亲是伤寒的牺牲品，而他的母亲，他得知，被处决的子弹射穿了脖子。保罗·策兰自己也在摩尔多瓦的苦役营待了两年。

这块不锈钢做的、带有弧度的矩形手表印着“时度”（Doxa：希腊语的“意见”，也指“荣耀”）的标记和“防磁”的提示。黑色的表带相对于表壳显得过细，以至于手表夹在两个固定装置——用钟表业的术语说就是“锁扣”——之间还是会略微摇晃。表带的皮革上留下了扣环和扣针的清

保罗·策兰，1960年，巴黎

晰印记。所以，这根表带早就该被替换了。

时度表的黑色刻度盘，在六点钟的位置，为秒针设了一个正方形的小窗。表盘和表镜都裂了。时针和分针是剑形的，那是1930年代流行的样式。不过，只有分针闪着磷光。可见那根时针并非最初的配件。

很难想象，一位钟表匠在替换一根指针时，不会提议顺带换掉一个受损的表盘。要么是钟表匠弄不到这个零件，要么是保罗·策兰不希望别人这样替换。如果一次撞击猛烈得足以打碎表盘和指针，那么表镜绝无可能只是像今天这样开裂。所以它应该是和时针同时被替换了。

新的指针是用黑色的淬硬钢做的。如同大部分钟表部件，这是一个标准化产物，精加工的程度只取决于厂商和款式。因此，即便时针的形式与分针比较相符，不加镀铬、上釉处理，且没有磷光保护层的粗金属，也极大地影响了手表的美观。在钟表匠心里，这根新的时针不过是个救急方案。这样的修补难道不是因为拮据?

保罗·策兰的父母说不上富有，但也不算贫困：他的父亲是个代理商，负责木材贸易。如果没有给他们唯一的儿子办成人礼这样隆重的时机，他们也不会想到送他一块廉价的手表。此外，手表的寿命证实了那家名为“时度”的小公司自1889年在瑞士汝拉成立以来所宣传的机芯的经久耐用。那家瑞士厂商同样保证会持续供应日后替换的零部件。

那么，根据各种可能性，找不到一根与分针相匹配的时针——或许还有一个表盘——就说明，修补是在战争结束后不久进行的。不管是在保罗·策兰1945—1947年旅居的布加勒斯特，还是在他偷偷离开罗马尼亚后，待过几个月的奥地利，不管是在他后来永久定居的法国，还是在1949年开始出版他作品的满目疮痍的德国，这样的修补只能证实一个推测，那就是：和当时从瑞士进口的所有物品一样，手表的零部件，无论如何过于昂贵，处于匮缺状态。

如果人们今天在时度表的玻璃盖上看到的裂痕不是需要保罗·策兰去替换指针的那次撞击引起的，那么它又是什么时候再次裂开的？保罗·策兰为何不换掉它？表镜是在4月19至20日的夜晚之前的几个月、几周，甚至几天内，裂开的吗？保罗·策兰觉得这样的修补已经没必要了吗？

经历数十载，时度表的表冠已完全失去了其镀铬的保护层。光秃秃的黄铜与外壳的不锈钢形成鲜明对比，显得不怎么好看。不过，这个旋钮也完全可以被替换。若不考虑五家专门生产奢侈手表的瑞士“厂家”——它们会制造除发条以外的全部必需零件——那么，在日用的手表上，表冠，就和指针、表盘或表镜一样，也是一个标准化的部件。退一步说，哪怕这个部件在瑞士断货了——虽然“时度”公司自成立以来就一直定在力洛克，没有变过——给旋钮重新镀上一层铬总归是可以的：这样的修复花不了多少钱，况且，它的费用跟保罗·策兰在这块手表上一直寄托的情感分量相比，也不算什么。好几张照片都证实了，时度表从没离开过他的手腕。

再一次，人们不得不寻思：保罗·策兰从没考虑过修复这个旋钮吗？这陈旧的旋钮，破碎的表盘，开裂的表镜，以及一根不匹配的时针：种种令人目眩的迹象，是为了让这个如此清醒且留心日期的人，在所有地方和所有环境下，仅凭一瞥，就能掌握当前的时辰和过去的灾难吗？它们因此指示着他眼中永远确切的唯一时辰吗？

《事实Ⅲ》（*Faits Ⅲ*），2010年

décimale blanche

au bord de l'espace

白色小数

在空间的边缘

保罗·策兰，《白色小数》翻译手稿

j'ai erré
entre refus et insistance
regardant par la terre

neiger
le nom défaire la forme
la fonte l'avalanche
refaire l'absence

ich irrte zwischen
zwischen Ursprung und Beharren,
zu schauen?,

wie's schneite,
wie der Name
auseinandernahm die Gestalt,
wie die Schmelze, wie die Lawine
wiederherstellte die
Abwesenheit.

我游荡

于拒绝和坚守之间

目光经过地面

雪落

名字拆散形式

解冻雪崩

　　　　再造缺席

保罗·策兰，《白色小数》翻译手稿

关于策兰的谈话

［法］让-克洛德·施奈德 文
尉光吉 译

从深处浮出的纸页。

记得一场《关于但丁的谈话》。记得一位诗人在他的国度、他的语言里流亡。记得另一位诗人，在同样的星辰下，棱茨的迟来的伙伴。还有另一场谈话，同他的，我的谈话。

记得：在路途迷乱的崎岖的山中。在一场发生的相遇之后。但，由于一次耽搁的疏忽，相遇迷失于省略。

到来，直到这儿，散页，到河中，朝着别的，不可读的。它们的褶皱挖出褶皱。想要打结，拆解，好让其遥远的涌泉重见天日，一个不可终结的涌泉。再次打结，无尽地重挖——在此，已经，重挖过，扩大过。周围，空气，在喘息。在

名字

周围嗡鸣。云集的名字。词语，其回归变得迫切，回归着，得以缓和，得以加深，躁动。

生成动机。必须，从诗到诗，从环到环，倾听其曲折，每一次全新的湍流中淹没的曲折。它们浸入湍流，像被再次发动，变换维度，继续充实。变形虫-词。星辰-词；词的星团，孢子。它们的二重身，三重星云。无声空间里的诗节。意义的雪已经在下。变密。雪团晃个不停。变为话语之渠。再度硬化成白的沉默。白在那里回归如同一种执念。

白与轻。

如同，另一种执念，它的伴奏：阴影。

阴影，其诗歌话语必定穿着厚衣。诗的任务是拯救阴影的部分，

有待分出的词的阴影

必须，借镐子的敲击，从言说的材料中将之提取。通过挖。反复地挖。

夜晚在你的眼睛下
被挖空。

挖，每一次，都接近一种对运动的沉思，温顺又固执的运动，引导着手。刨掘的手，切入平静，切入书写的肉，打开真理之核，好斗如野兽的一次防御。

书写的手，梦的工具，沉陷，更远，在石头下，陷入

床
记忆，

陷入隐秘的共有的半影，那里，矿脉消失。路通往内部——精神的内部，书写的内部，大地的内部，过去的内部——为了用其黑暗的大衣裹住自己。黑夜被居住。甚至是被无以命名者。唯一可住的。它只被，那

词的月亮

用其意指的光晕，像从内部，照亮。漂浮，从不冻结。从未知中挖出意义，未来的意义，从它的湍流冲走的，它尚不知的东西中，挖出语言。

语言从此翻过我们的痛苦之唇。诗歌，经过它——语言——经过它们——双唇——再也不能，再也不该，在悦耳之音中炫耀自己或寻求庇护。那里

仍有
可歌的旋律
在人类之外

听着如同卡夫卡的“最后一次心理学”（它被《线太阳

群》中的一首诗所引）。这里不可能读到一种期待的表达。重要的是弃绝，是失去悦耳之音。一个苦涩的反讽刺入词语的不寻常秩序，刺入诗行对句子的恰恰不悦耳的切割。最古老的诗尚未宣示的东西，似乎随一声深远的回声振动起来，浸入共融的黑夜：歌声，灵魂，世界。

我做了
什么？
给黑夜播种，仿佛还有
别的黑夜能来，比这个
更黑夜。

那里

贴近心脏

还没有什么被分开，而大地的秘密里，矿道散布并分岔。那里沉睡着“黑夜”之词的矿脉，它们被唤醒，对抗光的残酷。它们再度升起，纠缠那片让枯竭的意义奄奄一息的荒漠，并展开它们的帆，眼之海里，它们的众帆。这里：所有程度的混合光照，

逆光。背光。攀缘的星辰。玻璃之痕。光之根。蜡烛。青春的闪电。清晨的黑色牛奶。被烧尽的刨花。驱逐的射线。线太阳群。光之迫。光的陷阱。光之钳。

从黄昏的幽暗微光到闪电的致盲。有些被无损地穿过。但光（Licht），带着它的锐利，它的闪耀，它最后的牙，比起另一种光（lumière）的宽敞又剔透的拱顶，更像尖钉、利爪、鸟喙和螯刺。在另一种光里，休憩着，警醒着，混合着，互换着，让表象涌现的水与气息，它们轻抚世间的万物。语言之间的墙。我们臣服于它。我们知道昏厥不醒的语言的魔法。词语，只有在那个与其微光结合的全新的星丛内部，才有意涵，意义。

一个词——你知道：
一具尸体。

让我们给它清洗，
让我们给它梳理，让我们把它的眼睛
转向天空。

外壳，词语：蛹。相反的气息渗透了它。在策兰的非冻结的语言里，让它变异。如同构成，分解，出乎意料。如同音节的交错、倒置和交叉

先言家（probylles）与预知妇（siphètes）

被置于此处就是为了打乱。如同荷尔德林晚期的一个词（Pallaksch）意味着“是”与“不”，要求对话者先走完那条与其话语相连的路。因此：石头。

连同我的石头，

栅栏背后

哭大的石头

为了说出苦厄的重量，刻骨的疼痛：下面，坟墓，上面，受害者的名字。

千色的石头

喉中的岁月

横贯地穿过底片，并被它穿过。也知道

开花，

敞开，

或

口中的白卵石

释放灵魂。

石头，

有天靠近太阳穴，在这里

同样：光。其多重的面容。因为有

光与光。

一种光在坠落，它残酷，野蛮，致盲，破坏一切，静止不动。另一种在重新升起，它生于迟缓，生于晦暗，生于沉默，它运动，漂浮，闪烁，弯曲，令人平静，仍灌满记忆之水。只有变动的光是无害的。只有它受到了邀请。

来了，游泳的光

它不囚禁词语，拒斥一切理性的理解。让它们，词语，彼此喃呢。它们的喃呢，没有用于阐明的拐杖，正如没有魔法——远离绝对之诗的表达：《子午线》告诉我们，那样的诗并不存在——穿透了墙。对我们言说。需要我们，需要耳朵：《子午线》的十七次重复

女士们，先生们

（在路途的每一个拐弯处重述，带着思想的换气。）一场谈话，诗，一次

相遇，

一封信，寄向

心的陆地

来自一位读者，他，就像哈曼（Hamann）所说（援引苏格拉底对赫拉克利特的阅读），“会游泳”，驶向“一片小岛”，那里“缺乏桥梁和渡轮”。给我，还有其他人，忠告：“读，读，还要再读”（在德语和拉丁语的“阅读”一词里，藏有“收获”，lesen）。岁月，此刻，沿循我的阅读：又消散了一点阴影。在语言中游泳，让我深入其中，连同我的身体，我用眼取代心，眼的运动。

不再读——看！
不再看——走！

我徜徉于词语之间，

词语-
探头，

像“穿过符号的丛林”。于是语言里飘着

你话语的辐照的风

对着

谬诗

强加它的

咬痕。

语言不说事物。它由事物的材质组成。以其现实的硬度。它不描述，不美化，不展示。它不求人理解，而是求人倾听，它在场，凭其全部的感觉，全部的记忆。

星辰是人的工作

材质。就像，犹太人，我们得知，缺少看向大地的眼睛，引用元素并非为其自身，诗歌从自然的所有领域里借取元素：花朵，树木，石头，星辰，水，草地，冰川。

那边的绿与白

然后：在最终的诗里，有待吞没的暗礁，获赠灵魂的残渣，其他

可歌的剩余，

从科学中抽出一大把严格的术语。

非词

毁灭美的语言，杀死作为美之意象的诗歌，诗歌的前行如今是借着

掘井的护盾。

他存在是为了加重对语言的批判。一剂收敛药。酸性的催化剂。

让我苦涩。

把我数入杏仁。

以苦涩为滋养。正如，多年前，曼德尔施塔姆滋养了他（“曼德尔”，Mandel=杏仁）。为了让语言摆脱奴役，恢复其启示的炼金术功能。在梅西埃的“扩大艺术”之后，今天的另一项使命：解放语言。找到《子午线》所谓的

反话。

2002年

雪在词周围聚集

［法］安德烈·杜·布歇 诗
尉光吉 译

雪在词周围聚集[1]。　　什么样的雪，把词，变成了诗的词?

既非记忆也非遗忘。

言语沉淀——纯粹的沉淀——当它，比一种意义之所容许，更强烈地依靠于其音节的稠密。　　我们辅音和元音的材质，就像是外部，那冰川的语言——绿与白，他在《山中对话》里说。

人类之外，即我们之外——无动于衷。　　不过，每一次——都向自己，迈出了，一步。

没有名字——除非暂时地，像碾碎一般——能一下子在材质上得到安放。

在插入的时间——时间之间的时间——雪，仍且总来自纸。时间里——为了记忆，为了遗忘——总有一个要写的词在咬。

成肉身者的时间。

一种言语——它会在那里咬，会把纸变成雪。

雪在词周围聚集。　　时间——时间之间的时间——当中，一个词，重构，变稠，那里，它混合不单属于其语言的元素，它还会标出它不得不消失的点。

文字的牙[2]。

文字没有失牙。

咬，随着它被破解，来自基本元素——它自身，在又被吸收了一遍的裂缝上，与外部，发生的一切，会拥有它的一切，难解难分。

咬的时间从安放不下一个词的可怖中被扣除。

保罗·策兰的诗学确切地说绝不让人返回其材质，也就是可怖。

言语被再度合并——那里，它已超出一种意义，依靠于辅音和元音的根基，而可怖不时地在其中现形，显露——时间的断裂，与一个支撑点等同，正如降临之词每一次都摆脱了其所能的意指，在时间之间，迎向一种等待的时间，推迟休憩的时间。

诗歌——休憩，可怖在它被述说的那一刻遭遇的清除。

不回到可怖或确凿，因为，每一刻，都像尚未到来。

回到自身对它来说就是去往可怖。　　　去。

　　　　　言语重建之处，必有某物——安放不下任何词——打断了言语。

为什么——既然语言回到语言，而人会触及那些构成语言——我们的语言———材质的未知的基本成分———与此同时，要每次更进一点，迈出人类之外的一步[3]？　　在言之前，每一次，都预示一种言，像瞬间陌异于一种意义的所得。

时间之间，已关乎丧失。

暴露于其中者的语言与最终不得不再次夺走它的外部相融通。

已是，不管情形怎样，是——直到有天我们都是的那样，是，以此方式写下，偶然地回到能是[4]。　　回到绿与白的语言，冰川的语言，那言。

还有刽子手，外部，既然，重新敞开，且运作着，人会暴露于其中。

人类之外，语言本身——歌声之外，或残留的：待唱。　　它还没有。

可歌的残余[5]。　它能是。　后续的时刻——待唱，暂时的，如同幸存。

在生命里

可怖有时会有幸存的名字。

在语言的时间之间的时间里，说到这些喑哑的事物，还有诸多可怖，因为说着，我们发觉自己瞬间被排除，而它们恰好——仍远离我们，甚至顶着枪口——表现出好客。

释放它的词，迈出步伐的词，绝不自认离开。

语言在最初的清爽中变为外部事物的言，如同雪，在那一刻，它被捣碎，再度凝结——在同一时刻——既是恐怖，也是恐怖的减轻。

回到自身时，显然，是未分化者的生野目光——在其间隙上——锐利地再次开启，会承认新的意义。

在抵达一种语言的同时，能够摧毁它——扼杀它——的东西，同样表现出好客。

……直至 / 冰川之屋，冰川之桌的 / 款待。

zu / den gastlichen / Gletscherstuben und - tische.[6]

或许。　尽管语言本身如此勉强地抵达了外部，人还是能抵达一种言，在那一刻，它触及它的独立，会宣告自己，被灭绝。

时间里，声音，简短地，活着——在其坚固的静点——反复的终点上——又一次，或永远地——振荡。

《缓工》（*Ralentir travaux*），第5期，1996年

---

[1] 这是布歇对策兰的《以一把变动的钥匙》（Mit wechselndem Schlüssel）一诗最后一句“ballt um das Wort sich der Schnee”的翻译。——译注

[2] 原文为德语“Schreibzähnen”，出自《与死巷谈话》（Mit den Sackgassen sprechen）一诗，收于《雪部》。——译注

[3] 参见布歇翻译的《子午线》（Le Méridien），收于《密接和应》（*Strette*），Paris: Mercure de France, 1971, 185。——译注

[4] “能是”（peut-être）本意为“或许”“可能”。——译注

[5] 出自《可歌的残余》（Singbarer Rest）一诗，收于《换气》。——译注

[6] 出自《蚀自》（Weggebeizt vom）一诗，收于《换气》。布歇将之译作“直至／冰川之屋，冰川之桌的／款待”。——译注

筑 造

［法］让·戴夫 诗
尉光吉 译

目光如星辰陷入时间

通过
水　看向死亡的目光
跟着
世界

继续变硬者面前的符号
死亡的存在
内于
思想：
骨头的生长

谁
离开这光的
土地
身上
围拢
阴影

大脑栽植的太阳般黑暗的
一根舌头
肿胀
从虚空那头吐出
其着魔的喉咙
用
薄膜和目光
开启词语的孔
没有数字　没有空间

只有
天空中停止的
闪电

（写作期间
别的天空崩毁）

冰　岁月
泛黄

唯有
答案
不朽
它朽蚀
一切
判断的一切目的

的
神秘

耳朵撤入名字的
回声
仍屈服于水

额头变蓝
然后是太阳穴

波浪
眼泪
实现脉搏的炖煮

离开
这土地
的
反过来
对
命名和提问的
述说

由符号筑造
于无形

《美文杂志》，1972年，第2-3期

……在横跨的诗行上……马萨达

［瑞士］约翰·雅克松 诗
尉光吉 译

……名字，手
永远
醒自不可埋葬的[1]

1

……在横跨的诗行上，那么——

随着风涌现，逼迫纸的

壁垒—

沙子，

及所有这些

未被我们重视的步伐。

所写的，没有我们，遭受沉默的

侵蚀，

石壁上

——词的死海

2

越过绝壁的一个，

挑战盐的记忆

赭石——

它的气息，

被刺灼烧，它在石缝里的气息—

向它攀爬—

所写的和所

描的，太阳的长文本

似磨盘转动日子……

3

白

舟在空气的淤塞下，

夏日啃噬的艄柱……

破解空无的眼斑化，

我们手上凝结的时间的阅读

……它的文本，

涂着无限和晦暗

4

山，变成门槛，被载

于其自身过去的陡峭。

趁着

这条道路的

破门而入

路上词语沉没，

我们前进……

5

鲜活的植物

和石头的死气，

再次绽放于遗忘的

路途——

……搓揉

这平滑的

琴谱

它被太阳和风

弄皱

（光就像这风中打开的
路的缺口）

6

时间，

如一个矿的分区，

挤压等待的

地层——

散装。

何处直达我们，这样的话语

不会被人听见，

比目光更远，

被风吹裂的声音

7

在这句子的绕弯中，那时，

在日子的陡峭起伏上——

随着澄明缺席……

未建构者的在场

给石头解缚

而高处向无限回流。

《美文杂志》，1972年，第2-3期

---

1 出自《想想这》（Denk dir）一诗，收于《线太阳群》。——译注

图书在版编目（CIP）数据

最后的言者：为了保罗·策兰/尉光吉编；张博等译. -- 上海：上海文艺出版社，2023
（拜德雅·卡戎文丛）
ISBN 978-7-5321-8728-7

Ⅰ. ①最… Ⅱ. ①尉…②张… Ⅲ. ①保罗·策兰－诗歌研究 Ⅳ. ①I516.072

中国国家版本馆CIP数据核字（2023）第055386号

发 行 人：毕 胜
责任编辑：肖海鸥
特约编辑：马佳琪
书籍设计：陈靖山
内文制作：重庆樾诚文化传媒有限公司

书　　名：最后的言者：为了保罗·策兰
编　　者：尉光吉
作　　者：雅克·德里达 等
译　　者：张 博 等
出　　版：上海世纪出版集团 上海文艺出版社
地　　址：上海市闵行区号景路 159 弄 A 座 2 楼 201101
发　　行：上海文艺出版社发行中心
上海市闵行区号景路 159 弄 A 座 2 楼 206 室　201101　www.ewen.co
印　　刷：上海盛通时代印刷有限公司
开　　本：1092×840　1/32
印　　张：15.125
字　　数：315 千字
印　　次：2023 年 6 月第 1 版　2023 年 6 月第 1 次印刷
I S B N：978-7-5321-8728-7/I.6876
定　　价：88.00 元
告 读 者：如发现本书有质量问题请与印刷厂质量科联系　T：021-37910000